ars vivendi
Krimi

THOMAS PETER

Bauernopfer

Kriminalroman

ars vivendi

Originalausgabe

2. Auflage Juli 2011

www.arsvivendi.com

Lektorat: Dr. Tessa Korber
Umschlaggestaltung: avv unter Verwendung eines Fotos von Karl-Josef Hildenbrand / picture alliance
Druck: Druckhaus »Thomas Müntzer«, Bad Langensalza
Printed in Germany

ISBN 978-3-86913-058-3

Für Sepp, Anderl und Häbsi
und für Thomas und Martin

»Media vita in morte sumus«

Mitten im Leben sind wir im Tode

Alles frei erfunden

Das hier ist ein Kriminalroman. Die Handlung und alle darin agierenden Figuren sind frei erfunden. Ähnlichkeiten mit lebenden oder bereits verstorbenen Personen wären rein zufällig. Sofern real existierende Institutionen oder Orte vorkommen, die in einem Regionalkrimi nun mal nicht zu vermeiden sind, entspringen auch deren Verknüpfungen mit der Geschichte in jedem Fall der Fantasie des Autors.

Zwengs der Authi..., Auzi..., Authenziti... – damit sich's echt anhört, wurden folgenden Abkürzungen verwendet:

BKA	Bundeskriminalamt
BGH	Bundesgerichtshof
LKA	Landeskriminalamt
KPI	Kriminalpolizeiinspektion
KPI-Leiter	Leiter der Kriminalpolizeiinspektion
PD	Polizeidirektion, Polizeidirektor (oberster Chef)
K1	Kommissariat 1 (Straftaten gegen das Leben)
K 2/2	Kommissariat 2/2 (Vermögensdelikte)
K3	Kommissariat 3 (Spurensicherung)
PI	Polizeiinspektion
EZ	Einsatzzentrale
DAD	DNA-Analyse-Datei
AG	Arbeitsgruppe
AH	*Alte Herren,* Fußballer mit Erfahrung

Prolog

Warum galt das nichts mehr, was er sagte? Das war doch bis jetzt immer anders gewesen. Wenn er eine Entscheidung gefällt hatte, dann war das unumstößlich gewesen; alle hatten sich daran gehalten und es hatte keinen Widerspruch gegeben. Und jetzt? Immer das gleiche Thema, immer die gleiche Leier. Dabei hatte er seine Meinung zu dieser verrückten Idee schon lange gefasst und er war der Überzeugung, er hätte sie auch unmissverständlich geäußert. Aber nein, scheinbar zählte das nicht mehr. Er hatte jetzt die Faxen dick. Außerdem wollte er das Ende der Radioübertragung des Bundesligaspieles zwischen *Rot-Weiß Essen* und *Bayern München* hören. Bis eben hatte es 3:3 geheißen und es war spannend. Dieses blödsinnige Gespräch, das ihn beim Radiohören störte, war für ihn beendet.

Also gut, er würde es noch ein letztes Mal erklären, laut und deutlich, dann musste aber endgültig Schluss sein. Bei den letzten Worten schrie er seinen Besucher fast an. Danach stand er auf und wandte sich ab. Das musste doch ein deutliches Zeichen sein; deutlich genug.

Plötzlich spürte er einen dumpfen Schmerz am Hinterkopf. Instinktiv vollzog er ein halbe Drehung, sein Wohnzimmer hörte jedoch nicht auf, weiter um ihn zu kreisen. Er spürte, dass er nach hinten wegsackte und ruderte hilfesuchend mit den Armen. Die Finger der rechten Hand fanden und umklammerten den Unterarm seines Gegenübers. Der Sturz war aber nicht mehr zu vermeiden und seine Fingernägel schrammten über die fremde Haut. Im Fallen schlug seine rechte Schulter gegen die Tischkante, wodurch die große Blumenvase, die Lieblingsvase seiner Frau, herunterfiel und zerbrach. Auf dem Rücken kam er zwischen Tisch und Kanapee zum Liegen.

Noch immer unfähig zu begreifen, was passiert sein könnte, starrte er zur Zimmerdecke empor. Es musste ein

Schlag gewesen sein, der ihn niedergestreckt hatte. Und jetzt beugte sich dieser Schatten über ihn. Warum sah er nicht mehr scharf? Gefahr – er musste sich verteidigen, irgendwie. Er versuchte sich aufzurichten und dem vermeintlichen Angreifer die Hände entgegenzustrecken. Doch seine Arme fühlten sich bleischwer an und gehorchten ihm viel zu langsam.

Den Schmerz nach dem zweiten Schlag, der ihm den Schädelknochen zertrümmerte, spürte er nicht mehr. Das Spiel war aus, es blieb beim 3:3.

* * *

Ihre Kleider hatte sie säuberlich zusammengefaltet und am Ufer abgelegt. Sie stand bis zu den Knien im kühlen Wasser der Donau und wenn jetzt jemand den Uferweg entlang käme, würde er sie splitternackt sehen. Na und? Die Sonne war seit zwei Stunden den milchig-blauen Himmel emporgeklettert und kündigte erneut einen heißen Tag an. Aber das war ihr auch egal. Es war ihr genauso egal wie ihre Nacktheit. Was hatte das denn noch für eine Bedeutung, dort wo sie hinging! Sie freute sich auf die andere Welt. Schließlich hatte Großvater sie ja zu sich gerufen. Immer wieder. Und er hatte dabei so herzlich gelächelt, so vertraut und liebevoll. Er wirkte so glücklich, so zufrieden, so geborgen. Sie war sogar überzeugt, ihr Onkel Korbinian, den sie nur von einem Schwarzweißfoto her kannte, sei ihr in einer der zahlreichen durchweinten Nächte erschienen. Als sie an das Spitzbubengesicht mit der Wehrmachts-Schirmmütze dachte, lächelte sie unwillkürlich. Sie ging zwei Schritt nach vorne und spürte die Strömung, die kräftig an ihren Hüften zerrte. Sie stieß sich ab und ließ sich mitreißen. Die andere Welt konnte nur besser sein als das Leben hier, denn hier war es kein Leben mehr, keine Freude, keine Hoffnung, keine Zuversicht. Sie ließ sich zur Flussmitte treiben und tauchte unter. An der Oberfläche tanzte die Sonne als verwaschener heller Fleck, um den herum das Wasser der Donau grün schimmerte und in ein dunkles Grau auslief. Da war ja auch Großmutter. Wie schön ihr Gesicht strahlte. Sie trug immer noch das grüne Kleid, das man ihr zur Beerdigung angezogen hatte. Sie winkte ihr zu.

Dann wurde es dunkel und kühl.

* * *

Blöde Menschen! Was die immer alle wollten. Was ging ihn denn das Glück der anderen an? Einen Dreck! War er dafür verantwortlich, dass es denen gut ging? Nein, die konnten ihm gestohlen bleiben; die sollten ihn in Ruhe lassen. Jeder musste für sich selber leben, und er brauchte niemanden. Er hatte seine Kühe. Die erledigten ihre Aufgabe, die ihnen von der Natur zugedacht war, und nörgelten dabei nicht ständig rum und winselten und jammerten. Manchmal muhten sie ein wenig lauter, dann wollten sie fressen oder gemolken werden, und dann war wieder Ruhe. Aber die Leute, die waren alle gleich, einer wie der andere. Und was sollte dieses Gerede von Verantwortung und Schuld und Gewissen! Er trug keine Schuld, an gar nichts.

Ein Geräusch, das nicht in die gedämpfte Kulisse des Kuhstalles passte, ließ ihn aufhorchen. Vor der Futtermulde kniend drehte er den Kopf zur Tür. Mit zusammengekniffenen Augen blinzelte er gegen die helle Deckenbeleuchtung. Keine zwei, drei Meter entfernt stand ihm jemand gegenüber. Von hier unten im Gegenlicht sah er nur eine schlanke Silhouette. Aber er erkannte die kleine runde Öffnung in dem Gegenstand, den die Person ihm entgegenstreckte. Wieder diese Pistole.

Reflexartig riss er den Kopf zur anderen Seite. Aus dem Augenwinkel nahm er einen kurzen hellen Blitz wahr, dort, wo eben noch die Waffe auf ihn gezeigt hatte. Es war das Letzte, was er in seinem Leben sehen sollte. Den Knall hörte er nicht mehr.

Sonntag, 12. Oktober

Sie kam mit dem Klingeln gar nicht hinterher. Theresa Kornburg hatte wie jeden Tag den Blumenschmuck am Marterl nahe beim Hochwasserdamm kontrolliert und strampelte jetzt mit wehender Kittelschürze und flatterndem Kopftuch wieder zurück ins Dorf. Auf dem Schotterweg waren ganze Völkerscharen unterwegs. Alle genossen den Sonnenschein an diesem herrlichen Herbsttag: Familien mit herumtollenden Kindern und zickzackschnüffelnden Hunden, verträumt Händchen haltende Paare, schwitzende Jogger und stochernde Walker, grellbunte Rennfahrer mit futuristischen Sonnenbrillen, Freizeitradler mit Hosenklammern, Pferdeliebhaber, die die gelangweilt grasenden Rösser auf den Koppeln links und rechts des Weges bewunderten, und Stadtflüchter, die durch die Wiesen und Felder zur glitzernden Donau hinunter flanierten – sie alle wuselten vor Frau Kornburg auf dem Weg herum. Und im Gegensatz zu ihr hatten alle Zeit und Muße, um interessiert in der Gegend herumzuschauen, auf alles Mögliche zu deuten und es zu bequatschen. Aber außer ihr fiel auch keinem auf, dass die Stalltür in dem Hof neben den Pferdekoppeln offen stand.

›Komisch‹, dachte Frau Kornburg, ›beim Bichler ist doch sonst immer alles zu.‹ Egal ob zehn Grad Kälte oder dreißig Grad im Schatten, der Bauer ließ sonst weder am Wohnhaus noch am Stall oder an einer der Scheunen ein Tor, eine Tür oder ein Fenster offen stehen. Sie wurde langsamer und betrachtete den Hof. Nichts regte sich in dem Geviert. Doch jetzt, da sie sich auf das Anwesen konzentrierte, konnte sie zwischen dem

Geplapper und Getöse auf dem Weg das Vieh im Stall hören. Die Tiere waren unruhig, unzufriedenes Muhen mischte sich mit metallischem Gerassel. Es ging zwar auf die Fütter- und Melkzeit zu, aber die Arbeiten waren noch nicht überfällig. Und außerdem war der Bichler in diesem Punkt immer zuverlässig.

›Dann müsste er sie ja heute früh schon nicht …‹, dachte Frau Kornburg. Sie hielt an, lehnte ihr Rad an die Mauer und betrat den gekiesten Hof.

»Herr Bichler?«, rief sie, und noch einmal mit anderer Betonung: »Herr Bichler?« Sie erhielt keine Antwort. Neugierig, aber auch sehr vorsichtig betrat sie durch die offene Tür den Stall. Der alte Bichler mochte es überhaupt nicht, wenn man auf seinem Hof herumschnüffelte. In den Boxen wankten die Kühe ungeduldig hin und her und schlugen dabei gegen die Metallgitter. Obwohl am helllichten Tag die Beleuchtung brannte, war es duster hier drinnen; besonders wenn man aus dem Sonnenschein hereinkam. Sie kniff die Augen zusammen und sah sich um. Dann entdeckte sie ihn am anderen Ende des Stalles. Auf ein weiteres, zögerliches »Herr Bichler?« reagierte er nicht. Nach ein paar Schritten in seine Richtung blieb sie stehen wie vom Donner gerührt. Sie atmete hörbar ein und bekreuzigte sich. »Jesus, Maria und Josef …«

Das Gedudel des Telefons riss Charly aus seinem Tagtraum. Der Blick aus dem Bürofenster auf die roten und gelben Blätter der Kastanienbäume im warmen Glanz des Spätnachmittags hatte ihn dazu verführt, sich noch einmal die drei Tage ins Gedächtnis zu rufen, die er vor kurzem zusammen mit Petra in Südtirol verbracht hatte. Er erinnerte sich an die fantastische Aussicht auf dem Höhenweg, an Petras herzliches Lachen, als er den Kuhfladen genau in der Mitte getroffen hatte, an den schweren Rotwein, der beim Abendessen so majestätisch im Kerzenschein glühte, und an die winzigen Härchen an Petras Bauch, die verführerisch in der schummrigen Saunabeleuchtung geflimmert hatten. Die Reise war die Überraschung seiner Frau zu seinem 41. Geburtstag gewesen.

Der Kurzurlaub hatte seinen Kommissariatsleiter allerdings nicht daran gehindert, während dieser Zeit den Dienstplan zu gestalten und ihn für den Nachmittagsdienst am heutigen Sonntag einzuteilen, bevor er irgendetwas dagegen hatte sagen können. Der Vorgesetzte ging gerne den für ihn einfachen Weg, und er wusste, dass der gutmütige Kriminaloberkommissar ihn dafür zwar nicht lieben, den Sonntagsdienst aber ohne Murren erledigen würde.

Fünfundvierzig Minuten noch, dann käme die Ablösung und Charly hätte einen unspektakulären, geradezu langweiligen Bereitschaftsdienst beendet und das Wochenende beschaulich ausklingen lassen. Doch jetzt jodelte dieses Telefon und auf dem Display leuchtete ›1012 PD IN EZ‹. Und wenn die Einsatzzentrale am Wochenende den Bereitschaftsdienst der Kripo anrief, bedeutete das in der Regel nichts Gutes.

Er ließ die abgewetzten Cowboystiefel von der Tischkante gleiten und setzte sich aufrecht hin.

»Kripo Ingolstadt, K1, Valentin«, meldete sich Charly. Sein Familienname war der Grund, dass er Charly genannt wurde. Eigentlich hieß er Georg. Doch bereits in den ersten Tagen seiner Polizeiausbildung waren die Kollegen auf die Idee gekommen, ihn in Anlehnung an das bayerische Komiker-Original Karl statt Georg zu nennen. Und ein Karl wird bei der bayerischen Polizei in den meisten Fällen automatisch zum Charly. Nur seine Mutter nannte ihn noch Georg, während sein Vater und seine Frau Petra ihn Schorsch riefen.

»Moin, moin, Bruce, EZ, hier«, schepperte es im Hörer und Charly musste lächeln, als er seinen Gesprächspartner erkannte: Heinz Uwe Dirksen, vor Jahren von der Nordseeküste nach Bayern emigriert und seither Polizist in Ingolstadt. Wenn er auch mit Leib und Seele die bayerische Lebensart zelebrierte, so weigerte er sich beharrlich, den Dialekt anzunehmen. Bestenfalls sprach er gepflegtes Hochdeutsch und nicht sein Waterkant-Kauderwelsch. Den bayerischen Dialekt imitierte er nur zur allgemeinen Belustigung in geselligen Runden oder zu seinem eigenen Spaß.

Heinz Uwe war der Überzeugung, dass man nur wirklich dazu gehörte, wenn man einen Spitznamen – oder einen Nickname, wie er sich ausdrückte – hatte. Und da er sich selbst die Kampfkraft von Bruce Lee und die Coolness von Bruce Willis zusprach, sollten alle ihn als Bruce kennen und ihn ausschließlich so nennen.

»Servus, Heinz«, begrüßte ihn Charly, »was gibt's?«

»Z'Knoglersfreid end, an da Roßlett'n, had si' scheint's da Aussabauer entleibt.«

»Hä?« Auf diese dialektische Kaskade war Charly nicht gefasst.

Bruce stöhnte. »Im Ingolstädter Ortsteil Knoglersfreude, Roßlettenstraße, ist anscheinend der Besitzer des am weitesten außen gelegenen landwirtschaftlichen Anwesens durch Freitod aus dem Leben geschieden.«

»Ah, jetzt! Geht doch.« Charly sah seinen gemütlichen Abend auf der Couch in unerreichbare Ferne rücken. »Und, weiter?«

»Roßlettenstraße 17, Josef Bichler. Tot im Stall aufgefunden von einer Nachbarin. Suizid durch Erschießen, die Waffe hat er noch in der Hand. Kollegen von der Inspektion sind vor Ort. Der Notarzt bescheinigt unnatürlichen Tod. Was machst du denn heute noch? Ich geh jetzt dann nach Hause.«

»Danke, Depp. Wen hast du schon alles verständigt?« Charly überging die Anspielung. Derartige Sticheleien waren zwischen ihnen üblich und beruhten je nach Gelegenheit auf Gegenseitigkeit.

»Nur dich! Wenn die Offiziere von der Kripo das Ruder übernehmen, dann sind wir Leichtmatrosen doch außen vor. Den Rest machst du.«

»Ja, schon klar. Bitte informier noch den zuständigen Bestatter. Du weißt doch, wie lange die immer brauchen, grad am Sonntag. Ansonsten wünsch ich dir einen schönen Feierabend, Fischkopf.«

»Danke, Seppl. Mach nicht so lang. Auch dir danach noch einen schönen Feierabend. Tschüss.«

Mit einem »Servus, du Pfeife« legte Charly auf. Er massierte sich die rechte Schulter und bewegte den angewinkelten Arm vorsichtig vor und zurück. Seit zwei Tagen spürte er ein Ziehen vom Nacken bis zum Oberarm, ohne dass er sich erklären konnte, was die Schmerzen verursachte. Dann riss er den Zettel mit seinen Notizen ab und machte sich auf den Weg quer durch die Dienststelle, denn sein Partner für diesen Bereitschaftsdienst war Kollege Nager vom Betrug. Charly war mit dieser Einteilung nicht glücklich. Nager war ein exzellenter Ermittler, wenn es um eine Insolvenz, einen Firmenbankrott oder einen Verstoß gegen das Außenwirtschaftsgesetz ging. Im Umgang mit Firmenchefs, Anwälten und Steuerberatern blühte er auf. Aber wenn es um Leichen oder um allgemeine polizeiliche Ermittlungen in den Niederungen des Lebens ging, dann legte er für gewöhnlich ein schon sprichwörtliches Desinteresse an den Tag.

15 Minuten nach dem Anruf der Einsatzzentrale öffnete sich wie von Geisterhand das schwere Eisentor, und sie verließen den Innenhof der Polizeidirektion. Nager hatte zunächst noch versucht, Charly zu überreden, alleine zu dem Selbstmord zu fahren, weil die Sache ja ohnehin klar und mit Sicherheit ohne Schwierigkeiten aufzunehmen wäre. Mit ein wenig Honig ums Maul hatte Charly ihn jedoch überzeugen können, dass seine Anwesenheit dringend erforderlich war. Das war nicht ungefährlich, denn Nager war kriminalpolizeiliches Urgestein, zweifellos mit den älteren Rechten und mit dem besseren Draht zum Chef. Charly hingegen gehörte erst seit sechs

Jahren der Kripo an. Er war damals auf eigenen Wunsch aus dem Schichtdienst der Ingolstädter Inspektion zur Kripo versetzt worden und nach Stationen bei der Fahndungseinheit und beim Erkennungsdienst schließlich beim Kommissariat 1 gelandet, das für Morde und andere Todesfälle, Vergewaltigungen und dergleichen mehr zuständig war.

Einen großen Fall hatte Charly bis jetzt nicht bearbeitet. Nur einige in ihren Wohnungen aufgefundene Leichen, die an einem Sturz von der Leiter oder an langjährigem Alkoholmissbrauch gestorben waren, sowie einen Selbstmörder. Und dies hier schien sein zweiter Suizid zu werden.

Nager hatte schließlich akzeptiert, dass er Charly zum Tatort begleiten musste. Er rief seine Frau an und legte ihr nahe, den geplanten Besuch im Museum für Konkrete Kunst alleine zu genießen, und wirkte darüber gar nicht so besonders unglücklich.

Er steuerte den Dienst-Audi in den Südwesten der Stadt. Knoglersfreude gehörte zwar zur Stadt Ingolstadt, war jedoch vom eigentlichen Stadtgebiet durch Felder und Wiesen getrennt und hatte sich so den dörflichen Charakter bewahrt. Zielsicher bog Nager zweimal rechts ab. Unter den Zweigen einer Trauerweide rang ein verrostetes Verkehrsschild um Beachtung und versuchte, die Roßlettenstraße für alle Nichtanlieger zu sperren. Nachdem sie einige kleine Häuser passiert hatten, fuhren sie an mehreren Koppeln vorbei. Auf Höhe des dazugehörenden Pferdehofes endete die Asphaltdecke und die Straße wurde zu einem geschotterten Weg. 100 Meter weiter lag der gesuchte Bauernhof links von der Schotterstraße. Eine mit Dachziegeln belegte Mauer trennte das Anwesen vom Weg. Durch die breite, torlose Einfahrt fuhr Nager auf das Grundstück und brachte den Wagen knirschend auf dem Kies im Innenhof zum Stehen. Dort parkten bereits ein Streifen- und ein Rettungswagen. An keinem der beiden Fahrzeuge war das Blaulicht eingeschaltet.

Es war Viertel vor sieben und die Sonne war gerade untergegangen. Mit der Dämmerung zog leichter Nebel von der Donau herauf. Offensichtlich hatte sich die Neuigkeit schon herumgesprochen und hilfsbereite sowie wissbegierige Dorfbewohner und Spaziergänger wollten sich ein Bild vom Geschehen machen. Die Leute standen in Grüppchen zusammen und gepresst getuschelte Gesprächsfetzen wie »... kein Wunder ...« oder »... z'widerner Kerl ...« und »... satte Erbschaft ...« waberten durch den Dunst. Ansonsten war es auffallend still. Als Charly und Nager ankamen, riefen die Kirchenglocken aus der Ortsmitte zum Abendgebet.

Beim Aussteigen wurde Charly schmerzhaft an die Löcher in den Sohlen seiner Cowboystiefel erinnert. Kieselsteine und noch etwas Spitzes drückten unangenehm gegen seine Fußsohle. Er bückte sich und hob einen gelben Plastiknagel auf. Aus Pietätsgründen verkniff er sich eine Bemerkung über schlampige Bauern und steckte den Fund gedankenverloren in die Tasche seiner Jeansjacke. Die Streifenkollegen hatten ihr Gespräch mit den Sanitätern beendet und kamen zu Charly und Nager herüber. Den Älteren der beiden kannte Charly. Es handelte sich um einen ruhigen, besonnenen Beamten, zuverlässig, pflichtbewusst und zufrieden mit seiner Stellung. Der andere war ein junger Kommissar und damit ranghöher als sein Streifenpartner. Ihn kannte Charly nicht, was aber aufgrund des schnellen Personalwechsels bei der Ingolstädter Inspektion nicht weiter verwunderlich war. Schon am Gang des Jüngeren erkannte man den nassforschen Typ, mit einem leichten Überschuss an Selbstbewusstsein und ohne die Einsicht, dass erst Erfahrung einen guten Polizisten ausmacht und deren Fehlen am besten durch Zurückhaltung kompensiert wird.

Ein wenig zu laut rief er bereits aus ein wenig zu großer Entfernung: »Ihr seid die Kollegen von der Kripo, oder?«

Mit einem leichten Nicken und einem gepressten »Servus« beantwortete Charly die Frage.

»Na endlich«, fuhr der Jungspund fort. »Also, das ist der Hof vom Josef Bichler. Der lebt hier allein. Witwer!« Er hatte Charly und Nager erreicht und beschrieb einen weiten Bogen mit dem linken Arm. »Wohnhaus, Hühnerstall, Scheune, Schweinestall, Kuhstall.«

Charly musterte der Reihe nach die Gebäude, die den Schotterplatz umschlossen. Alles in allem bot sich das Bild eines klassischen bayerischen Bauernhofes. Aber nicht nur das schwindende Tageslicht und der aufziehende Nebel waren schuld an dem trostlosen Eindruck, den das ganze Anwesen erweckte. Das Wohnhaus und die Holztore von Scheune und Stall sehnten sich seit längerer Zeit nach frischer Farbe, und an der hölzernen Konstruktion des Speichers über der Scheune hätte auf den ersten Blick mindestens ein Drittel der Bretter und Balken erneuert werden müssen.

»Hier sind die Personalien, wir haben soweit alles aufgeschrieben.« Der junge Kommissar streckte Charly ein Blatt entgegen. Charly nahm es und erkannte darauf Namen, Anschriften und Daten von zwei Personen. Er drehte das Blatt um, doch die Rückseite war leer. Charlys fragender Blick traf auf den des älteren Streifenkollegen. In Kombination mit leicht hochgezogenen Schultern und Augenbrauen schien dessen Gesichtsausdruck zu bestätigen, dass es sich um den eklatanten Fall eines hinweisresistenten Schulabgängers handelte, der seine Erfahrungen erst dadurch sammelte, dass er immer wieder aneckte und durch seine Selbstüberschätzung in Kollegenkreisen zuerst ein negatives Bild von sich zeichnete.

»Die Leiche liegt da drin«, sagte der Junge und deutete mit dem Daumen auf den Stall. Dann wies er wieder in Richtung des Blattes und sagte: »Unten steht der Name von der Frau, die ihn gefunden hat. Braucht ihr uns hier noch? Wahrscheinlich nicht. Also dann, servus.«

Als er sich umdrehte, stoppte ihn Charly. Es war absolut nicht seine Art, Kollegen zu belehren und sich den Kripoermittler raushängen zu lassen, aber dieser Frischling hatte es herausgefordert. »Wart amoi! Wo is' denn die Frau jetzt? Wo is' die Todesbescheinigung vom Notarzt? Wer war der Notarzt und wann war der da? Wer war da am Hof, als ihr gekommen seid? Was wurd' an der Leiche verändert? Is' der Tote schon identifiziert? Wissen wir was über Angehörige? Dann bitt ich drum, dass ihr jetzt alle, die mit der Sache nix zu tun haben, auf die Straße rausschickt und die Zufahrt zum Hof absperrt. Und ich hoff, dass ich einen sauberen Übergabebericht bekomme, bis ich nachher wieder auf der Dienststelle bin. Wenn du noch Fragen hast, fragst deinen Kollegen, der hat so was schon öfter g'macht und weiß, auf was es ankommt.«

Der junge Kommissar sah ein wenig verdattert aus. Er zeigte auf eine der Personengruppen und stammelte: »Da ... das da ... da ist die Frau Kornbach, ...berg, ...burg, die hat sie gefunden, ... also ihn, die Leiche halt.«

»Na, dann werd ich mich mal um die Vernehmung der Frau Korn-Dings kümmern«, schaltete sich Nager in das Gespräch ein und ging, locker seinen Aktenkoffer schwingend, auf die gezeigte Personengruppe zu, bevor Charly etwas erwidern konnte. Es war eine willkommene Gelegenheit, sich nützlich zu machen, ohne mit der Leiche in Berührung zu kommen.

Die Streifenbeamten scheuchten die Schaulustigen wie Hühner vom Hof und wollten gerade ein rotweißes Absperrband quer über die Einfahrt spannen, als ein silberfarbener VW-Bus in das Anwesen einbog. Der junge Kommissar versuchte den Bus zu stoppen, denn immerhin handelte es sich hier um einen abgesperrten Tatort. Sein älterer Kollege kannte jedoch das Fahrzeug und dessen Fahrer und winkte ihn durch. Es war Bernd Fischer, der Bereitschaftler vom Erkennungsdienst.

Charly war überrascht: »Servus, Bernd. Was treibt denn dich da her?«

»Habe d'Ehre, Charly. Der Fischkopf hat mich angerufen, weil er am Plan geseh'n hat, dass du mit'm Nager z'ammg'spannt bist. Eure Ablösung ist schon unterwegs zu einem Wohnungsbrand mit Verletzten und kann euch nicht unterstützen. Und weil in meinem Wohnzimmer g'rad eine Tupper-Party läuft, hab ich mir gedacht, ich schau einfach mal her, ob ich dir irgendwie helfen kann.«

»Kollege Nager hat sich schon mit der Zeugin verzupft und die Kollegen von der PI haben jetzt andere Aufgaben. Schön, dass d' da bist.«

Der Hof war nun leer. Den Streifenwagen hatten die Kollegen quer vor die Einfahrt gestellt. Die Dorfbewohner und Spaziergänger drängten sich hinter der Absperrung auf dem Weg, und der Rettungswagen war abgezogen. Nachdem Fischer aus dem Kombi Foto- und Spurensicherungskoffer geholt hatte, machte er sich zusammen mit Charly auf den Weg zum Stall.

In einem der großen Torflügel, an denen die hellblaue Farbe in großen Fetzen abblätterte, stand eine weitere, kleinere Tür offen. Durch diese betraten sie den Stall. Das Erste, was Charly beschäftigte, war der schwere, süßliche Geruch von Mist, vermischt mit den Ausdünstungen der Kühe. Dieser Mix traf seine empfindliche Nase wie eine Keule. Das Nächste war der Gedanke, wer sich jetzt wohl um die Tiere kümmerte, wenn das Opfer auf dem Hof allein gelebt hatte. Fiel das in den Zuständigkeitsbereich der Kripo? Wahrscheinlich nicht – hoffentlich! Er entschied, dass die Fragestellung nicht von primärer Bedeutung war, und verwarf den Gedanken. Stattdessen sah er sich im Stall um.

Die weißgetünchte Decke des großen, vier Meter hohen Raumes wurde von vier dicken Säulen getragen. Zwischen den Säulen führte ein breiter Gang auf ein weiteres hölzernes Flügeltor auf der Rückseite zu. Rechts vom Eingang war für die elektrischen Anschlüsse eine kleine Kammer abgemauert. Links stapelten sich zahlreiche Futtersäcke auf Paletten. Und gegenüber standen links und rechts des Mittelganges die Kühe in Boxen, die armdicke Alurohre voneinander trennten. Vor den Boxen verliefen Futtermulden, die jetzt frisch mit Heu und Trockenfutter gefüllt waren. Mehrere Kühe fraßen mit gesenkten Köpfen, andere starrten die Besucher aus dumpfen Augen wiederkäuend an.

Zwischen den Futterpaletten und den Kuhboxen lag die Leiche. Vielmehr saß sie, mit dem Rücken an die Wand gelehnt, die Beine von sich gestreckt. Die Arme hingen schlaff herunter. Während die linke Hand auf dem Oberschenkel ruhte, lag die rechte mit dem Handrücken am Boden auf. Eine schwarze Pistole lag auf der Handfläche. Der Kopf war nach vorne gesackt und das Kinn ruhte auf der Brust. Es sah aus, als würde der Landwirt einen Schmollmund machen, weil er mit der Gesamtsituation überhaupt nicht zufrieden war.

Charly und Bernd waren nach Betreten des Stalles zunächst stehengeblieben, um sich einen Überblick zu verschaffen und den ersten Eindruck wirken zu lassen. Wenn ein Spurensicherer am Tatort die Hände in den Hosentaschen hat, dann ist er nicht faul, sondern er arbeitet bereits mit dem Kopf und verhindert, dass er durch unüberlegtes Herumgetappe Spuren vernichtet. Das war der erste Leitsatz, den Charly in seiner Zeit beim Erkennungsdienst gelernt hatte. Und nach diesem Grundsatz handelten sie im Augenblick.

Nur das leise Klirren von Metallketten und die Fressgeräusche der Kühe waren zu hören, während die Kriminaler das Bild in sich aufnahmen. Der Bauer war mit einer verwaschenen blauen Latzhose und einem karierten Hemd bekleidet, dessen Ärmel er hochgekrempelt hatte. Der linke Träger der Hose war mit dem Latz verknotet, da die Spange irgendwann verloren gegangen und nicht ersetzt worden war. Die Hosenbeine steckten in grünen Gummistiefeln. Ein paar wirre Strähnen klebten an der Stirn des Toten. Die restlichen Haare standen in alle Richtungen vom Kopf ab. Überraschenderweise waren sie bei einem geschätzten Alter von 60 bis 70 Jahren pechschwarz. Im Gegensatz dazu fanden sich in dem hageren Gesicht des Toten zahlreiche graue und weiße Bartstoppeln.

Von dort, wo sie standen, machte Bernd Fischer die ersten Übersichtsfotos. Charly brauchte unterdessen nichts anderes tun, als die Situation zu betrachten. Er würde am Ende von Fischer eine umfangreiche Bildtafel und einen detaillierten Tatortbefundbericht bekommen. Charly wusste um die Routinearbeit des Erkennungsdienstes, Sachverhalte bereits beim ersten Einschreiten beweissicher zu dokumentieren, so dass später Fragen beantwortet werden konnten, an die im ersten Moment noch niemand zu denken vermochte. Auch Fragen von Richtern, Staats- und Rechtsanwälten, die in bequemen Sesseln in geheizten Büros lange über einen Fall nachdenken konnten und dadurch unter Umständen auf utopische Theorien kamen.

Charly sah sich weiter im Stall um. Auch hier blätterte an mehreren Stellen der Putz von den Wänden. In zwei Reihen hingen einfache, angerostete Metalllampenschirme von der Decke, deren 100-Watt-Glühbirnen den Raum in grelles Licht tauchten. Nur die Stellplätze der Tiere machten einen durchaus gepflegten Eindruck. Die Futtermulden waren zwischenzeitlich frisch mit Heu gefüllt worden. Der Boden vor den Boxen war mit Heu bedeckt und das verstreute Heu mischte sich mit Trockenfutter, Staub und Dreck vom Hof. Wahrscheinlich ist das in einem Kuhstall ganz normal, dachte Charly und nahm sich vor, sich darüber zu erkundigen.

Durch den Tatorttourismus war das Streugut gleichmäßig über die ganze Fläche verteilt. Mit dem Auffinden von Spuren am Boden war also nicht zu rechnen. Auch über die Leiche waren zahlreiche trockene Grashalme verteilt und Charly schoss der Gedanke durch den Kopf, wer wohl die Tiere gefüttert hatte, während hier die Leiche lag. Und wer hat sie gemolken?

»Und, erster Eindruck? Was hältst davon?«, fragte Fischer.

»Bilderbuch-Selbstmord. Glasklarer Fall scheinbar. Also Vorsicht!«, fasste Charly seinen ersten Eindruck zusammen.

Die Praxis hatte schon oft gezeigt, dass glasklare Fälle hie und da dunkle Geheimnisse bargen.

Dann begannen Fischer und Charly mit der Arbeit an der Leiche. Sie fotografierten und entkleideten den Toten, beschrieben und diktierten, maßen und skizzierten. Bei der Untersuchung des Leichnams entdeckten sie den vermeintlichen Einschuss, ein kleines Loch zwischen der Schläfe und dem rechten Ohr, ein wenig nach oben versetzt und großteils vom Haaransatz verdeckt. Ein etwas größeres Loch befand sich hinter dem linken Ohr. An dieser Verletzung war Blut ausgetreten, das am Hals nach unten gelaufen und von dem Baumwollhemd aufgesaugt worden war.

»Was hältst du von den Blutspuren an der Wand?«, fragte Fischer.

Charly nickte. »Ist mir auch aufgefallen: Es sind Wischer, keine Spritzer, wie's bei einem solchen Schuss eigentlich entstehen müssten.«

Je länger sie mit Bichlers Leiche zu tun hatten, desto größer wurden die Zweifel, es hier tatsächlich mit einem Suizid zu tun zu haben. »Das war jedenfalls kein aufgesetzter Schuss. Das ist bei einem Selbstmord zwar nicht unmöglich, aber doch sehr unwahrscheinlich«, zog Charly ein erstes Fazit.

Die Waffe war bereits verpackt. Nun sicherte Fischer mit speziellen Folien Schmauchspuren an der Schusshand. Und das gehörte nicht mehr zum Routineprogramm bei einem klaren Selbstmord.

»Die Pistole wirft die leere Hülse nach rechts aus. Ich kann aber nirgends diese dämliche Hülse finden. Natürlich kann die irgendwer bei dem ganzen Publikumsverkehr weggekickt haben. Aber irgendwo muss' ja sei'.« Fischer plagten dieselben Zweifel wie Charly. »Außerdem müsst des Projektil hier irgendwo in d'Mauer gegangen sein.« Er deutete auf die Stallwand rechts von der Leiche. »Da is' aber absolut nix.«

»Wenn er aber den Kopf beim Schuss nach rechts gedreht hat, dann ist der Winkel ganz ein anderer und dein Projektil liegt irgendwo da hinten zwischen den Kühen. Das findet kein Mensch.« Charly suchte nach Erklärungen, die das vorgefundene Spurenbild logisch zusammenfügten. Aber irgendwo hakte es immer.

Trotz aller Zweifel hatten sie irgendwann alles erledigt, was sie zu diesem Zeitpunkt vor Ort tun konnten.

»Und?«, fragte Fischer.

»Saublöd«, antwortete Charly und damit war im Moment alles gesagt.

Es waren zwei Stunden vergangen, als der Mercedes der Bestattungsfirma auf den Hof rollte und vor dem Stall stoppte. Die Leiche wurde in einen Zinksarg verladen und im Heck des dunkelvioletten Wagens verstaut.

Fischer und Charly verließen den Stall und trafen im Hof auf Nager, der bereits auf sie wartete.

»Na endlich, ich hab schon gedacht, ihr kommt gar nicht mehr raus. Ich steh hier schon beinah eine Stunde.« Er hatte es aber nicht für nötig befunden, in den Stall zu kommen und seine Unterstützung anzubieten.

Der Leichenwagen verließ den Hof. Auch die Beamten beschlossen nach einer kurzen Beratung, angesichts der fortgeschrittenen Stunde die weitere Tatortarbeit auf morgen zu verschieben. Fischer übernahm die Aufgabe, alle Gebäude zu versperren und zu versiegeln. Zuvor hatte er kurz die Wohnräume inspiziert, dabei aber nichts Auffälliges, auch keinen Abschiedsbrief, entdeckt.

Fischer verabschiedete sich bis zum nächsten Morgen nach Hause, obwohl er sich nicht sicher war, dass die Tupper-Party bereits zu Ende war. Nager und Charly kehrten zur Dienststelle zurück.

Während der Rückfahrt berichtete Nager, wie Frau Kornburg den Toten gefunden hatte. Sie war keine Nachbarin, wie es in der ersten Mitteilung geheißen hatte, sondern wohnte am anderen Ende des Dorfes. Beim Vorbeifahren sei ihr der Krawall aufgefallen, den die Tiere im Stall veranstaltet hatten. Das sei ungewöhnlich gewesen, denn wenn sich der Bichler auch um nichts etwas geschert hatte, auf seine Tiere hätte er nichts kommen lassen. Dass er ein besonders liebenswürdiger Mensch gewesen sei, könne man laut Frau Kornburg nicht sagen. Aber wer hatte denn keine Macken oder mal einen kleinen Streit mit den Nachbarn? Nein, sie wollte nichts Schlechtes über den Bichler-Bauern, Gott hab ihn selig, sagen.

Charly vermochte nicht zu erkennen, was an einer derartigen Vernehmung so lange hatte dauern können. Aber das würde vielleicht die Niederschrift der Anhörung noch zeigen.

Auf Charlys Schreibtisch lag bereits der Bericht des jungen Kommissars, den Charly am Tatort kennen gelernt hatte. Aus dem mehrseitigen, detaillierten Aktenvermerk ging hervor, dass die Streife über Funk zu dem Hof beordert worden und dort um 18.10 Uhr eingetroffen war. Außer der Anruferin, Frau Kornburg, waren noch sieben weitere Personen im Hof und zum Teil auch im Stall gestanden. Es handelte sich um vier Nachbarn und drei Spaziergänger. Im Folgenden listete der Bericht säuberlich und übersichtlich die Personalien und Adressen aller Personen auf. Kurz nach der Streifenbesatzung waren die Sanitäter und eine Notärztin eingetroffen. Nachdem die Ärztin an Handgelenken und Hals keinen Puls erfühlen konnte und die Pupillen des Patienten keine Reaktion auf ihre Taschenlampe gezeigt hatten, habe sie eine Todesbescheinigung ausgefüllt und darin die Option der ungeklärten Todesursache angekreuzt, weil sie die Krankengeschichte des Toten nicht kannte und nicht zu entscheiden gewagt hatte, ob tatsächlich ein Schuss in den Kopf zum Tode geführt oder der Bauer kurz zuvor einen lebensbedrohlichen Zuckerschock erlitten hatte oder ob ihn unmittelbar nach der ganzen Aufregung ein Herzinfarkt dahingerafft hatte.

Daraufhin hatten die Kollegen den Stall geräumt. An der Leiche, insbesondere an deren Lage, sei nichts weiter verändert worden.

Lediglich ein ortsansässiger Landwirt hätte den Stall noch betreten. Ihn hatte man auf den Rat von Frau Kornburg verständigt und darum gebeten, sich um das Vieh zu kümmern. Die Kühe wären nämlich sehr aufgeregt gewesen und hätten laut geschrien, was vermutlich weniger an einem Trauma aufgrund des vorausgegangenen Geschehens als an vollen Eutern und Hunger gelegen hatte.

Charly wunderte sich über die Beschreibung der schreienden Kühe und überlegte, wie es richtig heißen muss, wenn das Muhen von Rindviechern eine extreme Lautstärke erreichte. Er kam jedoch auf keine Lösung und konzentrierte sich wieder auf den Bericht. Der Nachbar hatte jedenfalls die Tiere gefüttert und gemolken, und dann war wieder Ruhe im Stall eingekehrt. Der Helfer hatte zugesagt, sich auch während der nächsten Tage der Tiere anzunehmen.

Nachdem die Streifenbeamten den Einsatzort verlassen konnten, hatte Nager sie beauftragt, eine Angehörigenverständigung durchzuführen. Von Frau Kornburg hatten sie erfahren, dass die Ehefrau schon vor Jahren verstorben war. Es gab jedoch zwei Söhne.

Charly ärgerte sich. Es war bekannt, dass Nager auch die Aufgabe, Angehörigen eine schlimme Nachricht zu überbringen, gerne auf andere abschob. Er ersparte sich die Szenen, wenn das Unfassbare von amtlicher Stelle und damit unumstößlich mitgeteilt wurde. Dass es zu den ersten Ermittlungsansätzen gehören konnte, die Reaktionen der Hinterbliebenen zu beobachten, interessierte Nager nicht. Er war froh, wenn er keinen der Angehörigen zu Gesicht bekam.

Jedenfalls informierte der Bericht darüber, dass die Streifenbeamten vom Bauernhof aus zu den angegebenen Adressen der Söhne gefahren waren. Der jüngere Sohn, Manfred

Bichler, konnte zu Hause nicht angetroffen werden und war vorerst nicht erreichbar. Beim älteren Sohn, Christian Bichler, hatte dessen Ehefrau den Beamten geöffnet. Ihr hatte man die Nachricht vom Tod des Schwiegervaters überbracht. Der junge Kommissar schilderte, dass die Frau die Mitteilung unbewegt entgegengenommen hatte, so, als ob ihr der Diebstahl ihres alten, wertlosen Fahrrades eröffnet worden wäre. Sie hatte versichert, ihrem Mann Bescheid zu geben, sobald er nach Hause käme. Ansonsten hatte sie jedoch keinen Grund gesehen, heute noch irgendetwas zu unternehmen.

»Na also«, murmelte Charly und legte den Bericht zur Seite. Er war versucht, bei der Inspektion anzurufen, um dem Kommissar für die schnelle Arbeit zu danken und den Bericht zu loben. Nach kurzem Nachdenken kam ihm das aber zu schulmeisterlich vor und er verzichtete darauf. Es würde sich bestimmt noch eine Gelegenheit bieten, mit dem Kollegen zu sprechen.

Stattdessen griff Charly zum Telefonhörer und wählte die Handynummer des staatsanwaltschaftlichen Jourdienstes, um den diensthabenden Staatsanwalt von dem Todesfall zu unterrichten.

»Gambrini-Steinmetz«, meldete sich eine jugendliche Frauenstimme.

›Na bravo‹, dachte Charly. Frau Gambrini-Steinmetz war eine sehr nette Person, zugegebenermaßen auch hübsch. Aber als Staatsanwältin war sie noch sehr unerfahren. Mit Entscheidungen war da heute Abend nicht mehr zu rechnen. Die Juristin würde sich alles aufschreiben, um den Fall morgen früh ihrem Behördenleiter vorzutragen, der ihr dann sagen würde, was aus Sicht der Staatsanwaltschaft zu tun sei. Also begann Charly mit der Schilderung des Vorganges und ließ dabei auch die kleinen Indizien nicht aus, die Zweifel an dem Selbstmord in ihm weckten.

»Wie schreibt man denn den Namen?«, fragte Gambrini-Steinmetz nach und Charly buchstabierte.

»Na gut«, fuhr die Staatsanwältin fort. »Heute sind aus meiner Sicht keine Maßnahmen mehr angezeigt. Das Wichtigste haben Sie ja bereits erledigt. Wir können dann morgen früh noch mal telefonieren, wie es weitergeht. Aber bitte nicht vor 09.00 Uhr. Sind Sie einverstanden?«

Da Charly wusste, dass die Besprechung des Behördenleiters mit den Bereitschafts-Staatsanwälten vom Wochenende um 08.00 Uhr stattfand, wünschte er Frau Gambrini-Steinmetz eine ruhige Nacht und legte auf.

Nachdem er in verschiedenen Programmen und Dokumenten die Personalien des Toten und mehr oder weniger ausführliche Sachverhaltsschilderungen erfasst hatte, war der Aktualität des Lageberichts und dem Informationsbedürfnis der Dienststelle genüge getan und damit eigentlich alles erledigt, was er heute in dem Fall tun konnte. Also legte er zuletzt die zwei voll gequatschten Kassetten seines Diktiergerätes in die Kiste für die Schreibaufträge und verließ das Büro.

Um diese Zeit schaffte er die 13 Kilometer über die nächtlichen Straßen Richtung Süden in einer Viertelstunde und kurz nach Mitternacht schloss er die Tür seines Hauses in Ebenhausen auf. Das war immer der Moment, in dem er versuchte, die Geschehnisse des Dienstes abzuschütteln und auf andere Gedanken zu kommen. Natürlich gelang ihm das sehr selten, eigentlich fast nie. Immer wieder ertappte er sich dabei, wie er während des Fernsehens, unter der Dusche oder beim Essen über aktuelle Fälle nachdachte.

Petra war noch nicht im Bett, aber natürlich auch nicht mehr wach. Sie lag auf der Couch im Wohnzimmer und war bis zur Nasenspitze in eine Wolldecke und einen Berg Sofakissen gekuschelt, als hätte sich ein Bär zum Winterschlaf eingerollt.

Als er sich ächzend neben sie setzte, schlug sie die Augen auf. »Bist jetz' da?«, nuschelte sie ihm aus dem Kissenberg entgegen.

Es war eine dieser Smalltalk-Fragen, die Charly nicht mochte. Trotzdem knurrte er ein »Ja, hat ein bisserl länger gedauert«. Er wollte noch fragen, ob die Kinder daheim sind. Ihm fiel aber auf, wie überflüssig auch diese Frage wäre. Julia, ihre 15-jährige Tochter, hatte sich den ganzen Sonntag im Pferdestall aufgehalten und war bestimmt abends todmüde ins Bett gefallen. Und der 17-jährige Ludwig war zwar ein Luftikus, aber doch pflichtbewusst und zuverlässig, wenn es darauf ankam. Da er am Morgen wieder an seinem Ausbildungsplatz in einem Hangar am Manchinger Militärflugplatz seinen Mann stehen musste, lag mit Sicherheit auch er in seinem Bett und schlief.

Charly schnupperte: »Mhm, hat's zur Brotzeit Schaschlik gegeben?«

»Das riechst du natürlich, du Nasenbär«.

Das war nett gemeint. Schon öfter hatte er seine Frau mit seinem Geruchssinn verblüfft. Auch wenn diesmal keine außergewöhnlichen Fähigkeiten nötig waren, denn der Duft von Schaschlik und Curry hing deutlich in den Räumen.

»Es ist aber leider keins mehr da. Der Ludwig hat drei gegessen, bevor ich's verhindern konnte. Dem ham's echt geschmeckt.«

»Macht nix«, log Charly und ging in die Küche. Er belegte sich ein Wurstbrot und schenkte sich ein Weißbier ein. Das Wurstbrot diente lediglich der Bekämpfung des Hungers. Das Weißbier aber war ein Ritual. Auch wenn nur noch wenig Zeit blieb, bis er wieder aufstehen musste, wollte er darauf nicht verzichten. Wenn Charly den ersten Schluck dieses Feierabend-Weißbiers genoss, dann wusste er, dass er jetzt zu Hause war und dass vorerst Getötete, Selbstmörder, Mörder und Schläger, Spuren und Indizien, Zeugen und Opfer draußen bleiben mussten. Er wollte nicht mehr an die ganze Kriminalität denken und schon gar nicht darüber sprechen. Er freute sich auf diesen ersten Schluck und ging mit seinem

Weißbier und seinem Wurstbrot zurück ins Wohnzimmer. Dabei registrierte er wieder das Ziehen in der rechten Schulter. Das hatte er während der ganzen Tatortarbeit vermutlich verdrängt. Jetzt schmerzte es dafür umso mehr.

»Was war denn los?«, fragte Petra, die sich zwischenzeitlich zum Wachsein gezwungen hatte und ihn aus verschlafenen Augen anblinzelte.

»Selbstmord – ein Bauer.«

»Und warum?«

»Keine Ahnung.«

An die Einsilbigkeit ihres Mannes nach Dienstende gewöhnt und daher mit dieser Antwort vorerst zufrieden, drehte Petra sich wieder in die Decke, und Charly nahm den zweiten Schluck. Eine halbe Stunde später gingen sie zu Bett.

Montag, 13. Oktober

Kurz nach 06.00 Uhr saß Charly wieder in seinem Büro. Eine kreischende Girlgroup im Radiowecker hatte ihn brutal ins Diesseits zurückgeholt, obwohl er fest überzeugt war, gerade erst eingeschlafen zu sein. Die Schmerzen in seiner Schulter hatten nicht nachgelassen, sondern waren schlimmer geworden. Schwerfällig wie ein Seeelefant musste er sich aus dem Bett rollen und entgegen einer inneren Stimme, die ihm riet, sich krank zu melden und zu Hause zu bleiben, hatte er sich unter vermeintlich schmerzmildernden Verrenkungen in Jeans, T-Shirt und Hemd gequält und sich ins Auto gesetzt, um zur Arbeit zu fahren. Schließlich war einiges zu regeln heute Morgen. Krank sein konnte er dann immer noch, wenn er seine Pflichten erfüllt hatte und die Arbeit verteilt war.

Das Dienstgebäude, die »Friedenskaserne«, lag einen Steinwurf von der Fußgängerzone entfernt mitten in der Stadt. Um diese Zeit waren nur wenige Fahrzeuge auf dem Parkplatz nördlich des roten Ziegelbaus abgestellt. Später würde hier wieder das tägliche Parkchaos herrschen und Ordnungshüter sowie Verkehrsüberwacher würden ihre Autos im Rasen, auf Sperrflächen und in Einfahrten abstellen, um keinen Meter zu viel laufen zu müssen. Er betrat das Gebäude und grüßte den müde aussehenden Beamten in der Wache, die wegen des erkerartigen Vorbaus aus schusssicherem Glas auch abfällig »Aquarium« genannt wurde. Mehrere Dienststellen – Inspektion, Kripo, Einsatzzug und Fahndung – waren hier untergebracht. Daher glich das Haus tagsüber einem überdimensionalen Bienenstock, in dem viele verschiedene Völker gemeinsam die Öffnungen für An- und Abflüge nutzten.

Charly mochte es, morgens einer der Ersten auf der Dienststelle zu sein, bevor die Hektiker erschienen und die Tagesroutine so richtig in Gang kam. Er konnte sich dann in Ruhe informieren, Lagemeldungen und Neuigkeiten lesen und sich so auf den neuesten Stand bringen. Die morgendliche Stille gab ihm Gelegenheit, sich auf anstehende Aufgaben zu konzentrieren und seine Gedanken zu ordnen.

Eine gute halbe Stunde später war es mit der Stille ohnehin vorbei. Nach und nach trafen die Kolleginnen und Kollegen ein. Je nachdem, wie sie ihr Wochenende verbracht hatten, schlurften sie entweder mit eingezogenem Kopf über den Gang und murmelten ein »Moing«, schritten leichtfüßig einher und zwitscherten ein »Guten Morgen, Charly«, stapften an Charlys Büro vorbei und knurrten oder hasteten zu ihren Schreibtischen, ohne zu grüßen.

Charly schloss ungern seine Bürotür, denn eine offene Tür war die Schnittstelle zum aktuellen Geschehen. Wie eine pulsierende Schlagader zog sich der Gang gradlinig durch die Dienststelle und die Büros lagen links und rechts davon wie zu durchblutende Organe. Die meisten davon waren wichtig für das reibungslose Funktionieren des Organismus, andere wieder waren Wurmfortsätze, die man nur wahrnahm, wenn sie sich entzündeten und Schwierigkeiten machten. Derartige

Gleichnisse gingen Charly in der Stille des frühen Morgens durch den Kopf und dann amüsierte er sich dabei, die Kollegen in rote und weiße Blutkörperchen, in Bakterien und Viren einzuteilen.

Gegen 07.00 Uhr waren die meisten Kollegen eingetroffen und der Tag nahm seinen Lauf. Die ersten Telefone klingelten. Auf dem Gang breitete sich Kaffeeduft aus, und in den Büros wurden Witze gerissen und kleine Geschichten vom Wochenende erzählt. Einige diskutierten lautstark über die zurückliegenden Bundesligaspiele, andere riefen flapsige Bemerkungen über den Gang hinweg von einem Büro zum anderen. Dann, Viertel nach sieben, hetzten die Kommissariatsleiter über den Flur, um sich zur Frühbesprechung im Büro des Dienststellenleiters zu versammeln und anschließend die Neuigkeiten in ihre Kommissariate zu tragen. Viele Kollegen hatten es sich angewöhnt, eine Kleinigkeit mitzubringen, um während der Morgenbesprechung zu frühstücken. Auch Charly hatte sich unterwegs eine Butterbreze besorgt und saß nun zusammen mit den anderen Beamten vom K1 in dem schmalen Aufenthaltsraum, den irgendwer mit kürbisförmigen Teelichtern und Hexen-Fensterbildern halloweenmäßig dekoriert hatte. Hier warteten sie auf ihren Kommissariatsleiter, den Ersten Kriminalhauptkommissar Klaus Barsch. Wenn Barsch, so wie heute, lange auf sich warten ließ, war das für gewöhnlich ein schlechtes Zeichen. Denn entweder war übers Wochenende viel geschehen, was dann jede Menge Arbeit bedeutete, oder der Dienststellenleiter hatte so viele schwerwiegende Entscheidungen gefällt, dass die Erläuterung seiner geistigen Ergüsse den Zeitrahmen massiv sprengte.

Charly hatte die Meldungen vom Wochenende im Kopf. Außergewöhnliche Fälle waren nicht darunter. Sein eigener Fall, bei dem offiziell noch unklar war, ob es sich um einen Selbstmord oder um ein Tötungsdelikt handelte, war eigentlich das Spektakulärste, was vorgefallen war. Darum war Charly auch überzeugt, den Fall nicht selbst weiterzubearbeiten. Wahrscheinlich würde Barsch einen der erfahrenen Ermittler daransetzen, und Charly könnte entweder zuarbeiten oder sich um irgendwelche anderen Kleinigkeiten kümmern.

Mit mehreren Bogen Papier in der Hand betrat Barsch schließlich das Kaffeezimmer. Das Kaffeegemurmel erstarb und alle sahen ihn neugierig an. Barschs Gesichtsausdruck machte seinem Namen wieder einmal alle Ehre. Ihm folgte der KPI-Leiter, ebenfalls mit einer Miene, die nichts Gutes verhieß. Barsch nahm seinen Platz am Kopfende des langen Tisches ein. Die Kollegen rückten zusammen und schafften Platz für den Dienststellenleiter, der sich stöhnend rechts neben Barsch auf den frei gewordenen Stuhl fallen ließ. Der Chef hieß Konstantin Xaver Garn. In seiner Unterschrift kürzte er seinen Xaver ab und legte Wert auf ein elegant geschwungenes X, weshalb die Kollegen ihn ab und zu »Garn-X-Conny« nannten. Wenn über ihn gesprochen wurde, nicht mit ihm.

»Zunächst kurz zum Tagesgeschäft«, begann Barsch die Besprechung, nachdem Garn endlich die richtige Sitzposition gefunden hatte. Dann verlas er die Kurzberichte, in denen es um einige Einbrüche in Firmen und Wohnungen, um kleinere Betrügereien, um zwei Sterbefälle in Krankenhäusern, um einen bisher unbekannten Exhibitionisten und um den Wohnungsbrand von gestern Abend ging. Auch der Eintrag, den Charly gestern Nacht erstellt hatte, wurde ohne besondere Betonung verlesen. Dann folgte eine Pause. Charly wollte sich gerade zu Wort melden, als Barsch weitersprach: »Und dann haben wir noch einen Fall. Der ist heute Nacht um 03.00 Uhr angelaufen. Die Kollegen vom Nachtdienst waren bis heut früh damit beschäftigt und konnten daher keinen Eintrag mehr in der Lagemeldung machen.« Das erklärte, warum Charly nichts davon gelesen hatte.

»Die 16-jährige Kiara Bierschneider wurde kurz nach drei von ihrem Vater ins Klinikum gebracht«, fuhr Barsch fort. »Sie hat mehrere Schnitt- und Stichwunden. Lebensgefahr besteht aber nicht. Ihrem Vater gegenüber hat sie angegeben, es habe ein unbekannter, völlig in schwarz gekleideter Mann, gegen zwei Uhr an der Haustür geklingelt. Als sie öffnete, habe er sie in den Hausgang gedrängt und mit den Worten ›Deine Mutter hat mein Leben zerstört, dafür wirst Du jetzt büßen‹ auf sie eingestochen. Sie sei irgendwann bewusstlos geworden und im Gang liegengeblieben, wo sie ihre Eltern fanden, als sie von einem Empfang nach Hause kamen.« Barsch legte eine rhetorische Pause ein und blickte in die Runde.

»Ach, geh ...«, entfuhr es Charly. Doch Barsch brachte ihn mit einer knappen Handbewegung zum Schweigen.

»Gibt es eine Beschreibung von dem Unbekannten?«, fragte einer aus der Runde.

»Der Vater war dagegen, dass die Kollegen mit Kiara selbst sprechen, solange sie so aufgewühlt ist. Aber zu ihm hat sie gesagt, der Täter sei sehr groß und kräftig gewesen und habe bayerischen Dialekt gesprochen. Mehr weiß sie nicht, weil er eine Motorradhaube aufhatte.«

»Was bedeutet das mit der Mutter und dem zerstörten Leben?«

»Kiaras Vater ist Wolfram Maria Bierschneider, unser bekannter Rechtsanwalt und Stadtrat. Auch Kiaras Mutter war als Rechtsanwältin tätig, ehe sie das Kind bekam. Sie hatte oft Mandate von Opfern in Vergewaltigungsprozessen übernommen und war berüchtigt gewesen für ihre knallharten Forderungen. Die Familie hat in den letzten zwei Jahren drei oder vier Drohbriefe erhalten, in denen angekündigt wurde, Kiara müsse büßen für das Unrecht, das ihre Mutter angerichtet habe. Es könnte sich also um die Rache eines Vergewaltigers handeln, der die letzten zehn Jahre eingesperrt war und das als ungerecht empfindet.«

Charly konnte sich nicht zurückhalten: »Das hört sich aber äußerst mysteriös an, oder?«

Wieder wischte Barsch den Einwurf beiseite. »Ihr wisst ja, wie Bierschneider zur Polizei steht. Er hat bereits eine Pressekonferenz für heute Nachmittag angekündigt, bei der es aber vermutlich nur nebenbei um den Überfall auf seine Tochter gehen wird. Hauptsächlich wird er dieses Forum wieder nutzen, um die Sicherheitslage in Ingolstadt schlecht zu reden und die Arbeit der Polizei runterzuziehen. Wie immer halt.«

Mit offenen Mündern hatten die Beamten Barschs Ausführungen verfolgt. Nur der Chef hatte die Unterlippe über die Oberlippe geklappt und die ganze Zeit unbewegt vor sich auf den Tisch gestarrt.

›Wahrscheinlich überlegt er fieberhaft, mit welcher Ausrede er am glaubhaftesten verschwinden kann, damit er zur Pressekonferenz nicht da sein muss‹, dachte Charly. Es war erschreckend, wie die Erwähnung eines einzelnen Namens gestandene Hauptkommissare erzittern ließ. Klar, Bierschneider war eine große Nummer. Jeder kannte den umtriebigen Stadtrat mit den hervorragenden Beziehungen bis in höchste Regierungskreise, der keine Möglichkeit ausließ, um Fehler und Versäumnisse der Polizei aufzudecken. Und in Bierschneiders Augen machte die Polizei nur Fehler. Wurde ein Täter nicht ermittelt, hatten sowieso alle versagt, und wurde ein Täter ermittelt, so war dies nach Bierschneiders Meinung stets viel zu spät geschehen und vermutlich nur aufgrund illegaler Methoden oder nach eklatanten Verstößen gegen den Datenschutz. Dieser Fall seiner Tochter war Wasser auf seinen Mühlen. Doch auch wenn Charly nach der ersten Schilderung des Vorfalles seine Zweifel hatte, ob sich wirklich alles so zugetragen hatte, musste man etwas unternehmen, das war klar.

»Dieser Fall ist natürlich Wasser auf Bierschneiders Mühlen«, führte Barsch seinen Vortrag weiter, nachdem der Chef nichts sagte. »Egal, ob jemand nach der ersten Aussage Zweifel am Tathergang hat, wir müssen was unternehmen, das ist klar.« Mit einer umfassenden Handbewegung schloss er alle seine Kollegen in das »wir« ein.

»Darum gründen wir eine Arbeitsgruppe, die AG Kiara, die sofort im Anschluss mit der Arbeit beginnt. Wie ja alle wissen, ist die Personalsituation derzeit stark angespannt. Kollege Krause ist immer noch und bis auf weiteres nach Mittelfranken abgeordnet. Schwaiger wurde am Knie operiert und kommt so schnell nicht wieder. Stollberg ist die nächsten zwei Wochen auf Lehrgang, die Marquart hat Urlaub und die Kaiser Elli ist schwanger und seit letzter Woche in Mutterschutz. Damit bleiben für die AG: ich als Leiter, der Paul als Hauptsachbearbeiter, Albert für Aktenführung und Erfassung, Franz und Rosi als Ermittler.« Diese Ankündigung ließ er durch Schweigen zunächst einmal wirken. Der Dienststellenleiter starrte vor sich auf die Tischplatte. Paul, Albert, Franz und Rosi nickten mit ernster Miene ihr Einverständnis. Der Aussicht, sich am Schluss als Mitglied einer als unfähig dargestellten Arbeitsgruppe zu blamieren, stand die Möglichkeit gegenüber, sich in einem Aufsehen erregenden Fall öffentlichkeitswirksam als Ermittler zu profilieren. Offenbar wollte sich diese Chance keiner der Angesprochenen entgehen lassen.

Charly schwante Übles. Er war momentan der Einzige, der übrig blieb. Ihm würden also nicht nur der Fall des toten Landwirtes, sondern auch alle übrigen Routineaufgaben im Tagesgeschäft bleiben.

»Äh, Klaus …«, intervenierte Charly an Barsch gewandt. »Es ist bei dem Bichler, dem toten Bauern, einiges unklar. Durchaus möglich, dass sich die Geschichte zu einem Tötungsdelikt entwickelt und …«

»Charly«, unterbrach ihn Barsch, »für mich schaut das wie ein ganz klassischer Suizid aus. Ich schätze, eine Obduktion und ein halber Tag Umfeldermittlungen, dann kommst du drauf, dass der Bauer sich selber erschossen hat und nix weiter vorliegt.«

»Aber ich bin allein und soll das ganze andere Zeug auch noch machen«, protestierte Charly.

»Du bist nicht allein. Die Sandra arbeitet mit dir.« Dabei deutete Barsch generös mit der flachen Hand auf die junge Kollegin am Ende des Tisches, die vor zwei Wochen ihre Ausbildung zum gehobenen Dienst beendet hatte und seitdem beim K1 in Ingolstadt Dienst verrichtete.

»Außerdem kommt ab heute der Kollege Norbert ... äh, nein ...«, Barsch kramte in den vor ihm liegenden Blättern, »... Helmuth Reithl von der PI zu uns. Er ist abgeordnet und bleibt bis auf Weiteres. Der ist auch bei dir. Über den kannst du nach Lust und Laune verfügen.«

Im selben Moment ging die Tür auf und ein rotwangiger Endvierziger streckte seinen runden, mit dünnen hellblonden Haaren bedeckten Kopf herein: »Moing! Reithl. Ich soll hier vorsingen!«

Barsch schreckte auf und drehte sich zur Tür um. »Dafür haben wir jetzt keine Zeit, Kollege. Die Vorstellung machen wir heute Mittag ... oder morgen.« Und wieder nach vorne an seine Mitarbeiter gewandt, schlug er mit der flachen Hand auf den Tisch: »Auf geht's, Damen und Herren, wir haben keine Zeit zu verlieren. Es ist übrigens mit der Dienststellenleitung abgeklärt, dass die AG bei allem Vorrang hat, Schreibaufträge, Fahrzeuge und so weiter. Gutes Gelingen!« Damit erhob er sich und drückte sich an dem verblüfften Kollegen Reithl vorbei aus der Tür. Alle anderen schossen ebenfalls hoch, räumten hektisch Tassen und Teller in den Spüler und flitzten aus dem Sozialraum. Als Letzter stemmte sich Garn hoch und verließ grußlos das Zimmer.

»Servus, Helmuth. Willkommen bei der Kripo«, begrüßte Charly den Kollegen der Inspektion, der immer noch in der

Tür stand und ungläubig den blitzartigen Aufbruch der Kripobeamten verfolgt hatte.

»Das ist die Sandra. Wir drei sind die Affen für die nächsten Wochen.« Nachdem auch Charly und Sandra ihre Tassen in den Geschirrspüler geräumt hatten, machten sie sich zusammen mit Helmuth auf den Weg in Charlys Büro.

Sein Arbeitsplatz war einer von zwei Schreibtischen, die schräg in dem Büro standen und von denen an mehreren Kanten das Furnier abplatzte. Auf Charlys Schreibtisch, der näher an der Tür stand, belegten eine Tastatur und ein Flachbildschirm die linke Seite der Arbeitsfläche. Rechts bildeten einige Schriftstücke einen kleinen Stapel. Seitlich versetzt und näher am Fenster stand der Schreibtisch, an dem bis letzte Woche die hochschwangere Elli Kaiser ihre Fälle bearbeitet hatte. Jetzt war sie im Mutterschutz, und der Schreibtisch völlig leer. Auf einem niedrigeren Tisch in der Ecke dahinter standen Ellis Tastatur und Bildschirm. Zwei Kleiderschränke komplettierten das Mobiliar und damit war der zur Verfügung stehende Platz großteils genutzt. Helmuth setzte sich an den leeren Schreibtisch und Sandra nahm an dem Computertischchen Platz. Charly schloss die Bürotür.

Die 24-jährige Sandra Englberger war Charly von Anfang an sympathisch. Sie hatte ein offenes und ehrliches Wesen und vor allem drückte sie den Altersschnitt im K1 gewaltig nach unten. Bis jetzt war Charly der Benjamin gewesen.

Sandras bernsteinfarbene Augen und die hohen Wangenknochen ließen sie sehr attraktiv aussehen. Sie war sportlich, kleidete sich auch so und trug ihr hellbraunes Haar meist zu einem Pferdeschwanz gebunden. Außerdem lachte sie gern ein ansteckendes Lachen und roch immer frisch nach Pfirsich. Ihr Dialekt verriet die Herkunft aus dem Bayerischen Wald. Da dort jedoch die Planstellen dünn gesät waren und Sandras Oma in Ingolstadt lebte, hatte sie sich um eine Stelle bei der

Ingolstädter Kripo beworben. Sie war aufgeschlossen und lernfähig und so saß sie jetzt an dem kleinen Tisch und sah Charly freundlich und neugierig an.

Die Geschichte von Helmuth Reithl hatte erst vor kurzem die Runde gemacht. Helmuth hatte Probleme mit den Bandscheiben und war deshalb bei der Inspektion für längere Zeit ausgefallen. Den Unmut seines Dienststellenleiters hatte er sich dann zugezogen, als er während seiner Fehlzeit auf einem Foto im Lokalteil des *DonauKuriers* zu sehen war, das ihn zusammen mit anderen bei der Einweihung eines Gipfelkreuzes in 2400 Metern Höhe zeigte.

Der Inspektionsleiter gab sich mit der Begründung, Helmuths Orthopäde hätte ihm Bewegung an frischer Luft verordnet und ihm ausdrücklich zu einer Bergtour geraten, nicht zufrieden. Auch von einer schriftlichen Bestätigung des Orthopäden ließ er sich nicht beruhigen, was eventuell auch daran lag, dass der Orthopäde den gleichen Familiennamen wie Helmuth führte und sich bei näherer Untersuchung als dessen Bruder herausstellte.

Von der Eröffnung eines Disziplinarverfahrens wurde nach langem Hin und Her abgesehen. Um jedoch eine Eskalation zu vermeiden und Helmuth dem Einfluss seines erzürnten Chefs zu entziehen, wurde er zur Kripo abgeordnet. Das bedeutete, dass Helmuth zeitlich begrenzt bei der KPI Dienst tat, aber irgendwann wieder zur PI zurück musste.

Charly kannte Helmuth aus seiner eigenen Schichtzeit als erfahrenen Beamten, der zugeteilte Arbeiten zuverlässig erledigte, sich ansonsten aber kein Bein ausriss. Jetzt saß er Charly gegenüber, hatte die Arme verschränkt und harrte der Dinge, die da auf ihn zukommen würden.

»Also, nochmals willkommen bei der Kripo, Helmuth«, begann Charly. »Sandra hat das Theater ja mitgekriegt, aber wir sollten alle drei den gleichen Wissenstand haben.« Dann fasste er noch einmal die Ereignisse der Frühbesprechung zusammen. Schweigend lauschten Sandra und Helmuth den Ausführungen. Nur Sandra meldete sich einmal zu Wort. »Nur damit ich's richtig versteh«, fragte sie, »wär's ned Sache des Dienststellenleiters gwesen, des Personelle zu regeln oder wenigstens irgendwas dazu zu sagen?«

»Ach Sandra, wer glaubt, dass ein Dienststellenleiter eine Dienststelle leitet, der glaubt auch, dass ein Zitronenfalter Zitronen faltet.«

Nachdem er den beiden Kollegen alles erzählt hatte, was er selbst bis jetzt an Einzelheiten wusste, rieb sich Charly die schmerzende Schulter. Dann griff er zum Telefon und wählte die Nummer der Staatsanwaltschaft. Frau Gambrini-Steinmetz hatte mittlerweile mit ihrem Vorgesetzten gesprochen. Selbstbewusst ordnete sie die Obduktion der Leiche Bichlers an und wünschte, stets auf dem Laufenden gehalten zu werden. Danach rief Charly beim Institut für Rechtsmedizin in München an und vereinbarte einen Termin für die Leichenöffnung um 15.00 Uhr.

In den Fällen der Krankenhaustoten und des Exhibitionisten war das Wichtigste bereits erledigt und keine dringlichen Tätigkeiten erforderlich. Helmuth würde den weiteren Vormittag damit beschäftigt sein, sich verwaltungsmäßig und EDV-technisch bei der KPI anzumelden, und so entschied Charly, sich zusammen mit Sandra auf dem Bauernhof umzusehen.

Als sie an dem Anwesen in Knoglersfreude eintrafen, stand der silberne VW-Bus des Erkennungsdienstes quer vor der Hofeinfahrt. Entgegen eines mittlerweile üblichen Verfahrens war der Leiter der Spurensicherung angesichts des Namens Bierschneider nicht sofort in hysterischen Aktionismus verfallen. Er hatte nur zwei der vier verfügbaren Spurensicherer zur AG Kiara beordert. Er selbst war mit Bernd Fischer zum Bauernhof gefahren, wo die beiden jetzt alle erforderlichen Sicherungsmaßnahmen durchführten.

Charly parkte den Dienstwagen hinter dem VW-Bus, und nachdem er sich wegen der Schmerzen in der Schulter steif aus dem Auto geschält hatte, taxierte er den Hof im hellen Licht dieses herrlichen Herbsttages. Doch auch der Sonnenschein konnte nichts an dem trostlosen Eindruck ändern, den Charly schon gestern Abend gewonnen hatte: Lieblos und heruntergewirtschaftet zeigte sich der Hof. Offenbar hatte der Landwirt einzig Wert auf Funktionalität gelegt. Erst wenn etwas nicht mehr brauchbar war, wurde es ausgebessert, und dann am besten noch selbst und kostenneutral. Dementsprechend sahen die Gebäude und Maschinen des Anwesens aus. Weder Blumen noch Töpfe, Figuren oder Schalen fand man irgendwo auf dem Hof. Das einzig Lebendige war eine Schar Hühner, die in einem schmalen Grasstreifen im Schatten der Scheune scharrte.

»Hier fehlt schon lange eine Frau«, bemerkte Sandra, als sie quer über den Hof gingen. Charly hatte Sandra im Kuhstall gezeigt, wo die Leiche gelegen hatte, und wollte nun einen Blick ins Wohnhaus werfen. Gleich hinter der Haustür trafen sie auf Bernd Fischer, der in einem weißen Papieroverall mit einem Rußpinsel im Flur nach Fingerabdrücken suchte.

»Moing! Dürf' ma reinkommen, oder machen wir was kaputt?«, fragte Charly.

Fischer begrüßte seine Kollegen und winkte sie herein: »Bin grad fertig. Da im Gang schaut's schlecht aus mit Spuren. Der Chef arbeitet in der Küche. Kommt's mit.«

Auf dem Weg durchs Haus fiel Charly ein modriger Geruch auf. Fischer fasste die bisherigen Erkenntnisse zusammen. Die Untersuchung des Stalles hatte nichts Neues ergeben. Auch mit einem Metalldetektor war die Patronenhülse nicht aufzufinden. Der Nachbar hatte sich heute Morgen wieder um das Vieh gekümmert. Dadurch war der Boden im Stall noch mehr mit Heu und Gras bedeckt als gestern, und Spuren konnten dort nicht mehr gesichert werden. Scheune und Geräteschuppen waren ebenfalls abgearbeitet. Sie spielten augenscheinlich in dem Fall keine Rolle; dort war die Arbeit mit einer kurzen Videosequenz und ein paar Fotos erledigt.

So wie es aussah, hatte Bichler im Wohnhaus nur wenige Zimmer und ein kleines Bad genutzt. Am Ende eines schmalen dunklen Ganges lag das Schlafzimmer. Dort war nur eine Hälfte des Doppelbettes zum Schlafen hergerichtet, in der anderen Hälfte lag eine fadenscheinige Matratze ohne Bezug. Neben dem Bett nahm ein hellbrauner Kleiderschrank im Glanzlackdesign der sechziger Jahre die ganze Wand ein. Ohne die Spiegeltüren des Schrankes zu öffnen, wusste Charly, dass sich nicht viel Wäsche im Schrank befinden würde, denn neben dem unbenutzten Bett türmte sich Kleidung in zwei Haufen. Der eine Berg bestand aus unachtsam hingeworfener, getragener Wäsche, der andere aus zusammengelegten Hemden, Hosen und Pullovern.

Vom Flur aus führte die nächste Tür in ein Wohnzimmer, dessen Mobiliar samt Vorhängen und Tapeten aus einem Wirtschaftswundermuseum zu stammen schien: eine Schrankwand in Eiche furniert, eine hellgrüne Couchgarnitur mit gesticktem, dunkelgrünem Blumenmuster, ein Couchtisch mit gefliester Tischplatte und ein Fernsehgerät auf einem Tischchen in der Ecke. Damit war der kleine Raum erdrückend ausgefüllt.

Als sie weitergingen und an der Treppe zum Obergeschoss vorbei kamen, beantwortete Fischer Charlys fragenden Blick durch Kopfschütteln und Abwinken. Im Obergeschoss befanden sich weitere drei Zimmer, die aber nur als Abstellkammern genutzt wurden und bis obenhin mit Gerümpel vollgestopft waren.

Die Wohnküche war der größte Raum. Dort trafen sie auf Fischers Chef, der gerade zwei Kaffeetassen in Plastikbeuteln verstaute. Der Fußboden war mit graublauem Linoleum ausgelegt, das im Bereich der cremefarbenen Küchenzeile viele Brand- und Fettflecken aufwies. Auch unter der Eckbank war der Bodenbelag so stark abgenutzt, dass bereits der Estrich darunter durchschimmerte. Die Sitzflächen der Eckbank waren mit blauem, die Rückenlehnen mit rotem Plastik bezogen. Ungeachtet dieser farblichen Ausgestaltung waren mehrere Stellen mit braunem Paketklebeband ausgebessert worden. Über der weißen Resopal-Tischplatte, die jetzt schwarz war vom Ruß der Spurensicherer, baumelte eine flacher, lindgrüner Lampenschirm, dessen nackte Glühbirne im Augenblick nicht gebraucht wurde, da die Strahlen der Herbstsonne sich ihren Weg ins Zimmer durch das Fenster gegenüber der Essecke suchten und den in der Luft tanzenden Staub in helles Licht tauchten, wie Bühnenscheinwerfer das NDR-Fernsehballett. Blumen, Bilder, Ziergegenstände oder irgendetwas Persönliches suchte man in der Küche und in den anderen Zimmern vergebens.

»Also einerseits war der Bichler vermutlich recht ordentlich«, resümierte Fischer. »Hier liegt absolut nichts rum. Er hat immer alles gleich aufgeräumt. Aber so richtig sauber gemacht, mit Putzlumpen und Wasser und Zitrusduft hat er anscheinend schon lange nicht mehr.« Dabei fuhr er mit dem Finger übers Fensterbrett und ließ unzählige kleine Staubwolken in den Sonnenstrahlen wirbeln.

»Habt Ihr irgendwo einen Abschiedsbrief gefunden?«, fragte Sandra.

Fischers Chef, Hauptkommissar Beck, übernahm die Antwort: »Nein, bis jetzt ist noch nichts Derartiges aufgetaucht. Das einzige Schreibzeug, einen Block und ein paar Kugelschreiber, haben wir in dem Schubladen draußen unter dem Telefon gefunden. Der Block ist leer, aber wir nehmen ihn trotzdem mit, vielleicht hat sich etwas durchgedrückt.«

Fischer berichtete von einigen brauchbaren Fingerabdrücken, die sie an verschiedenen Stellen gefunden hatten. Am hoffnungsvollsten sprach er von zwei benutzten Kaffeetassen, die in der Edelstahlspüle standen.

»Kaffeeplausch? Ein Besucher? Ein Gespräch? Vielleicht ein Streit oder eine schlechte Nachricht? Kann das ein Motiv für einen möglichen Selbstmord sein?«, überlegte Sandra laut, während sie zur Kaffeemaschine ging und feststellte, dass der gebrauchte Filter noch eingelegt war.

»Kann sein, muss aber nicht«, antwortete Charly. »Das Blöde ist, dass wir ja noch gar nicht wissen, ob wir es mit einem Selbstmord oder einem Tötungsdelikt zu tun haben. Oder was meint ihr, Jungs?«

»Du weißt doch, wie's ist, Charly«, entgegnete Beck. »Was erledigt ist, nimmt dir keiner mehr. Und was wir jetzt versäumen, kannst du später vielleicht nicht mehr nachholen. Die Situation ist nun mal nicht eindeutig und es kann sich so oder so entwickeln. Übrigens ...«, aus seinem Tatortkoffer fischte er einen Druckverschlussbeutel, in dem eine abgegriffene, braune Geldbörse lag, »da sind 800 Euro Bargeld drin. Der Geldbeutel war da in der Küchenschublade. Und es sieht auch sonst nichts so aus, als wär's durchsucht worden. Also Raubmord war's keiner.«

Charly und Sandra ließen die Spurensicherer in dem muffigen Haus zurück und machten sich auf den Weg zum Dienstwagen. Es war erst kurz nach 10.00 Uhr und noch mehr als genügend Zeit bis zur Obduktion. Darum beschloss Charly die Zeit zu nutzen, um mit Bichlers Nachbarn zu sprechen.

Im Norden lagen zwischen dem Bauernhof und dem einige hundert Meter entfernten Donaudamm nur Felder, Wiesen und ein kleines Wäldchen. An den anderen drei Seiten umschlossen Pferdekoppeln den Hof wie ein Hufeisen. Es gab nur einen Nachbarn, und das war der Reiterhof etwa 100 Meter südlich von Bichlers Anwesen.

Lange bevor sie das Gestüt erreichten, stieg Charly der typische Pferdegeruch in die Nase. So roch auch die Kleidung seiner Tochter, wenn sie vom Reiten nach Hause kam. Und mittlerweile nicht nur Julias Reitsachen, sondern auch der ganze Keller, immer öfter das Treppenhaus und manchmal sogar sein Auto. Für manche war es der Duft nach Freiheit und Abenteuer, für die anderen, dazu gehörte auch Charly, einfach nur beißend und unangenehm.

Der Reiterhof machte einen sehr gepflegten Eindruck. Auch das konnte Charly mittlerweile beurteilen, denn er holte Julia ab und zu vom Reiten ab und er wusste, was Pferde so alles fallen ließen, egal wo sie gerade standen, trabten oder galoppierten, was sich alles aus Hufen lösen konnte, wo phlegmatische Reiter ihre Ausrüstung verstreuten und was nach dem Ausmisten alles vom Schubkarren fallen konnte und dann einfach liegen blieb. Aber dieser Hof war peinlich sauber. Nach der lieblosen Öde des Bichler-Hofes erfreuten hier Blumenkübel, bewachsene Rankgitter und Rabatten den Betrachter. Auch die Stallungen waren ordentlich aufgeräumt. Dort fanden sie nach dem Hinweis eines Pferdefreundes den Besitzer, einen stämmigen Mittfünfziger, dessen Figur darauf schließen ließ, dass das Geschäft mit Reitern und Pferden seit langem gut lief und er es genoss, das genießen zu können. Das volle graue Haar, das schwungvoll nach hinten gekämmt war, bildete ein kleines Vordach über der Stirn und darunter funkelten helle, listige Augen.

Ja, er habe schon davon gehört, dass der Bichler sich das Leben genommen hat. Aber so leid es ihm täte, er könne sich nicht vorstellen, dass irgendjemand etwas vermissen würde, wenn der Bauer nicht mehr auf dieser Welt wandle. Denn dieser Mensch sei das Musterbeispiel eines Misanthropen gewesen. Er konnte weder sich selbst noch einen anderen leiden, mochte mit niemandem etwas zu tun haben und betrachtete scheinbar die Zeit seines Daseins als pure Last.

Wie er denn zu einer derart intimen Kenntnis des betreffenden Charakters gelangt sei, begehrte Charly sprachlich angepasst zu wissen. Sandra wandte sich ab, um ihr Grinsen zu verbergen, und widmete sich dem Streicheln einer schwarzen Friesenmähne.

Der Gutsherr erzählte, dass er seinem Nachbarn vor Jahren die Wiese unmittelbar hinter dessen Hof hatte abkaufen wollen, um daraus eine Zuchtweide zu machen. Obwohl der Bauer die Wiese nicht benötigte, hatte er die Anfrage rundheraus abgelehnt. Er hatte sich damals nicht die Mühe gemacht, eine Begründung für seine Ablehnung anzuführen, sondern einfach gesagt, er würde die Wiese deshalb nicht verkaufen, weil der Interessent die Wiese kaufen wollte. Weiteren Argumenten und Angeboten war er nicht zugänglich gewesen und so kühlte das nachbarschaftliche Verhältnis bis zum Gefrierpunkt ab. Man grüßte nicht mehr und ignorierte einander. Außer wenn versehentlich ein Reiter über eine seiner Wiesen galoppierte. Dann hatte der Bichler cholerisch herumgeschrien, mit Anzeigen und Schadensersatzforderungen gedroht und die Reiter sowie den Gutsbesitzer mit allerlei Namen aus dem Tierreich belegt.

Einen Grund für einen Selbstmord, außer der bereits erwähnten charakterlichen Disposition, wusste der Besitzer des Reiterhofes nicht zu nennen. Am Samstag oder Sonntag war ihm nichts Außergewöhnliches aufgefallen, wobei er natürlich auch nicht darauf geachtet hatte. Daraufhin gab Sandra dem Friesen einen letzten Klaps auf den Hals und die Kriminaler verabschiedeten sich.

Zurück im Wagen machte sich ein leichter Pferdegeruch breit und Charly war sehr froh, dass sich nach einigen Augenblicken wieder Sandras Pfirsichduft durchsetzte.

Bis jetzt hatte Charly versucht, die Schmerzen in der Schulter zu ignorieren. Es wurde aber davon nicht besser und mittlerweile bewegte er sich wie ein ungelenker Roboter, weil er nicht mehr zur Seite oder nach hinten sehen konnte, ohne dabei den ganzen Oberkörper zu drehen. Auch Lenken und Schalten war nicht mehr möglich. Darum tauschte er den

Platz mit Sandra und sie fuhr den Audi, während Charly auf dem Beifahrersitz einen Aktenvermerk zum Gespräch mit dem Besitzer des Reiterhofes diktierte.

Es war immer noch zu früh, um nach München zu fahren. Darum entschieden sich die Ermittler, auf gut Glück die Adresse des jüngeren Sohnes anzufahren. Er wohnte im Stadtteil Hundszell, der mit Knoglersfreude ohne erkennbare Grenze verwachsen war. Also fuhren sie quer durch den Vorort und erreichten ein Wohngebiet am südlichen Ortsrand. Einfamilien- und Doppelhäuser aus den letzten zehn bis zwanzig Jahren standen in mehr oder weniger gepflegten Gärten und die Grundstücke waren mit Maschendraht, Thujenhecken oder Metallzäunen zwischen Granitpfosten säuberlich umfriedet.

Vor Hausnummer 37 in der Silesiusstraße hielten sie an und Sandra stellte den Motor ab.

»Der Apfel fällt nicht weit vom Stamm«, bemerkte sie mit einem missbilligenden Blick auf das Haus von Bichler junior. Charly musste ihr recht geben. Sie sahen ein hellgrau gestrichenes Einfamilienhaus mit rotem Satteldach und dunkelgrauen Rändern um Fenster und Türen. Ein gepflasterter Weg führte durch eine rechteckige, kurz geschorene Grünfläche zur Haustür. Der Platz vor der Doppelgarage war ebenfalls mit grauem Pflaster belegt und zwischen den Steinen wucherten Löwenzahn und Disteln. Ein Zaun war weder vor dem Haus noch um den Garten vorhanden, obwohl jemand an einer Längsseite des Grundstückes irgendwann damit begonnen hatte, Zaunsockel zu betonieren, ohne diese Arbeit je zu vollenden. Das Haus selbst war höchstens zehn Jahre alt, schätzte Charly. Aber Holzfenster, Garagentor und Haustür hatten dringend einen Anstrich nötig. Wie beim Bauernhof, so fand man auch hier nirgends etwas Persönliches, etwas Originelles oder einfach nur irgendetwas Hübsches.

Sandra und Charly betraten die drei Stufen vor der Haustür, die nur aus dem blanken Beton bestanden, und klingelten. Im Haus rührte sich jedoch nichts. Während die Kriminaler sich weiter umsahen, erschien die Frau aus dem Nachbarhaus, getrieben von der Sorge um den Besitz des jungen Bichlers. Oder einfach nur aus Neugier.

»Hätten Sie was braucht?«, fragte sie, während sie die Fremden misstrauisch musterte.

Nachdem Charly und Sandra sich als Polizeibeamte ausgewiesen hatten, legte sich ihr Argwohn, und sie entwickelte sich zu einer sprudelnden Informationsquelle. Man sei erschüttert über den Tod des Vaters, auch wenn man den Landwirt eigentlich gar nicht näher gekannt habe. Dem Sohn gegenüber habe man das Mitgefühl noch nicht ausdrücken können, weil man ihn noch nicht gesehen habe. So wie man ihn halt überhaupt nicht oft sehe. Denn entweder sei er in der Arbeit oder er gehe weg oder er halte sich im Haus auf. Der Sohn arbeite beim Städtischen Bauhof in der Hindemithstrasse und verlasse sein Haus daher am Morgen immer recht früh, verkündete sie. Auf eine weitere Frage erfuhren die Ermittler, dass Bichler junior das Haus leider allein bewohnt. Damals, als das Haus gebaut worden war, habe es schon eine Freundin gegeben und sogar von einer Hochzeit sei schon die Rede gewesen. Aber dann, kurz nach dem Einzug, sei diese Freundin auf und davon. Seitdem wohnt der junge Herr allein und auch sehr zurückgezogen. Außer beim Rasenmähen sah man ihn am Haus oder im Garten nicht viel arbeiten.

Die Frau hätte bestimmt noch viel Interessantes mitzuteilen gehabt, aber Charly sah auf seine Uhr, rieb sich die Schulter und sagte, sie hätten noch einen Termin in München und müssten jetzt los.

Pünktlich trafen sie am Institut für Rechtsmedizin ein. Sandra war nach Charlys Anweisungen gefahren und sie hatten sich nur zweimal in der Münchener Innenstadt verfranst, was aber bei Fahrten zur Rechtsmedizin durchaus nicht ungewöhnlich war. Die Frauenlobstraße war wie üblich auf beiden Seiten zugeparkt. Auf den zwei reservierten Parkplätzen für Polizei-Einsatzfahrzeuge standen ein Taxi und der Fiat eines Pizzaservices. Um die Ecke fanden sie dann doch noch einen freien Platz und stellten dort den Audi ab.

Nachdem sie durch einen breiten Torbogen in den Innenhof gelangt waren, betraten sie das Gebäude durch den »Lieferanteneingang«. Hier lieferten die Bestattungsunternehmen aus ganz Südbayern die zu untersuchenden Leichen an. Auch der Mercedes der Ingolstädter Firma stand schon da. Gleich als sie in den weiß – oder vom Zahn der Zeit mittlerweile cremefarben – gekachelten Gang traten, schlug ihnen wie eine Keule der süßliche Geruch von Tod und Verwesung entgegen.

»Warst du eigentlich schon mal bei einer Obduktion?«, fragte Charly.

Sandra, die schon eine Spur bleicher im Gesicht war, schüttelte den Kopf. »Nur bei der Ausbildung, in einem Hörsaal, ganz oben in der letzten Reihe. Da hat es nicht so gerochen.«

Charly machte auf dem Absatz kehrt und führte Sandra noch mal zurück in den sonnigen Innenhof. »Entschuldige, da hätt ich vorher dran denken sollen«, sagte Charly. »Eine Obduktion ist für unsereins eine dreifache Belastung. Mental, weil man weiß, dass das ein Mensch ist, der da so zerschnippelt wird. Optisch, weil es wirklich nicht schön ausschaut. Und olfaktorisch, weil der Tod an sich und der Mensch innen drin einfach nicht gut riecht. Optisch ist einfach, da drehst du dich um und schaust woanders hin. Mental kann man nichts ändern, das ist halt so. Und geruchsmäßig haben wir das hier.« Dabei zog er ein kleines braunes Fläschchen aus der Jackentasche.

»Fichtennadelöl.« Er schraubte die Flasche auf, kippte sich einen Tropfen auf den Zeigefinger und verstrich ihn unter der

Nase. »Damit nimmst dem Geruch schon mal den größten Schrecken.« Dann bot er Sandra das Fläschchen an, und auch sie verstrich das Öl auf der Oberlippe.

»Aber Vorsicht«, warnte er, während er das Fläschchen wieder einsteckte, »wenn du das zu oft machst, kannst irgendwann keinen Waldspaziergang mehr machen, ohne dass in deinem Kopf die Bilder von aufgeschnittenen Leichen herumgeistern. Und wenn's dir schlecht wird, dann geh einfach raus an die frische Luft.«

Sandra nickte und tapfer betrat sie mit Charly wieder den Flur. Wie draußen auf der Straße die parkenden Autos, so standen in dem breiten Gang auf beiden Seiten die Rollbahren, auf denen die Leichen lagen, die als nächste drankamen. Alle waren ganz oder teilweise mit weißen Tüchern bedeckt. Durch dieses Spalier aus Toten gingen Charly und Sandra zum Obduktionssaal. Dort arbeiteten mehrere Obduzenten, unterstützt von Gehilfen und beobachtet von Medizinstudenten, an vier Edelstahltischen und fertigten einen Leichnam nach dem anderen ab. Der Raum bestand hier aus einem Gewölbe mit dicken Pfeilern zwischen den einzelnen Tischen. An den Wänden, wo sich zahlreiche Spülbecken und Arbeitsflächen befanden, wechselten sich Fliesen und Edelstahlverkleidungen ab. Unterbrochen wurden die Mauern nur von einigen kleinen Fenstern, die zum Innenhof führten. Lediglich über den Seziertischen brannten helle Lampen, ansonsten wirkte der Raum düster und hätte eine erstklassige Kulisse für einen Horrorfilm abgegeben. Der Geruch im Saal war beinah nicht auszuhalten.

Sandra bat Charly um einen weiteren Tropfen Fichtennadelöl, während sie zu Tisch Nummer drei gingen, wo Bichlers Leiche gerade von der Bahre auf den Arbeitstisch gewuchtet wurde.

Auf den Oberschenkel des Leichnams hatte zuvor ein Gehilfe mit blauem Wachsstift in großen Ziffern Größe und Gewicht des toten Körpers geschrieben. ›178/86‹ stand dort.

»So, dann pack ma's an«, sagte der verantwortliche Obduzent und klatschte in die Hände. »Sie haben also Zweifel, dass sich der Mann selbst erschossen hat. Versteh' ich das richtig?«, fragte er Charly, der ihm daraufhin kurz erklärte, wo diese Zweifel herrührten.

»Dann schau ma mal, was ich für Sie tun kann«. Der Gerichtsmediziner legte eine weiße Plastikschürze an und griff zum Mikrofon, das in der Mitte des Tisches von der Decke hing. Er begann schnell, leise und mit zahlreichen medizinischen Fachbegriffen die Leiche zu beschreiben. Als er seinen Gehilfen anwies, den Oberkörper aufzuschneiden, wich der rosa Farbton aus Sandras Wangen. Und als der Gehilfe mit einer Art Geflügelschere das Brustbein heraustrennte, verließen auch alle anderen Farbtöne ihr Gesicht und sie drehte sich um und sah zum Fenster hinaus. Der Mediziner beschrieb routiniert und ausführlich die Eingeweide; einige Organe wurden entnommen und vermessen.

Sandra bat nochmals um einen Tropfen Fichtennadelöl, und Charly überließ ihr das Fläschchen.

Dann ging es an die Öffnung des Kopfes, dem interessanten Teil in diesem Fall. Die handwerkliche Ausführung durch den Obduktionsgehilfen, der seine Tätigkeiten für die anwesenden Medizinstudenten genau erläuterte, veranlasste Sandra, einige Male kräftig zu schlucken. Als die Schädeldecke mit einem klebrigen Geräusch geöffnet wurde, verließ sie den Saal. Auf die akustische Herausforderung hatte Charly sie nicht hingewiesen. Mit Sandra ging eine der Medizinstudentinnen nach draußen, die genauso kreidebleich war.

Charly wäre Sandra nur zu gerne an die frische Luft gefolgt. Er musste all seine Willenskraft aufbieten, um es nicht einfach zu tun. Aber schließlich war es sein Fall. Es wurde erwartet, oder zumindest setzte er sich diesen Maßstab selbst, dass er die Entwicklung verfolgte und anwesend war, falls es Fragen gab oder Hinweise auftauchten.

Durch eines der kleinen Fenster konnte er Sandra im Hof sehen. Sie hatte die Hände in die Hüften gestemmt und den Kopf in den Nacken gelegt. Ob sie wegen eines Zwiegespräches mit dem Schöpfer nach oben blickte oder einfach nur durch die unendliche Weite des herbstlichen Himmels, an dem die ersten grauen Wolken aufzogen, den beklemmenden Eindruck des Obduktionssaales verdrängen wollte, konnte man nicht erkennen. Jedenfalls richtete sie plötzlich den Blick wieder nach vorne und schüttelte den Kopf. Man sah, dass sie zwei- oder dreimal kräftig durchatmete. Dann rieb sie sich nochmals Fichtenduft unter die Nase, drehte sich um und stapfte mit entschlossenen Schritten Richtung Eingang.

Kurz darauf stand sie wieder neben Charly. Die kurze Pause hatte gereicht, um ihren Teint wieder zu beleben. Aber auch ihr Gesichtsausdruck hatte sich verändert. Mich bringt hier nichts mehr raus, bevor wir nicht fertig sind, schien ihr Blick zu sagen.

»Entschuldigung, kommt nicht mehr vor«, flüsterte sie Charly zu.

»Kein Problem«, flüsterte Charly zurück.

Die Medizinstudentin kam nicht mehr zurück und war auch im Innenhof nicht zu sehen. Eine Dreiviertelstunde später hatte der Obduzent sein Werk vollendet und diktierte seine Zusammenfassung, während Igor – so nannte Charly in Gedanken den Gehilfen – alle Schnitte mit groben Stichen wieder zunähte.

Dann wandte sich der Rechtsmediziner an Charly und Sandra: »Also, Todesursache ist eindeutig die Schussverletzung im Kopf, die sofort zum Exodus führte. Sonst war er rundrum gesund. Wir haben einen Einschuss und einen Ausschuss. Der Schusskanal führt von rechts oben nach links unten in einem Winkel von etwa 15 Grad. Und auch von seitlich vorne leicht nach hinten. Das bekommen Sie aber natürlich alles noch auf Bildern geliefert. Des Weiteren handelt es sich nicht um einen aufgesetzten Schuss, das haben Sie ja auch schon erkannt.« Anerkennend nickte er Charly zu.

»Ich würde sagen, es handelt sich um einen relativen Nahschuss, höchstens aus einem halben Meter ungefähr. Aber das können Ihnen Ihre Schusswaffenexperten beim LKA besser sagen.«

Dann streifte er seine Plastikschürze ab, betrachtete sich nachdenklich den nackten Leichnam und kratzte sich am Hals. »Tja, nun zu Ihrer Gretchenfrage: Ist es ein Selbstmord oder nicht? Wenn ich ehrlich bin, ich kann's nicht 100%ig sagen.« Dabei zuckte er mit den Schultern. »Schussentfernung und Schusskanal sprechen eigentlich dagegen. Aber wir haben hier schon die verrücktesten Sachen erlebt. Weiß der Teufel, warum jemand sich so komisch erschießen soll, aber möglich ist es schon. Ich kann also einen Selbstmord nicht ausschließen.«

Das war nicht, was Charly eigentlich hören wollte. Er hatte sich von der Obduktion eine eindeutige Aussage erhofft, ob er nun ein Tötungsdelikt zu bearbeiten hat oder nicht.

»Können Sie den Todeszeitpunkt einschränken?«, fragte Charly den Mediziner.

»Ja, das kann ich.« Der Gefragte war sichtlich erleichtert, dass die Aussage zum möglichen Selbstmord so akzeptiert wurde.

»Nach allem, was ich Ihrem Bericht über die Leichenstarre und -flecken sowie die gemessene Körpertemperatur entnehme, unter Berücksichtigung der Verhältnisse im Kuhstall und so weiter, würde ich sagen, der Tod trat mindestens 24 höchstens 30 Stunden zuvor ein.«

»Also am Samstag zwischen 13.00 Uhr und 19.00 Uhr?«, versicherte sich Charly.

»Genau.« Der Rechtsmediziner bedeckte Bichlers Körper wieder mit einem weißen Tuch. In Richtung des Ganges rief er: »Der Nächste, bitte.«

»Noch eine Frage, Herr Doktor«, meldete sich Sandra. »Mein Kollege hat schlimme Schmerzen in der Schulter. Können Sie ihm da helfen?«

Der Mediziner griff zum Skalpell. »Ich kann ja mal reinschauen«, bot er an.

»Nein, danke! Jetzt reicht's. Erst weiß werden wie die Wand und dann gleich wieder frech wie Oskar.« Entrüstet drehte Charly Sandra herum und schubste sie Richtung Ausgang. Im Hinausgehen verabschiedeten sich die Beamten von dem lachenden Rechtsmediziner.

Als Charly und Sandra in München losfuhren, begann es aus schwarzen, tief hängenden Wolken prasselnd zu regnen. Der Regen verwandelte das übliche Chaos des Berufsverkehrs in eine totale Katastrophe. Über den Mittleren Ring bewegte sich die Blechlawine nur im Schritttempo, und auch auf der Autobahn kam der Tross bis Allershausen immer wieder zum Stillstand. Der Regen hatte die herbstliche Luft stark abgekühlt und zu ihrem Leidwesen mussten die beiden feststellen, dass die Heizung des Dienstwagens außer einem ekelhaften Kratzen nichts zustande brachte.

Es goss immer noch wie aus Kübeln, als sie in Ingolstadt die Autobahn verließen und kurz darauf den Audi in der Garage abstellten. Es war weit nach Dienstschluss. Die zwei oder drei Kollegen, die noch arbeiteten, hatten ihre Bürotüren geschlossen, um sich ungestört ihren Fällen widmen zu können. Von der ›AG Kiara‹ war niemand mehr im Haus. Auch Barsch und Helmuth trafen sie nicht mehr an. Nur aus Fischers Büro fiel Licht auf den düsteren Gang.

Der Erkennungsdienstler saß vor dem Computer und listete Asservate auf. Erfreut drehte er sich um, als er seine Kollegen kommen hörte.

»Endlich, ich hab auf euch gewartet. Na, Sandra, Lust auf eine Schlachtschüssel?«

Sandra lehnte dankend ab. Sie hatten während der Rückfahrt ein paar Hamburger hinuntergewürgt, obwohl beiden eigentlich nicht danach zumute war.

»Wie war denn die Pressekonferenz? War der Garn-X-Conny auch dabei?«, fragte Charly.

»Kollege Garn ist mittags heimgegangen, weil er nachmittags einen höchst wichtigen Arzttermin hatte, der schon lange ausgemacht war. Beide Pressekonferenzen, unsere und die vom Bierschneider, sind abgelaufen, wie es zu erwarten war. Aber das ist jetzt völlig uninteressant. Das hört und lest ihr alles morgen. Sagt mir lieber, was die Rechtsmedizin sagt.«

»Leider nix. Der Doc wollte sich nicht festlegen. Er sagt, es wäre ein komischer Selbstmord, wenn's einer wär. Aber ausschließen kann er es nicht. Also sind wir so schlau wie vorher.«

»Dann hab ich was für dich! Aber jetzt geht erst mal hinter in euer Büro und zieht die nassen Jacken aus. Ich mach uns Kaffee und dann komm ich hinter.«

Charly streifte gerade seine feuchte Wildlederjacke über die Rückenlehne des Bürostuhles, da bedankte sich Sandra mit leiser Stimme. Und als sie seinen ratlosen Blick sah, fügte sie hinzu: »Weil du meinen kleinen Aussetzer während der Obduktion nicht erwähnt hast.«

»Das nächste Mal wird *mir* schlecht und *ich* geh raus. Dann will ich, dass du drin bleibst und nachher keinem was davon erzählst. Okay?«

Weil Fischer in dem Moment das Büro betrat, war das Thema erledigt. In der rechten Hand balancierte er ein Tablett mit drei Tassen Kaffee. Unter den linken Arm hatte er einen schmalen Aktenordner geklemmt. Beides stellte er auf Charlys Schreibtisch ab. Während Charly und Sandra ihre klammen Finger um die warmen Kaffeetassen legten, öffnete Fischer den Aktenordner.

»Wir haben in dem Bauernhof ein bisschen was sichergestellt. Einige auswertbare Fingerspuren, zahlreiche DNA-Abriebe und die Tassen im Spülbecken.« Dabei blätterte Fischer den Ordner durch. Er hatte die wichtigsten Bilder auf A4 ausgedruckt und abgeheftet.

»In der Garderobe haben wir noch einen Seidenschal gefunden, der ganz bestimmt nicht diesem einschichtigen Landwirt gehörte.« Er hob ein Blatt hoch, auf dem das Bild eines grünorangefarbenen Damenschals zu sehen war, der in einem durchsichtigen Druckverschlussbeutel steckte.

Bevor jedoch Charly oder Sandra eine Frage stellen konnten, gebot ihnen Fischer durch eine Handbewegung zu schweigen.

»Aber jetzt wird's spannend. Ich hab mir unsere Bilder von gestern noch mal genau angesehen. Und dabei ...« Er entnahm dem Ordner ein weiteres Blatt und reichte es Charly. Sandra, die hinter Charly stand, beugte sich über seine Schulter und beide blickten auf eine A4-Vergrößerung, die die Beine des toten Landwirtes mit den Gummistiefeln zeigten, so wie er aufgefunden worden war.

»Und? Was überseh ich jetzt?«, fragte Charly nach einiger Zeit ratlos.

»Was seht ihr hinter den Absätzen der Gummistiefel?«

Charly und Sandra sahen noch mal genauer hin: »Kleine Heubüschel!«

Charlys Blick hellte sich auf. Aber Sandra schaute immer noch verwirrt drein.

»Tut mir leid, ich versteh's nicht.«

»Vom Füttern ist der Boden in diesem Kuhstall anscheinend immer mit Heu eingedeckt. Diese Büschel unter den Absätzen können nur entstehen, wenn er mit den Absätzen über den Boden schleift und das Heu quasi mit den Absätzen zusammenkratzt«, begann Fischer seine Erklärung und fuhr dabei mit zwei ausgestreckten Fingern über die Tischplatte.

»Die Beine des Toten waren ausgestreckt, als er gefunden wurde. Es gibt also drei Möglichkeiten. Erstens: Als er schießt, sind die Beine schon ausgestreckt.«

»Dann hätte sich das Heu nicht unter den Absätzen gesammelt«, sagte Charly.

»Genau. Zweitens: Als er schießt, sind die Beine angewinkelt. Die Muskelspannung lässt nach und die Beine rutschen nach vorn.«

»Dann wären die Heubüschel vor den Gummistiefeln.«

»Ebenfalls richtig. Also dritte Möglichkeit: Nachdem geschossen wurde, wird der Körper nach hinten gezogen und an die Wand gelehnt.«

»Warum sind keine Schleifspuren da?«, fragte Sandra.

»Weil der Bauer aus dem Dorf die Kühe gefüttert hat, bevor wir in den Stall kamen. Dabei hat er wieder Heu am Boden verstreut und so die Schleifspuren zugedeckt. Außerdem würde im Fall drei derjenige, der den Körper gezogen hat, die Schleifspuren verwischen.«

»Und wenn er geschossen hat und dann selbst noch zurückgerutscht ist?«

»Der Gerichtsmediziner sagt, der Schuss war sofort tödlich«, erinnerte sie Charly.

»Vielleicht hat ihn der Notarzt zurückgezogen und aufgerichtet?«

»Die Kornburg fand ihn an die Wand gelehnt. Die Notärztin hat nur seinen Puls gefühlt und ihm in die Augen geleuchtet. Sie hat seine Position nicht verändert.« Es folgte eine kurze Stille, in der man nur die Regentropfen hörte, die gegen die Scheiben schlugen.

»Und dann legt ihm jemand die Pistole in die Hand, damit wir glauben, es sei ein Selbstmord.«

Charly sah noch einmal auf das Bild und dann von Sandra zu Fischer.

»Wir haben es hier mit einem Mord zu tun!«

Dienstag, 14. Oktober

Es nieselte nur noch, als Charly zur Bushaltestelle stapfte und dabei sehr darauf bedacht war, den rechten Arm nicht im Rhythmus seiner Schritte zu schwingen. Gestern Abend hatte sich Petra natürlich als Erstes erkundigt, was die Schmerzen in seiner Schulter machten.

»Werd scho' wieder«, hatte er beschwichtigt und versucht, sich so wenig wie möglich anmerken zu lassen. Heute Morgen konnte er aber weder den Arm belasten noch den Kopf drehen, ohne vor Schmerzen aufzuschreien und nur mit Petras Hilfe war es ihm gelungen, sich aus dem Bett zu schälen und ein Hemd anzuziehen. Wenn er wegen seines aktuellen Falles schon nicht zu Hause bleiben könne, hatte sie erklärt, dann solle er wenigstens versprechen, sich so schnell wie möglich beim Doktor einen Termin geben zu lassen. Die Mitteilung, dass es sich beim Tod des Landwirtes wahrscheinlich um einen Mord handelte, kommentierte sie mit einem lockeren »Den musst ja nicht unbedingt heute aufklären!«.

An Autofahren war natürlich gar nicht zu denken. Widerwillig hatte sich Charly für den Linienbus um fünf vor sechs entschieden.

In einer Gischtwolke fuhr der Bus in die Haltestelle ein und als Letzter von fünf Fahrgästen stieg Charly zu. Im vorderen Bereich wäre nur in der Vierergruppe, in der man sich gegenübersitzt, ein Platz frei gewesen. Aber morgens entgegen der Fahrtrichtung zwei Berufsschülern Knie an Knie gegenüberzusitzen, die sich über ihre Alkoholexzesse vom Wochenende unterhielten, hätte Charlys ohnehin schon vorhandene Abneigung gegen das Busfahren ins Unerträgliche gesteigert.

In der hinteren Hälfte lagen in vielen der Zweierbänke Jugendliche quer auf der Bank, die Basecap tief ins Gesicht gezogen, den MP3-Player im Ohr und den Rucksack auf dem freien Platz daneben abgestellt. Gott sei Dank entdeckte Charly eine komplett freie Sitzbank und rutschte auf den Platz am Fenster. Im Bus herrschte bereits ein subtropisches Klima. Die Heizung lief auf höchster Stufe und das verdampfende Regenwasser aus der Kleidung der Fahrgäste schlug sich an den kalten Scheiben nieder. Durch die beschlagenen Fenster war außer einem konturlosen Hell und Dunkel nichts von der Umgebung zu erkennen. Ruckend fuhr der Bus wieder los.

Früher war das auch anders, dachte Charly. In seiner Kinderzeit war es ihm immer vorgekommen, als würden Omnibusse schweben. Der Motor hatte beruhigend gleichmäßig geschnurrt und der Bus war sanft in die Haltestellen geglitten und ohne Ruckeln wieder weitergeschwebt. Auch war früher ein Linienbus ein Ort, an dem man sich nur gedämpft unterhielt. Heute wurde man bereits am frühen Morgen mit türkischen Ös und Üs, Zischlauten von osteuropäischen Sprachen, stampfenden Rhythmen aus Kopfhörern und Klingeltönen malträtiert.

Charly beobachtete die verschwommenen Rücklichter auf der anderen Seite der beschlagenen Scheiben. Zähflüssig wälzte sich der Strom aus Lichtern der Stadt entgegen. Kleine Rinnsale mündeten aus Seitenstraßen in den Hauptstrom und ließen ihn immer mehr anschwellen. An Kreuzungen und vor Ampeln wurde der Fluss zeitweise aufgestaut, aber nur kurz, um sich dann mit den Zuflüssen von links und rechts zu verbinden und weiter Richtung Innenstadt zu strömen. Wie an Stromschnellen erhöhte sich die Fließgeschwindigkeit auf einer breiten und geraden Zufahrtsstraße, um sich dann vor einem Kreisverkehr wieder zu verlangsamen, einen Strudel zu bilden, aus diesem Strudel in mehrere kleinere Kanäle abzufließen und schließlich in unzähligen Parkhäusern und Tiefgaragen sowie auf Firmenparkplätzen und an den Straßenrändern zu versickern.

Auch Charlys Bus war am Busbahnhof angekommen, hatte zischend seine Türen geöffnet und die Fahrgäste in ihren Arbeits- oder Schultag entlassen.

Im Kaffeezimmer waren schon vor Beginn der Frühbesprechung alle sehr aufgeregt. Das beherrschende Thema waren die Pressekonferenzen vom Vortag. Charly hatte bereits zu Hause den halbseitigen Artikel im *DonauKurier* überflogen. Bierschneiders Auftritt war eine Stunde vor dem polizeilichen Termin über die Bühne gegangen. Dabei hatte der Stadtrat wie erwartet kein gutes Haar an der Polizei gelassen. Zunächst hatte er den Ablauf des Überfalls auf seine Tochter geschildert. Dass er dabei auch Einzelheiten hinausposaunte, die ermittlungstaktisch von Bedeutung sein könnten und daher vorerst nicht veröffentlicht werden sollten, war ihm völlig egal. Danach war er auf die Drohbriefe zu sprechen gekommen und hatte der Polizei Unfähigkeit und Untätigkeit bei der Untersuchung vorgeworfen. Er hatte die Polizei als völlig inkompetent bezeichnet und Horrorszenarien gemalt, wonach man es in Ingolstadt nicht mehr wagen konnte, seine Haustür zu öffnen, geschweige denn, allein durch die Stadt zu gehen.

Die Pressekonferenz von Polizei und Staatsanwaltschaft war weniger polemisch abgelaufen. Man hatte die Errichtung einer Arbeitsgruppe verkündet und versichert, alle in Betracht kommenden Möglichkeiten und Methoden zur Aufklärung zu nutzen. Auf Nachfragen hatte der Leiter der Polizeidirektion Ingolstadt, Polizeidirektor Rubin, beteuert, dass die Sicherheitslage in Ingolstadt zu den besten in Bayern gehöre und niemand sich fürchten müsse, alleine durch die Stadt zu gehen. Der leitende Staatsanwalt, Dr. Brenneisen, hatte Wert auf die Feststellung gelegt, dass es sich um eine gezielte Tat handelte und nicht um einen wahllos agierenden Serientäter. Es müsse sich also niemand Sorgen machen.

Die Morgenbesprechung der Kommissariatsleiter dauerte aufgrund der aktuellen Ereignisse wieder außergewöhnlich lang, und Barsch erschien zusammen mit Garn erst, als die Kaffeekannen bereits leer waren. Im Großen und Ganzen erzählte Barsch das, was Charly schon aus der Zeitung wusste. Zusätzlich berichtete er, dass sich die Schar der Medienvertreter aus dem Polizeireporter des *DonauKuriers*, zwei weiteren Vertretern lokaler Wochenblätter, einem Team des Ingolstädter Lokalfernsehens und einem Mitarbeiter von *Radio IN* zusammengesetzt hatte. Barsch bedauerte, dass er bei dem Pressetermin nicht zu Wort gekommen war. Auch Garn warf ein, er hätte gerne im Kreise der Pressevertreter ganz entscheidende Aspekte ins Feld geführt, sei aber leider durch einen langfristigen Termin verhindert gewesen. Danach wurde es ruhiger im Kaffeezimmer.

Jetzt bot sich Charly die Möglichkeit, über die Entwicklung in seinem Fall zu sprechen. Er hatte das Bild mit den Heubüscheln dabei.

»Klaus! Conny! Wir haben Neuigkeiten im Fall Bichler«, begann er. Und bevor Barsch ihn abwürgen konnte, erzählte er von den bisherigen Ermittlungen und der Obduktion und versuchte seinen Chefs klarzumachen, dass es sich hier um ein ermittlungsintensives Tötungsdelikt handelte.

»Ach komm, Charly! Wegen ein paar Grashalmen unter den Gummistiefeln ist es noch lange kein Mord«, unterbrach ihn Barsch. »Der kann genauso gut selbst zurückgerutscht sein, bevor er sich erschossen hat.«

»Mit ausgestreckten Beinen? Das mach mir mal bitte vor!«

Gerade wollte Barsch darauf antworten, als sich Garn zu Wort meldete: »Charly, das ist jetzt halt mal so. Wir können nicht alle in die AG stecken. Das nächste Mal bist dann du dabei, wenn's um was geht. Da muss man jetzt nicht irgendwas konstruieren, nur um auf sich aufmerksam zu machen.«

Charly hätte gerne etwas erwidert, aber ihm fehlten die Worte. Er räumte mit der linken Hand seine Kaffeetasse auf und verließ das Zimmer. Sandra und Helmuth, der sich mittlerweile selbst bei den Kollegen vorgestellt hatte, folgten ihm.

Im Büro erläuterten sie für Helmuth die Ereignisse des Vortages noch einmal detaillierter, um ihn auf den gleichen Stand zu bringen.

»Und, wie war die Obduktion?«, fragte er Sandra, nachdem alle Neuigkeiten durchgekaut waren.

Sie presste die Lippen zusammen und zuckte kurz mit den Schultern. »Hm, hat scho passt.«

»Respekt! Mich dreht's da jedes Mal und ich möcht am liebsten rausgehen.«

»Sagt dir *STUPID* was?«, fragte ihn Charly, auch um alle Anwesenden vor weiteren Geständnissen zu bewahren.

»Ja! Begriff aus dem Englischen. Könnt man frei übersetzen mit Kripo. Weil ihr da heroben habt's scheinbar alle einen Schlag. Ein Haufen heiße Luft, vui Lärm um nix, alles wird aufgeblasen und dann seitenweise Papier voll geschrieben. Das ist beim Bierschneider so und das ist bei deinem Selbstmörder genauso.«

Charly schluckte seine Antwort hinunter, die ihm auf der Zunge lag.

»*STUPID* ist außerdem noch ein Computerprogramm«, sagte er stattdessen. »**S***ystem zur* **T***ataufklärenden* **U***nterstützung* **P***olizeilicher* **I***nvestigationen und deren* **D***arstellung*. In dem Programm erfassen wir Idioten von der Kripo die Details der aufgeblasenen Fälle. Alle Personen, alle Ereignisse, Fahrzeuge, Orte, Telefone und so weiter, die bei den Ermittlungen auftauchen. Es wird alles miteinander verknüpft, wer mit wem zusammenhängt, wer welche Autos und Handys benutzt, wer sich wann wo aufgehalten hat. Im günstigsten Fall kriegen wir am Schluss ein schönes buntes Schaubild, von dem wir ablesen können, wer als Täter in Frage kommt. Aber wie gesagt, nur im allergünstigsten Fall.«

Helmuth holte Luft und wollte etwas sagen. Aber Charly ließ ihn nicht zu Wort kommen: »Und ob du das jetzt einsiehst oder nicht, und ob dir das passt oder nicht: Ich will, dass unser Fall von Anfang an in *STUPID* erfasst wird. Weil es sich nach unserer Meinung um einen Mord handelt, und weil wir in der nächsten Zeit jede Menge Fakten und Personalien zusammentragen werden. Und wenn man nicht von Beginn an mit *STUPID* arbeitet, dann kann man es nämlich vergessen, weil man dann nicht mehr hinterher kommt.«

Charly machte eine Pause, aber Helmuth sagte nichts.

Etwas ruhiger fuhr Charly fort: »Ich kann's dir aber jetzt nicht selbst erklären. Erstens hab ich nicht die Zeit und zweitens kann ich momentan die Maus nicht bewegen. Aber ich bring dich zu einem Kollegen, der kennt sich super mit *STUPID* aus und der kann auch gut erklären. Und weil er das auch noch gerne macht und dabei manchmal in philosophische Sphären abgleitet, nennen wir ihn Sokrates.«

Nachdem er Helmuth an Sokrates übergeben hatte, wählte er als Nächstes die Nummer seines Hausarztes in Reichertshofen.

»Hausärztliche Gemeinschaftspraxis Reichertshofen, Doktor Stern, Doktor Herkommer, Doktor Landsberg, Doktor Müller. Guten Tag, mein Name ist Martina, was können wir für Sie tun?«, flötete eine jugendliche Stimme, ohne Luft zu holen.

»Jetzt hab ich's vergessen«, scherzte Charly.

»Schade, auf Wiederhören!«

Offenbar war die Sprechstundenhilfe nicht bereit, auf Scherze zu reagieren. Es gelang Charly gerade noch, sie in der Leitung zu halten. Er entschuldigte sich für seinen blöden Witz, schilderte ihr seine Beschwerden und erhielt einen Termin um 18.30 Uhr.

Kurz vor 10.00 Uhr parkte Sandra den Audi vor dem Städtischen Bauhof in der Hindemithstraße ein. Die beiden Ermittler betraten kurz darauf ein kleines Büro mit einem riesigen Stadtplan an der Wand. Auf die Frage nach Manfred Bichler deutete der kleine, dicke Mann, der hier herrschte, durch eine schmutzige Panoramascheibe in den großen Innenhof. Dort zeigte er ihnen einen kräftigen, etwa 40 Jahre alten Mann mit schwarzen Wuschelhaaren und einem dichten Teppich aus bläulichen Bartstoppeln im Gesicht. Er trug einen schmutzigen, orangefarbenen Arbeitsanzug mit Reflektorstreifen und montierte an der Aufhängung einer Schneeschaufel herum, um sie für den Einsatz an dem dahinter abgestellten Lkw vorzubereiten.

Nachdem sich Charly und Sandra als Polizeibeamte vorgestellt hatten, musterte er sie mit einem misstrauischen Blick, widmete sich dann jedoch wieder seiner Arbeit.

Charly roch eine Mischung aus Schmieröl und Schweiß. »Scheint, als würden Sie nicht besonders trauern«, sagte er.

»Wegen mei'm Vatter? Wirklich ned«, antwortete Manfred Bichler.

»Ihr zwei habt kein gutes Verhältnis g'habt, oder?«

»Wir haben überhaupt kein Verhältnis g'habt.« Er hob einen Schraubenschlüssel vom Boden auf und drehte sich zu dem Lkw um.

»Ihr Vater hat sich wahrscheinlich nicht selbst erschossen«, offenbarte ihm Charly.

Manfred hörte auf zu schrauben. Er wandte sich Charly und Sandra zu und es sah aus, als würde er in sich hineinlächeln.

»B'sonders wundern tun Sie sich scheint's nicht«, stellte Sandra fest.

Sein Blick wurde wieder ernst. »Nein!« Er fuhr fort, die Schrauben am Lkw anzuziehen. »War klar, dass er dazu selber nicht den Mumm hat. Und dass ihn ein anderer erschossen hat, das wundert mich auch nicht.«

»Haben Sie da jemanden Speziellen im Kopf?«

»Gibt's mehr.«

»Und warum?«

»Verschiedenes.«

Derart einsilbig setzte sich das Gespräch fort. Indem die Beamten aus den Antwortfetzen eine Aussage zusammenfügten, erfuhren sie, dass Manfred Bichler zu seinem Vater fast keinen Kontakt mehr hatte. Bloß beim Holzmachen ging er ihm zur Hand. Doch nur, weil er selbst Brennholz für seinen Kachelofen brauchte. Weitere Treffen, etwa an Weihnachten, Ostern oder zu Geburtstagen, fanden nicht statt und waren auch von beiden Seiten nicht gewollt. Bichler beschrieb seinen Vater als sturen Eigenbrötler, der keine anderen Menschen mochte und mit Gott und der Welt im Streit lag. Er wusste von Reibereien mit dem Maschinenring und mit dem Bauernverband, mit dem Pferdenachbarn und mit der Stadtverwaltung sowieso. Über Frauengeschichten konnte er nichts sagen. Er war sich aber eigentlich sicher, dass sein Vater nach dem Tod der Mutter keine Beziehung mehr zu einer Frau hatte.

»War er ein recht strenger Vater?«, fragte Sandra.

Manfred rieb sich die rechte Wange in schmerzlicher Erinnerung an seine Kindheit. »Das können S' laut sag'n.«

Die Schneeschaufel war mittlerweile fertig. Bichler bestieg den Lastwagen und fuhr ihn ein kleines Stück nach vorne, millimetergenau an die Schaufel. Charly, der sich während des Gespräches angelehnt hatte, trat einen Schritt zurück und musste feststellen, dass seine Jeans von einem hässlichen Fleck aus Schmieröl und Fett verunstaltet wurde.

Aus Manfred Bichlers Bemerkungen war weiterhin zu folgern, dass er seit Jahren auch zu seinem Bruder keinerlei Kontakt pflegte. Soweit ihm bekannt war, gab es außer ihm und seinem Bruder keine weiteren Verwandten und damit auch keine sonstigen Erben. Dass sein Vater ein Testament gemacht habe, konnte er sich absolut nicht vorstellen. Damit würden die Brüder wohl zu gleichen Teilen das Anwesen und die Ländereien erben. Sonstige Vermögenswerte existierten nicht. Aber für verschiedene Wiesen und Äcker gäbe es schon lange Kaufinteressenten. Wieder ein Streitthema seines Vaters.

»Herr Bichler, wenn's so ist, dann müssen wir Sie natürlich fragen, wo Sie am Samstag waren«, sagte Charly, während er mit einem Papiertaschentuch an dem Fleck herumtrieb.

»Bin ich jetzt verdächtig, weil ich erb'?«, fragte Bichler verblüfft.

»Reine Routinefrage.«

»Wann genau?«

»Den ganzen Samstag.«

Bichler schraubte die Schneeschaufel fest und wischte seine ölverschmierten Hände an einem ebenso ölverschmierten Lappen ab und antwortete, er sei am Samstagvormittag zu Hause gewesen, wie immer. Nachmittags habe er im Sportheim das Spiel des FC Bayern angesehen wie jeden Samstag. Und spät abends sei er wieder zu Hause gewesen, und zwar allein, auch wie jeden Samstag.

Charly hatte den Ölfleck mittlerweile über beinahe den ganzen Oberschenkel verteilt. Er vereinbarte mit Manfred Bichler einen Termin, um die Aussage auf der Dienststelle schriftlich festzuhalten, und verabschiedete sich.

Bichler wischte immer noch seine Hände in den Lappen, als Sandra sich nach ein paar Schritten noch einmal umdrehte. Sie tippte sich an die rechte Wange und fragte: »War Ihr Vater Linkshänder?«

Auch Bichler strich sich noch einmal über die rechte Backe. »Äh, ja – glaub schon.«

Charly sah Sandra verwundert an, begriff aber dann und sagte: »Zefix, das war mei' neueste Jeans.«

Eigentlich hatten sie vorgehabt, direkt zur Adresse von Christian Bichler, dem älteren Sohn, weiterzufahren. Aber derart schmutzig konnte die Kripo dort natürlich nicht auftauchen. Also ging es zunächst zu Charly nach Hause. Sandra wartete im Wagen, während er sich umzog. Petra war nicht daheim und Charly hätte es mit seiner schmerzenden, steifen Schulter fast nicht geschafft, sich die besudelte Jeans abzustreifen und eine frische anzuziehen. Er war versucht, Sandra hereinzurufen und um Hilfe zu bitten. Aber wie er sein Glück kannte, würde wahrscheinlich Petra genau in dem Moment zur Haustür hereinkommen, wenn ihm die hübsche, junge Kollegin im Schlafzimmer die Jeans aufknöpfte. Dann wären alle Erklärungen sinnlos. Darum biss er auf die Zähne und ignorierte die Schmerzen. Auf der Fahrt zurück in die Stadt hörte Charly langsam wieder auf zu schwitzen.

Christian Bichler wohnte mit seiner Familie im vornehmen Westviertel. Hier residierte, wer zur städtischen High Society gehörte oder gehören wollte. Das Haus der Bichlers glich einem kleinen Schloss. Eine breite Auffahrt führte zur Doppelgarage mit Rundbögen. Der Eingang mit Marmortreppe und Säulen glich dem Portal eines Hotels. Links ein Türmchen, rechts ein Erker. Um das Grundstück lief ein verschnörkelter Eisenzaun auf weißem Sockel. Dahinter lagen gepflegte Rasenflächen und Blumenbeete. Ohne Unkraut, dafür mit kleinen Statuen und Pflanzkübeln. Charly war froh, eine saubere Hose anzuhaben.

Eine kleine, alte Frau in einer ärmellosen Kittelschürze öffnete ihnen die Tür und sah sie an, als hielte sie sie für Zeugen Jehovas und wäre absolut nicht gewillt, über den Frieden in der Welt zu diskutieren. Die Ermittler wiesen sich aus und fragten nach Herrn Christian Bichler.

»Die Herrschaften sind nicht da«, bellte die Frau, und es klang, als hätte Charly gefragt, ob er jemandem im Haus die letzte Ölung geben dürfe. Dann besann sie sich und stellte sich als Haushälterin vor, zuständig für Kochen, Putzen und Waschen. Der Herr sei jetzt natürlich in der Arbeit, bei der Audi, irgendwas Höheres. Er komme immer erst spät abends heim. Außer am Dienstag, so wie heute. Da komme er früher, weil er sich um seinen Sohn kümmern müsse. Dienstags gehe seine Frau nämlich abends immer weg, was Künstlerisches.

Man konnte hören, wie die Stimme der Haushälterin sich abkühlte, als sie von Bichlers Gattin sprach. Offenbar verteilte sie ihre Sympathien unter ihren Arbeitgebern nicht gleichmäßig. Die gnädige Frau sei heute auch in der Arbeit, oder was sie halt als Arbeit bezeichne. Ein paar Stunden pro Woche half sie einer Freundin, die ein kleines Geschäft in der Fußgängerzone betrieb. Es gab dort Gürtel und Ohrringe und Taschen und Hüte und noch mehr so Zeug. Zu Preisen, für die sich die Haushälterin jeweils fünf Kleider kaufen könnte, gute Kleider.

Um den Gesprächsfluss am Laufen zu halten, fragte Sandra, wer sich denn so liebevoll um den Garten kümmere.

Die Frau erwiderte vehement, die gnädige Frau würde nur im Sommer ein bisschen an den Sträuchern herumzwicken. Meistens am Wochenende, damit die Nachbarn es auch bestimmt mitbekämen. Unter vorgehaltener Hand flüsterte sie noch, der Gärtner würde sich nachher immer über die verschnittenen Sträucher ärgern.

Über das Verhältnis der Herrschaften zum alten Bichler konnte oder wollte die gute Seele nichts sagen. Weitere Fakten waren aus ihren Aussagen nicht zu gewinnen. Darum kündigten Charly und Sandra an, am Abend noch mal wiederzukommen und verabschiedeten sich.

Helmuth befand sich erwartungsgemäß immer noch in der Obhut von Sokrates. Sandra holte unaufgefordert zwei Tassen Kaffee, und Charly lümmelte sich inzwischen auf seinen Bürostuhl und widmete sich dem Schmerz in seiner Schulter. Jetzt, da er zur Ruhe kam, war ihm, als würden 1000 heiße Nadeln in Nacken und Schulter stecken. Jede Bewegung verursachte ein Ziehen und Brennen, das er seinem schlimmsten Feind nicht wünschte. Obwohl, bei Garn war er da nicht so sicher.

Der heiße Kaffee tat gut und mit Leberkäs-Semmeln, die sie sich mitgebracht hatten, genossen sie eine kurze Mittagspause. Völlig gegen seine Art hatte Charly schon wieder die

Bürotür geschlossen. Die hektische Geschäftigkeit der Kollegen der AG Kiara war nervtötend. Mittlerweile wurden alle alten Fälle, in denen Kiaras Mutter als Rechtsanwältin mitgewirkt hatte, überprüft. Es gab keine anderen Themen mehr. Die neuesten Ermittlungsergebnisse wurden quer über den Gang gerufen und jeder war unheimlich beschäftigt und wahnsinnig wichtig.

Als Sandra die leeren Kaffeetassen in den Besprechungsraum zurückbrachte, begegnete ihr Herr Kriminalrat Garn.

»Na, Frau ... dings, wie geht's denn voran mit der Arbeit?«

»Wird schon, Herr Garn«, antwortete Sandra. »Übrigens: Der Bichler war Linkshänder!«

So wie Sandra danach den Gesichtsausdruck des Chefs beschrieb, wären die Kühe vom Sonntagabend vermutlich beleidigt gewesen, mit ihm verglichen zu werden. »Wer ist Bichler?«, war das Erste, was er fragte.

»Der erschossene Bauer.«

Das Lächeln verpuffte. »Und was soll das bedeuten: Linkshänder?«

»Die Waffe lag in der rechten Hand. Einschuss rechts. Bei einem Linkshänder!«

Garn straffte sich. »Frau Engl...manns ... Dings! In so einer Situation denken und handeln Menschen nicht mehr rational. Da darf man so was nicht auf die Goldwaage legen. Das lernen Sie, wenn Sie mal so viel Erfahrung haben wie ich, quasi mit allen Wassern gewaschen sind. Also verrennen Sie sich jetzt da nicht in irgendwas. Und noch ein guter Tipp: Lassen Sie sich nicht vom Dings ..., äh vom Valentin irgendwo reinziehen oder missbrauchen.« Damit drehte er sich schwungvoll um und stapfte davon.

Nach der kurzen Mittagspause brachten Charly und Sandra die Ereignisse des Vormittags zu Papier. Sandra hackte ein Gedächtnisprotokoll zum Gespräch mit der Haushälterin in den PC. Charly konnte momentan nicht selbst schreiben.

Er diktierte einen Aktenvermerk zur Befragung von Manfred Bichler. Aber auch das Diktiergerät konnte er mit der rechten Hand nicht bedienen. Unbeholfen fingerte er an dem Gerät herum. Erst als er es verkehrt herum in die linke Hand nahm, funktionierte es einigermaßen. Aufgrund der ungewohnten Bewegungsabläufe zog sich die Aktion aber ungemein.

Endlich war auch er fertig geworden und hatte die Kassette in einer Plastikmappe ins Schreibbüro getragen. Eine andere Mappe lag nun vor ihm auf dem Schreibtisch: die Abschriften der Vernehmungen und Vermerke vom Sonntagabend. Es hatte länger gedauert, weil die Schreibaufträge der AG Kiara natürlich Vorrang hatten. Ein Ferrero Küsschen war mit Tesafilm auf der Mappe befestigt. Das war das Markenzeichen von Margot Ahrwald. Sie war etwa 50 und von raumgreifender Statur. Und wen sie in den Kreis der von ihr Gemochten aufgenommen hatte, der erhielt seine Schreibaufträge immer mit einem kleinen Leckerbissen zurück.

Charly hatte es sich angewöhnt, draußen vor Ort alles, was ihm einfiel, wild drauflos zu diktieren. Diese Gedankenflut ließ er abschreiben und später im Büro ordnete er dann in Ruhe seine Gedanken und die Absätze in seinen Schriftstücken.

Doch Margot stammte aus Mittelfranken und darum wusste sie es besser.

Neben dem Ferrero Küsschen klebte ein Post-It auf der Mappe: Hallo Charly, so kannst du das nicht schreiben. Ich habe es ein wenig umgestellt. Liebe Grüße, Margot.

Es war klar, dass Margot damit wieder ihre Grenzen überschritten hatte. Man musste ihr sagen, dass es so nicht ging, sie mal wieder richtig einnorden. Aber sie bereitete für den Chef jeden Vormittag Tee zu, besorgte ihm mittags seine Brotzeit und schälte ihm nachmittags einen Apfel. Er nannte sie Margöttchen.

Charly schluckte seinen Ärger hinunter und las sich in die Dokumente ein. Den ganzen Nachmittag waren Sandra und er damit beschäftigt, die logische Ordnung in Vermerken und Berichten wiederherzustellen. Er diktierte und Sandra schrieb, verschob, kopierte und fügte ein.

Kurz nach 16.00 Uhr stürmte Helmuth ins Büro. Er zog seine Jacke von der Stuhllehne und schlüpfte hinein.

»Na, fit in *STUPID*?«, fragte Charly.

»Ihr habt's doch alle an Schlag! Bis morgen.« Und weg war er.

Um halb fünf waren die Dokumente endlich wieder in der gewünschten Form abgespeichert. Charly sah auf den Stapel aus Aktendeckeln, der auf seinem Schreibtisch langsam in die Höhe wuchs. Es warteten immer noch einige Krankenhausleichen, ein Exhibitionist und andere Ermittlungsersuche auf die Bearbeitung.

»Das machen wir morgen«, entschied Charly. »Jetzt fahr'n wir noch mal zum älteren Bichler.«

In der Auffahrt vor der Garage stand ein schwarzer Audi A6 Avant. Christian Bichler öffnete die Haustür, bevor sie geklingelt hatten. Offenbar hatte die Haushälterin als Nachrichtendienst funktioniert. Bichler trug ein helles Hemd mit dunkler Krawatte und sah aus, als wäre er gerade aus der Manageretage nach Hause gekommen. Zur Begrüßung reichte er ihnen die Hand. Charly musste ihm erklären, dass ihm Händeschütteln derzeit leider nicht möglich war. Er registrierte einen außergewöhnlich herben Männerduft, der sehr gut zu Bichlers kantigem Kinn passte. Außer den pechschwarzen Haaren hatte er keine Ähnlichkeit mit seinem Bruder. Christian Bichler war groß, mindestens eins achtzig, und wirkte durchtrainiert. Er war gepflegt vom Kopf bis zu den Fingernägeln.

»Was kann ich für Sie tun, Herrschaften?«

»Wir müssen Ihnen mitteilen, dass unserer Meinung nach Ihr Vater keinen Selbstmord beging«, eröffnete ihm Charly.

»Sie meinen, es war ein Unfall?«

Ohne zu antworten, sahen sie ihn an und das war anscheinend Antwort genug.

»Jemand hat ihn umgebracht?« Er wirkte wirklich überrascht. Die Vorahnung seines Bruders schien er nicht zu teilen.

Charly und Sandra stellten ihre Fragen und erfuhren, dass Christian zu seinem Vater und seinem Bruder überhaupt keinen Kontakt mehr pflegte.

»Brauchen Sie kein Holz?«, entfuhr es Sandra.

Bichler hatte die Brücken zu seinem Vater vollständig abgebrochen, nachdem er vor Jahren von zu Hause ausgezogen war und sich eine eigene Existenz aufgebaut hatte. Auch wegen seiner Frau, die die Lebensweise sowie den Charakter seines Vaters niemals akzeptiert hatte.

Wie aufs Stichwort fuhr draußen ein silberner Audi TT Cabrio vor. Eine Frau mit blonder Mähne in einem grauen Hosenanzug stieg aus und kam ins Haus. Vor ihr lief ein etwa fünfjähriger Junge grußlos an Bichler, Charly und Sandra vorbei, die breite Treppe hinauf und in eines der oberen Zimmer.

Die Frau grüßte ebenfalls nicht.

»Wir müssen uns eine andere Tagesstätte für Kevin suchen. Die maulen mich doch tatsächlich an, nur weil ich ein paar Minuten zu spät komme. Ich habe auch meine Arbeit. Was denken die sich eigentlich?«

»Schatz, die Herrschaften sind von der Kripo«, unterbrach Bichler ihren Redefluss.

Ohne stehen zu bleiben, musterte sie Charly und Sandra. »Guten Abend, tut mir Leid. Ich habe es eilig.« Auch sie verschwand über die Treppe nach oben.

»Dienstags hat sie abends ihren Aquarellkurs. Da wird's zeitlich immer ein wenig knapp«, entschuldigte Bichler seine Frau.

Dann sprachen sie weiter über Bichler senior. Der Sohn kannte zwar den streitbaren Charakter seines Vaters, von konkreten Streitereien oder gar Feinden wusste er jedoch nichts. Das Dahinscheiden seines Erzeugers erfüllte ihn in keinster

Weise mit Trauer. Charly überlegte, wie die Kindheit der beiden Brüder verlaufen sein mochte, dass sie einen derartigen Groll gegen den Vater hegten.

Auch Christian Bichler wusste nichts von weiteren Verwandten. Er ging ebenfalls davon aus, dass er sich das Erbe mit seinem Bruder teilen werde. Von Kaufangeboten hatte er noch nichts gehört und Frauenbeziehungen seines Vaters waren ihm nicht bekannt.

Aus Kevins Zimmer konnte man inzwischen das blecherne Geballer eines Computerspieles hören und auch Frau Bichler erschien wieder auf der Treppe. Sie trug jetzt eine Jeans, einen Wollpullover mit weiten Ärmeln und eine Baskenmütze. Im Vorbeigehen hauchte sie ihrem Gatten einen Kuss auf die Wange. »Ich muss los. Kann heute später werden.«

»Wir geh'n gleich mit«, sagte Charly. »Bemühen Sie sich nicht, Herr Bichler. Wir machen dann noch einen Termin aus wegen der schriftlichen Aussage. Wiedersehn.«

Zusammen mit Frau Bichler verließen Sandra und Charly das Haus. Als sie die Tür ihres Sportwagens öffnete, sprach Charly sie noch einmal an: »Entschuldigung, Frau Bichler!«

»Heudeck-Bichler«, verbesserte sie ihn.

»Frau Heudeck-Bichler, jetzt haben wir es beinahe vergessen. Mir müssten noch wissen, wo Ihr Mann am Samstag war. Routinemäßig, für die Akten.«

»Vormittags war er mit mir zu Hause und nachmittags beim Tennis. So wie jeden Samstagnachmittag. Im Donau-Ruder-Club. Samstags und mittwochs. Auf Wiedersehn.« Sie setzte sich in ihr Cabriolet, stieß zurück und fuhr Richtung VHS davon.

»Donau-Ruder-Club! Elitärer Verein, sehr nobel«, sagte Charly.

»Alles recht nobel hier. Aber wahrscheinlich verdient er gut, der Herr«, antwortete Sandra. »Und die Heuschreck geht ja auch noch in die Arbeit.«

»Heudeck!«, verbesserte Charly.

»Sieht aber aus wie ein Heuschreck, wie eine Gottesanbeterin. Hast die großen Augen und die langen, dünnen Arme gesehen? Der trau ich auch zu, dass sie ihr Männchen nach dem Liebesakt auffrisst.«

»Du meinst, der Kevin ist gar nicht von ihm?« Beide lachten.

Mit dem Bus zur Arbeit zu fahren hatte die meist unvermeidliche Folge, auch mit dem Bus wieder nach Hause fahren zu müssen. Doch während am Morgen Charlys Unwille noch von wattierter Schläfrigkeit gedämpft worden war, traf ihn am Abend das pulsierende Leben mit voller Wucht. Der Geruch von Zahnpasta, Parfüm und Rasierwasser war verflogen und zu einem Mix aus Schweiß, Stress, Anstrengung, Zigaretten, Bier, Schnaps, Bratfett, Fischsemmeln und Kebab geworden.

Charly musste in dem überfüllten Bus stehen. Er fuhr gleich bis Reichertshofen durch und traf kurz vor seinem Termin in der Arztpraxis ein. Nach der Geruchssymphonie im Bus empfand er die gedämpften Aromen von Desinfektionsmitteln und Mullbinden fast wohltuend.

»Ach ja, der Herr Valentin«, begrüßte ihn das Mädchen am Empfang, und Charly hatte den vagen Verdacht, dass sie es war, die heute morgen über seinen Witz nicht hatte lachen können.

»Kommen S' gleich mit, Herr Valentin.« Sie führte ihn in ein Behandlungszimmer, in dessen Mitte eine Massageliege mit Papierbezug stand. »Wenn S' vielleicht den Oberkörper gleich frei machen. Es kommt dann sofort wer zu Ihnen.«

Allein quälte Charly sich aus seinem Hemd und streifte sein T-Shirt ab. Dann setzte er sich auf die Liege. An der Wand des Orthopädiezimmers war ein mannshoher Spiegel angebracht. Und was Charly da sah, gefiel ihm überhaupt nicht. Über den Bund der Jeans quoll ein gewaltiger Rettungsring, und die Hüften waren gut gepolstert. Bauch einziehen und Kreuz durchdrücken bereitete im Sitzen höllische Schmerzen. Also stand er auf. So sah es schon besser aus. Stehend wartete er auf den Arzt.

Hoffentlich kommt auch der Doktor, dachte Charly. Der würde ihm in seiner direkten Art zwar sagen, dass er zu fett sei, aber damit konnte Charly leben. Wenn aber stattdessen seine junge, hübsche Kollegin käme, dann würde es peinlich werden. Vor ihr würde er sich bestimmt doppelt so dick fühlen.

»Warum setzen Sie sich denn nicht hin?«, fragte die Ärztin, als sie das Behandlungszimmer betrat. Sie war wirklich jung. Und sie war sehr hübsch.

Charly grüßte, setzte sich, biss die Zähne zusammen und zog den Bauch ein, soweit es eben ging. Er beschrieb seine Beschwerden und sie untersuchte mit zarten, warmen, weichen Händen seinen Nacken.

»Ich nenne das Maussyndrom«, teilte sie ihm schließlich mit. »Es befällt Menschen, die viel vor dem Computer arbeiten. Nacken und rechte Schulter. Ganz typisch. Ich geb Ihnen eine Spritze und verschreib Ihnen ein paar Tabletten, die die Muskelpartien entspannen. Heute Abend halten Sie sich noch warm und die Schulter ruhig, und morgen müsste es dann schon wieder besser gehen.«

Charly war erleichtert. Eine Spritze, eine Tablette und fertig, das war einfach.

Dann musterte sie Charlys Figur. »Es kann natürlich auch nicht schaden, wenn Sie Ihr Knochen- und Muskelgerüst entlasten. Mit fünf oder sechs Kilo weniger würden Sie sich erheblich wohler fühlen. Mehr Bewegung. Mal eine Runde Joggen vielleicht. Auf eine ausgewogene und abwechslungsreiche Ernährung achten, mehr Gemüse, Rohkost, Salate, Mehlspeisen aus Vollkorn und so weiter. Immer nur Fleisch ist nicht so gesund.«

Petra hatte ihn in der Praxis abgeholt. Jetzt lag er zu Hause auf dem Sofa und berichtete. Von der Aufforderung zum Abnehmen sagte er lieber nichts. Sonst würde Petra nur wieder auf die Idee kommen, die Ernährung müsse umgestellt werden.

»Weißt du was, Schorschi?« Eine rhetorische Frage, die erfahrungsgemäß eine unumstößliche Mitteilung einleitete. »Wir könnten endlich mal unsere Ernährung ändern. Immer Fleisch ist auch nicht so gesund. Öfter mal Gemüse oder Rohkost.«

»Genau«, stimmte Charly gebremst enthusiastisch zu.

»Und ein paar Kilo weniger könnten uns ja auch nicht schaden«, schnurrte Petra, während sie versuchte, das Waschbrett unter der schützenden, weichen Schicht zu ertasten.

Mittwoch, 15. Oktober

Kurz vor 07.00 Uhr kamen Sandra und Helmuth ins Büro und begrüßten Charly, der schon seit einer halben Stunde in dem Aktenstapel auf seinem Schreibtisch herumwühlte. Erfreut hatte er nach dem Wachwerden festgestellt, dass die Schmerzen in der Schulter verschwunden waren und sofort den Entschluss gefasst, sich heute zunächst um nichts anderes als die anderen Fälle zu kümmern, damit sie vom Schreibtisch verschwanden. Voller Schwung war er ins Bad getanzt und war dabei mit dem kleinen Zeh derart an den Türrahmen gestoßen, dass ihm schwarz vor Augen geworden war. Jetzt ließ der Schmerz langsam nach.

Während des ganzen Vormittags war es relativ still im Büro. Charly und Sandra vertieften sich in den vorliegenden Schriftverkehr der anstehenden Fälle. Ab und zu unterbrach ein Telefongespräch oder eine fachliche Frage von Sandra die konzentrierte Ruhe. Öfter jedoch zerriss Helmuths Fluchen die Stille. Er hatte nämlich begonnen, die bisherigen Vernehmungen und Aktenvermerke auszuwerten, indem er Personalien, Adressen, Fahrzeuge, Telefonnummern und sonstige Daten in *STUPID* übertrug und dann Verknüpfungen anlegte, die zeigen sollten, wie die Dinge zusammenhingen.

»Zefix«, zischte Helmuth seinen Monitor an, wenn wieder eine seiner Verknüpfungen in eine falsche Richtung ging oder der PC Sachen machte, die Helmuth nicht nachvollziehen konnte. Alles wieder löschen, noch mal von vorn. »Zefix, Zefix.«

Bis zum Mittag hatten Charly und Sandra einen Großteil der unaufschiebbaren Routinearbeiten erledigt. Charly holte Leberkäs-Semmeln für sich und seine Kollegen und während sie es sich schmecken ließen, besprachen sie das weitere Vorgehen.

»Zefix, Zefix.« Helmuth war mit der Erfassung in *STUPID* noch weiterhin ausreichend beschäftigt.

Charly wollte mit Sandra noch einmal Bichlers Nachbarn besuchen, Herrn Schramm, den Pferdefreund mit dem Vordach. Wenn sie dann noch Zeit hätten, könnten sie noch mit den Verantwortlichen von Bauernverband und Maschinenring sprechen.

Den Gutsherrn fanden sie in seinem *Reiterstüberl*, wo er damit beschäftigt war, einen Weißbiercontainer unter der Theke auszuwechseln. Er trug eine blaue Arbeitsjacke und war von der Anstrengung rot im Gesicht, aber das silberfarbene Haar saß akkurat.

Als Charly ihm mitteilte, dass die Polizei nicht mehr von einem Selbstmord ausging, klappte ihm der Unterkiefer herunter.

»Mord? Bei uns da heraußen? Geh weiter!« Dann hatte er sich wieder gefangen und schraubte weiter an dem Biercontainer herum. »Gut, der Bichler war ein Arschloch. Aber ihn deswegen gleich umbringen?«, überlegte er und ließ die geschliffene Ausdrucksweise des Vortages komplett vermissen. »So wichtig waren die Streitereien nicht. Ich kann mir nicht vorstellen, dass ihn jemand wegen solchen Kleinigkeiten gleich umbringt.«

»Welche Kleinigkeiten?«, fragte Sandra.

»Na, seine Streitereien halt. Hauptsächlich ging es bei ihm um Grundstücke, würde ich sagen. Wenn irgendjemand von ihm Grund kaufen oder pachten wollte, dann kam es immer zu Streitereien. Weil er eben ein sturer Bock war.«

»Wissen S', wer außer Ihnen noch Grund von ihm kaufen wollt?«, erkundigte sich Charly.

»Außer mir? Ah, verstehe: Jetzt bin ich verdächtig, weil ich seine Wiese haben wollt. Da hab ich gar nicht mehr dran gedacht. Ich brauch eigentlich die Wiese nicht mehr. Aber jetzt wo Sie's sagen. Da könnt ich mal drüber nachdenken.«

»Und, wissen S' jetzt noch andere Kaufinteressenten?«

»Genau nicht. Aber der Gewerbeverband wollt was von ihm pachten. Und irgendeine Firma an der Donau wollt was von ihm kaufen. Und die Stadt natürlich, für die neue Kläranlage. Wie g'sagt, was Genaues weiß ich nicht.«

Nach seinem Alibi befragt, benannte der Pferdewirt mindestens zehn Personen, die ihn am Samstag zu verschiedenen Zeiten auf seinem Gestüt gesehen hatten. »Mir ist übrigens noch was eingefallen. Ich weiß ja nicht, ob es wichtig ist. Aber ich hab den Bichler am Samstagmittag noch gesehen.«

»Wann genau?«, fragte Charly nach.

»Dürfte ziemlich genau zwölf gewesen sein. Viele unserer Einsteller haben am Wochenende an einem Turnier in Hagau teilgenommen und darum am Samstagvormittag ihre Pferde hergerichtet. Es ist ganz schön zugegangen, und weil wir nicht so viele Parkplätze haben, stellten einige ihre Autos draußen auf dem Weg ab. Da ist es dann ein bisserl eng geworden. Der Bichler hat getobt. Dabei musste er mit seinem Traktor gar nicht vorbeifahren. Er wollte einfach nur schimpfen.«

Zu diesem Zeitpunkt sei Bichler allein gewesen, erfuhren die Kriminaler weiter. Alles andere wäre aufgefallen, denn Bichler sei eigentlich immer allein gewesen. Wen wundert's?

Als der Biercontainer fertig angezapft und der Thekenunterbau wieder geschlossen war, fragte Sandra ihn, ob er am Samstagnachmittag keinen Schuss gehört habe. Er konnte sich aber nicht erinnern. Es fänden öfter Jagden im angrenzenden Wald statt und bei Ostwind höre man das nahe Kies- und Betonwerk. Also waren Schuss- und Knallgeräusche nichts Ungewöhnliches und fielen nicht weiter auf. Sogar die Pferde hätten sich schon daran gewöhnt und wurden gar nicht mehr unruhig.

»Weißbier?« Schramm hatte eine Probe-Halbe eingeschenkt und hielt Charly ein golden leuchtendes Weißbier mit blütenweißer Schaumkrone entgegen. Schweren Herzens lehnte Charly ab. Nachdem er eine Zusammenfassung der Aussage auf Tonband gebannt hatte, verließen die Ermittler den Pferdehof.

Die Befragungen der Verantwortlichen von Bauernverband und Maschinenring brachten keine neuen Erkenntnisse.

Bichler war zwar Mitglied im Bauernverband gewesen, erfuhren sie von dessen Vorsitzenden, hatte sich aber nicht konstruktiv am Verbandsleben beteiligt. Er habe nur immer kritisierte und geschimpft, wenn ihm Entscheidungen irgendeines Gremiums mitgeteilt wurden. Er habe einfach streiten wollen, auch wenn er dazu politische Themen auf die persönliche Ebene herunterziehen musste. So weit, dass irgendwer ihn aus Rache für Beleidigungen töten wollte, sei die Sache aber natürlich nicht gegangen. Der letzte Besuch des Verbandsvorsitzenden auf Bichlers Hof lag bereits mehrere Wochen zurück.

»Da fällt mir ein, ich weiß noch gar nicht, wie groß dem Bichler seine Landwirtschaft eigentlich ist«, stellte Charly fest.

»Können Sie mir sagen, wie viel da dazu gehört?«

»Genau natürlich nicht«, antwortete der Vorstand, »da müssten S' schon im Grundbuchamt nachfragen. Aber ihm gehörten etliche Quadratmeter Wiesen und Weiden rund um seinen Hof, einige Hektar Äcker und Felder, nicht wenige Tagwerk Wald an der Donau entlang und ein paar Ar Brachland, kreuz und quer verstreut.«

»Hören S' auf, mir wird schwindlig bei den ganzen verschiedenen Maßen.«

Ohne überlegen zu müssen, half Sandra weiter: »Ein Ar hat 100 Quadratmeter und ein Hektar hat 100 Ar, also 10000 Quadratmeter. Zu einem Tagwerk gehören 25 bis 36 Ar, also im Schnitt etwa 3000 Quadratmeter. Das ist regional unterschiedlich, aber in Bayern sind es 3400 Quadratmeter.«

Mit offenem Mund sah Charly seine Kollegin an und der Bauernverbandsvorsitzende nickte anerkennend.

»Und der Gesamtwert?«

»Puuh – ein Teil liegt in Baugebieten, ein anderer Teil ist Bauerwartungsland, ein paar Grundstücke grenzen ans Industriegebiet – summa summarum über den Daumen würde ich sagen: eine bis eineinhalb Millionen.«

Charly pfiff leise durch die Zähne.

Aus dem Maschinenring war Bichler bereits vor längerer Zeit ausgetreten, nachdem es immer wieder Schwierigkeiten gegeben hatte, weil Bichler sich benachteiligt fühlte oder glaubte, sich nicht an Abmachungen halten zu müssen. Außerdem hatte es ständig Streit um Abgaben und Gebühren gegeben und zudem hatte Bichler grundsätzlich gegen Mehrheitsmeinungen gestimmt und gehandelt. Schließlich hatte man ihm nahegelegt, aus dem Maschinenring auszutreten, was er, Gott sei Dank, auch getan hatte. Seitdem gab es keinen Kontakt mehr mit Bichler. Er hatte für sich allein auf seinem Hof gewerkelt und vermutlich hätte es sein Dickschädel gar nicht zugelassen, beim Maschinenring um Unterstützung zu bitten.

Als sie das Büro des Maschinenringchefs verließen, meldete sich Charlys Handy mit Beethovens *Ode an die Freude*. Anrufer unbekannt, zeigte das Display.

»Valentin.«

»Hallo, Seppl, Bruce hier. Geht's gut?«

»Servus, Heinz, gestern ging's noch. Was gibt's denn?«

»Ich hab gerade auf dem Notruf einen anonymen Anruf erhalten, aus einer Telefonzelle in der Hagauer Straße, männliche Stimme. Der Anrufer sagte, der Vorsitzende vom Gewerbeverband Süd habe am letzten Mittwoch beim Wirt verkündet, den Bichler sollte man erschießen. Das war's schon. Mehr hat er nicht gesagt.«

»Kannst du mir auch noch sagen, wie der Vorsitzende vom Gewerbeverband heißt und wo ich ihn erreichen kann?«

»Robert Pfalzner. Hat ein Fernsehgeschäft in der Schrobenhausener Straße.«

»Du bist der Beste, Fischkopf. Schreibst du bitte einen Aktenvermerk über das Ganze! Servus.«

»Tschüss, Seppl!«

Das Fernsehgeschäft sah aus, als wäre es früher eine Bäckerei gewesen. In zwei Schaufenstern zur Schrobenhausener Straße hin standen mehr oder weniger moderne TV-Geräte und DVD-Player. Dazwischen lag die Eingangstür mit Glasfüllung und darüber war eine Leuchtreklame mit dem Firmennamen »Radio – TV – Hi-Fi – Pfalzner« angebracht. Nach dem Eintreten standen Charly und Sandra vor einem Tresen. Dahinter stapelten sich in einem Regal bis unter die Decke weitere Radios, Stereoanlagen und Fernseher. Charly hatte den Eindruck, die Geräte wären leicht überteuert. Aber dafür bot der kleine Stadtteilladen vermutlich einen kostenlosen 24-Stunden-Service.

Die Tür hatte beim Eintreten einen Ton wie eine Fahrradklingel erzeugt und der vermeintliche Ladeninhaber kam aus dem Hinterzimmer. Charly erklärte ihm, warum sie hier waren, und der Mann wusste zunächst gar nicht, was er sagen sollte. Dann schien er sich wieder zu erinnern.

Er war letzten Mittwoch tatsächlich zusammen mit einem Kollegen beim Bichler gewesen. Sie hatten mit ihm verhandeln wollen, weil für nächstes Jahr eine Gewerbeausstellung für die südlichen Ortsteile geplant war. Alle Wiesen, die dafür als Standort oder Parkplatz in Frage kamen, gehörten dem Bichler. Die beiden hatten die Befugnis der Vorstandschaft, dem Bichler ein Angebot zu unterbreiten, das seinen Verlust an Heu und Futtergras beinahe doppelt wettgemacht hätte. Aber Bichler hatte das gar nicht interessiert. Solange er lebe, würde der Gewerbeverband auf seinen Wiesen keine blöden Ausstellungen machen, hatte Bichler geschrien. Man hatte überhaupt nicht mit ihm verhandeln können. Darum waren Pfalzner und sein Kollege wieder abgezogen. Und weil sie so stinksauer auf Bichler waren, hatte sie ihr Weg direkt zum Dorfwirt in Knoglersfreude geführt. Ob die Äußerung, Bichler sollte man erschießen, tatsächlich so gefallen war, konnte er nicht sagen. »Aber wenn das behauptet wird, dann wird's schon stimmen. Ich war am Mittwoch wirklich in der Stimmung, diesen Querulanten zu erschießen.«

Bichler wurde jedoch nicht am Mittwoch getötet, sondern am Samstag. Und am Samstag war Pfalzner bis um 14.00 Uhr in seinem Geschäft gewesen, was verschiedene Kunden bestätigen konnten. Danach hatte er zwei Fernseher ausgeliefert, die er bei den Kunden auch aufgebaut und eingestellt hatte. Schließlich hatte er einen dritten Fernseher neu justiert, bevor er gegen 18.00 Uhr nach Hause gekommen war und den Abend mit seiner Frau verbracht hatte.

Sandra notierte sich Namen und Anschrift des Verbandskollegen und der Kunden, die am Samstag neue Fernseher bekommen hatten. Außerdem wusste Pfalzner als Vorsitzender des Gewerbeverbandes Süd, dass sich die Firma Gessler vor einiger Zeit für eines von Bichlers Grundstücken an der Donau interessiert hatte. »Es kam aber natürlich nicht zu dem Geschäft.«

»Anscheinend hat der Typ wirklich mit jedem gestritten«, stellte Sandra fest, als sie wieder im Wagen saßen.

»Konsequent war er schon, wenn man so will«, antwortete Charly und war überrascht, dass er es fast positiv meinte. Bichler mochte zwar keinen anderen und kein anderer mochte ihn, aber seine Lebensweise erleichterte manche Sachen ungemein. Charly konnte sich vorstellen, dass man ab und zu nicht schlecht damit fuhr, wenn man so lebte. Einfach nicht scheinheilig zu sein, sondern es frei heraus zu sagen, wenn einem etwas nicht passte. Das hatte nur den Nachteil, dass man nach einiger Zeit vermutlich keine Freunde mehr besaß.

»Was machen wir jetzt?«, fragte Sandra.

»Ich weiß zwar nicht genau warum«, sinnierte Charly, »aber jetzt schauen wir noch mal beim Manfred seiner Hütte vorbei.«

Kurz darauf parkte Sandra den Audi vor Manfreds relativ neuem und dennoch schon vernachlässigtem Haus. Es sah nicht so aus, als wäre er zu Hause.

»Drei Minuten, höchstens«, sagte Charly.

»Schneller«, gab ihm Sandra zur Antwort und beide stiegen aus.

Sandra hatte recht. Es dauerte keine drei Minuten, bis die Nachbarin auftauchte.

»Ham S' denn noch was vergessen?«

Als sich Charly nach Manfred erkundigte, wusste sie zu berichten, dass der selten gleich nach der Arbeit heimkam. Irgendwo gönne er sich wohl immer noch ein Feierabendbier. Charly fragte weiter, ob sie ihren Nachbarn am letzten Samstagabend zu Hause gesehen hätte.

»Ich hab's Ihnen ja schon gesagt, Herr Kommissar: Wenn er zu Hause ist, hält er sich nur im Haus auf. Aber am Samstagabend ist er meistens nicht daheim. Wenigstens brennt nie kein Licht nicht im Haus. Und zufällig hab ich mal mitgekriegt – wissen S' ich hab doch so einen leichten Schlaf – also ich hab mal mitgekriegt, dass er in der Früh um 03.00 oder 04.00 Uhr mit dem Taxi heimgekommen ist. Das glaub ich, ist die Zeit, wenn er immer so heimkommt. Weil ich doch um die Zeit immer aufs Klo muss, wegen der Harnwegsentzündung von früher. Und dann seh ich ihn ab und zu, also eigentlich meistens. Aber ich möcht natürlich jetzt nix sagen, was den Herrn Bichler vielleicht in Schwierigkeiten bringt. Nicht dass es dann heißt, ich hätt irgendwas behauptet. Und dann ...«

Wenn die Frau Doktor meinte, dann würde er eben wieder mit Jogging beginnen. Er war ja bereits regelmäßig gelaufen. Aber seit knapp zwei Jahren hatte er gar nichts mehr in dieser Richtung unternommen.

Im Keller fand Charly die ausgelatschten Laufschuhe, Hose und Jacke und auch das Running-Shirt, das ihm Petra damals geschenkt hatte. Sogar die Pulsuhr funktionierte noch. Nur den dazu gehörenden Brustgurt konnte er nicht finden. Aber das war kein Problem. Er würde ganz langsam laufen und nicht so lange, dass er die Herzfrequenz unbedingt überwachen musste. Er brauchte nur den Stoppuhr-Modus.

Derart funktional gekleidet verließ er das Haus. Es war bereits dunkel und Laufen im Wald war nicht mehr möglich. Auch auf den Straßen außerhalb des Dorfes war ihm das Joggen in der Dunkelheit zu gefährlich und so blieb nur die Möglichkeit, eine Runde durch den Ort zu drehen. Also lief er einfach los, und die ersten Schritte fühlten sich gut an. Doch nach einigen hundert Metern atmete er bereits schwer. Man soll immer so laufen, dass man sich nebenbei bequem unterhalten kann, fiel Charly ein. Momentan könnte er aber bestimmt nicht einmal Piep sagen. Darum beschloss er, vorne an der nächsten Kurve eine Gehpause einzulegen.

Kurz bevor er den anvisierten Punkt erreichte, bog das Ehepaar Wolf um die Kurve. »Guten Abend, Herr Valentin. Sportlich, sportlich!«

Charly winkte und hoffte, dass das, was er mit seinem Gesicht machte, einem Lächeln ähnelte. Wenn sie ihn so ehrfürchtig anspornten, hatten die Wolfs natürlich ein Recht darauf, einen lockeren, kraftvollen Laufstil geboten zu bekommen. Also gab sich Charly noch mal alle Mühe. Im Vorbeilaufen registrierte er aus den Augenwinkeln, dass das Ehepaar sich umdrehte und ihm nachsah. Stehen bleiben und Pause machen verbot sich also. Na gut, dann bis zur nächsten Einmündung, dort könnten sie ihn nicht mehr sehen. An der nächsten Einmündung stand der Auer Franz an seinem Gartentor.

»Charly? Respekt!«

Charly grüßte und lächelte. Also gut, noch eine Einmündung weiter. Dort kam ihm gleich nach dem Abbiegen ein älterer Herr entgegen: »Ah, unsere Polizei hält sich fit, das finde ich sehr gut. Bravo!«

Lächeln, grüßen. Wer war denn das? Warum weiß der Rentner, wo ich arbeite und ich kenn ihn gar nicht? Egal, weiter. Charly beschloss, an der nächsten Kreuzung nach links abzubiegen und doch aus dem Dorf hinaus in Richtung Badeweiher zu laufen. Dort war es dunkel und er konnte endlich stehen bleiben. Da hörte er hinter sich Schritte, die schnell näher kamen.

»Servus, Charly, wusste gar nicht, dass du auch läufst. Ist wie eine Sucht, gell!« Es war Frank Schmitz, Leiter der Leichtathletikabteilung im Sportverein und bekannt als durchtrainierter und leidenschaftlicher Jogger.

»Sers«, keuchte Charly und lächelte, oder so etwas ähnliches.

»Hey, wir könnten doch zusammen laufen. Ich bieg da vorne links ab und lauf raus Richtung Weiher. Wie wär's?«, bot Frank an.

Charly konnte sein Glück kaum fassen. »Sorry, Fränky ... mei' Tour ... rechts rum, sers«, keuchte er. Gleich nach dem Abbiegen wunderte er sich, warum an einem Mittwochabend so viele Leute aus der Kirche kamen. Dann fiel ihm ein, dass vermutlich gerade der Rosenkranz für die gestern verstorbene Huber Anni beendet war. Die Hälfte der Kirchgänger kam ihm entgegen, die anderen entfernte sich in die entgegengesetzte Richtung.

»Guten Abend, Herr Valentin.«

Lächeln und winken.

»Servus, Charly.«

Winken und grüßen.

»Charly, zefix, du bist ja drauf, oder.«

Grüßen und lächeln. Und weiter.

Als er endlich wieder zu Hause ankam, war Charly fest überzeugt, mindestens eine Stunde gerannt zu sein. Die Stoppuhr zeigt dagegen nur 25 Minuten. Sein Puls raste, und Charly war sich sicher, dass es die ganze Nacht dauern würde, bis die Herzfrequenz wieder in einem nicht mehr beunruhigenden Bereich zu finden sein würde. Was aber egal war, denn er würde wahrscheinlich sowieso gleich sterben.

»Und, wie war dein Comeback?«, erkundigte sich Petra.

»Passt scho'«, presste er zwischen zwei Japsern hervor. »Warganzokay.« Dann schleppte er sich ins Wohnzimmer und ließ sich aufs Sofa sinken. Die Oberschenkel brannten, die Knie zitterten und die Knöchel schmerzten.

»Geht's dir gut?«, fragte Petra von der Wohnzimmertür aus.

»Regeneration!« Japs. Auf dem Rücken liegend, Arme und Beine von sich gestreckt, sinnierte er vor sich hin. So bleib ich liegen. Ich beweg mich bis morgen früh nicht mehr. Keinen Zentimeter, dachte Charly. Petra wird mich schon füttern und mir auch ein wenig Flüssigkeit einflößen, damit ich nicht völlig dehydriere.

Doch dann meldete sich eine andere Stimme in ihm. ›Was bist Du denn für ein Schlappsack‹, sagte die Stimme. ›Nach ein bisschen Joggen völlig fertig. Dabei würde es dir wirklich nicht schaden. Schau dir doch den Ranzen an, den du vor dir her schleppst mit deinen 41 Jahren. Von wegen vererbt. Der kommt von dem Weizen jeden Abend zur Brotzeit. Und von dem zweiten zum Fernsehen und dem dritten, wenn Fußball kommt.‹ Charly war versucht, der Stimme zu widersprechen, fand aber keine Argumente. ›Jeden Abend auf der Couch rumliegen‹, fuhr die Stimme fort, ›immer mit dem Auto unterwegs, statt mit dem Rad. In den zweiten Stock mit dem Aufzug fahren. Da ist es ja kein Wunder, dass du fett wirst.‹

Charly hatte bereits den Entschluss gefasst, sich künftig mehr zu bewegen. Und die Ernährung umzustellen. Mehr Gemüse, Rohkost, Obst. Weniger Fleisch, mal ein paar Tage das Bier weglassen. Überraschenderweise schaffte er es schon beim zweiten Versuch, sich aufzurichten und in die Dusche zu humpeln.

Nach dem Reinigungsvorgang stellte er sich mit verschränkten Armen unter das heiße Wasser und genoss den wohligen Schauer. Das machte er öfter so, wobei in ihm dann immer zwei Geister kämpften. Zum einen sein Wohlbefinden, das ihm sagte, genieße es, lass das Wasser einfach laufen, du hast es dir verdient. Zum anderen sein schlechtes Gewissen, das ihm zuraunte, in Äthiopien müssten Kinder und Frauen kilometerweit laufen, um Wasser zu holen. Manchmal gewann sein schlechtes Gewissen. Dann drehte er das Wasser sofort ab und hatte das gute Gefühl, ein Stück der Welt gerettet zu haben. Und manchmal gewann sein innerer Schweinehund. So auch jetzt, denn er war schlichtweg unfähig, sich zu bewegen, so als würde die Verbindung zwischen dem befehlsgebenden Hirn und den ausführenden Muskeln fehlen.

Mit einem Stapel Handtücher kam Petra ins Bad und sah ihn hinter den Milchglasscheiben stehen. »Schorschi, du weißt schon, dass in Äthiopien Kinder und Frauen kilometerweit nach Wasser laufen.«

Charly drehte das Wasser ab und verließ die Dusche. Nachdem er sich abgetrocknet hatte, trank er in der Küche demonstrativ einen halben Liter Mineralwasser.

»Als du beim Laufen warst, hat dein Handy wie Tarzan geplärrt«, teilte ihm Petra mit.

Das bedeutete, dass er eine SMS erhalten hatte. Habe was sehr Interessantes, morgen mehr, Helmuth, stand auf dem Display. Helmuth hatte die Nachricht vor einer halben Stunde geschickt und war natürlich jetzt am Telefon nicht mehr zu erreichen. Aber Charly war zu erschlagen, um sich lange darüber zu ärgern. Er legte sich ins Bett und schlief sofort ein.

Donnerstag, 16. Oktober

Charly konnte es kaum erwarten, Helmuths Neuigkeiten zu erfahren. Aber nur Sandra erschien pünktlich um 07.00 Uhr zum Dienst. Helmuth kam erst angeschlichen, als die Frühbesprechung bereits im Gange war. Und er sah aus, als hätte er eine fröhliche, aber lange Nacht hinter sich. Um Barsch nicht zu unterbrechen, und weil Charly die Neuigkeiten zuerst allein hören wollte, legte er den Finger auf die Lippen und deutete Helmuth an, bis nachher zu warten.

In der Besprechung ging es wie immer hauptsächlich um die AG Kiara. Die Beamten hatten mittlerweile 21 Straftäter überprüft. Eine heiße Spur war noch nicht dabei. Allerdings hatten für morgen zwei Profiler aus München ihr Kommen zugesagt. Davon erwartete man sich große Fortschritte.

Im Büro klammerte sich Helmuth an seine Kaffeetasse und begann endlich zu erzählen. Nachdem er gestern einige Stunden die Daten in *STUPID* erfasst hatte, musste er einfach raus, weg vom Computer. Und weil das Letzte, was er eingegeben hatte, Christian Bichlers Alibi im Tennis-Club gewesen war, hatte er beschlossen, dort hin zu fahren. »Ich kenn da nämlich einen sportlichen Vorruheständler, der im Donau-Ruder-Club so eine Art Platzwart spielt. Der verbringt jede freie Minute in dem Verein.«

Diesen Bekannten hatte er gestern Nachmittag besucht. Nach dem allgemeinen Smalltalk hatte Helmuth den Mann direkt gefragt, ob er Bichler am Samstagnachmittag gesehen habe. »Und siehe da«, sprach Helmuth in seine Kaffeetasse, »mein Platzwart war den ganzen Samstag auf dem Gelände. Aber der Bichler war nicht da, da ist er sich sicher.«

Helmuth hatte mit dem Frührentner ein interessantes Gespräch geführt. Bichler kam schon lange nicht mehr samstags, hatte er erfahren. Jeden Mittwoch, aber nicht samstags. Wo Bichler seine Samstage verbrachte, wusste der Bekannte nicht. Aber es gab einige ausgesuchte Tennisfreunde von Bichler, die im Falle eines Falles, wenn wider Erwarten seine Frau anrufen sollte, sagen mussten, er sei eben mit einem verletzten Mitspieler zum Arzt gefahren und habe sein Handy in der Garderobe vergessen. Außerdem hatte Helmuth erfahren, dass es um Bichlers Finanzen nicht so gut stand, wie es nach außen hin aussah. Bichler hatte erst vor Kurzem, während eines feuchtfröhlichen Vereinsabends, gejammert, weil er mit Aktien gewaltige Summen verzockt hatte. Darüber hinaus hatte er zu fortgeschrittener Stunde den aufwendigen und exklusiven Lebensstil seiner Frau beklagt, der ihn noch in den Ruin treiben würde. Es war eigentlich ein Tabu, gegenüber Clubmitgliedern finanzielle Engpässe erkennen zu lassen. Doch Helmuths Bekannter fungierte nicht nur als Platzwart im Verein, er bekleidete auch die Funktion des Beichtvaters und Seelsorgers, wenn der Alkohol die tiefsten Wahrheiten nach oben trieb.

»In vino veritas!« Helmuth lächelte merkwürdig. »Dann ist noch ein anderer meiner Bekannten gekommen, auch Tennisspieler. Der ist bei der Sparkasse, irgendwas in der Führungsmannschaft. Zuerst wollt er mir gar nix sagen, ist ja klar. Aber später, nach zwei Weizen und drei Obstlern und wegen der guten alten Zeiten, hat er mir unter der Hand bestätigt, dass der Bichler ganz schöne Bolzen hat. Also nicht nur ein bisserl verzockt, sondern voll neiglangt in Dreck.«

Dann versank Helmuth in seine Kaffeetasse und konzentrierte sich auf seinen schweren Kopf. Die Gespräche hatten sich bis nach Mitternacht hingezogen, was Helmuths abgerissenes Aussehen erklärte. Auch Charly und Sandra dachten schweigend über die neuen Informationen nach.

»Aber eins sag ich dir gleich«, meldete sich Helmuth noch einmal, »da schreib ich keinen Aktenvermerk nicht drüber, weil mir das alles nur inoffiziell erzählt worden ist. Und in dein dämliches Programm trag ich's auch nicht ein!«

Charly lehnte sich zurück und streckte die Beine unter den Tisch. Das lapidare Wort ›Muskelkater‹ wurde dem Stechen in seinen Oberschenkeln in keiner Weise gerecht.

»Da brauchst nichts schreiben«, beruhigte er Helmuth. »Den Tennis-Bichler können wir selber fragen. Die Auskunft, dass er beim Tennisspielen war, haben wir nur von seiner Frau. Er muss ja dann irgendwas dazu sagen.«

»Also lügt uns der große Bruder an. Der Kleine lügt wahrscheinlich auch, der war am Samstagabend gar nicht zu Hause. Beide haben ein Motiv und keinem tut es leid, dass der alte Bichler tot ist«, schaltete sich Sandra ein.

»Ob der kleine Bruder lügt, wissen wir noch nicht. Den hat nur die neugierige Nachbarin nicht gesehen.« Charly zog die Beine wieder an, sog hörbar die Luft ein und stand dann umständlich auf. »Den möcht ich aber jetzt noch nicht fragen. Wenn er sagt, er ist früh ins Bett gegangen und hat kein Licht gemacht, dann können wir nichts dagegenhalten.«

Charly stand vor dem Wandkalender und tippte mit dem Finger auf das Wochenende.

»Was macht ihr denn am Samstag?« fragte er Helmuth und Sandra.

Helmuth schüttelte langsam den Kopf. »Ich hab mit meinem Bankmanager ausgemacht, dass wir uns Bayern anschauen. Er hat Karten von einem Kunden. Danach geh'n wir in München weg.«

Sandra nickte Charly zu. »Ich hab Zeit.«

»Gut, dann schau'n wir mal, was er am Samstag immer so macht, der kleine Bruder.«

»Brauchen wir da jetzt eine Observationsgenehmigung vom Chef?«

»Laut Gesetz: ja. Aber bis wir dem das jetzt alles erklären, derweil is' s'Wochenende rum. Außerdem genehmigt er's vielleicht nicht, weil er Angst hat, dass zu viele Überstunden anfallen.«

Sandra und Helmuth lachten, weil sie dachten, Charly habe einen Witz gemacht.

Bevor Charly sie aufklären konnte, läutete das Telefon. Im Display stand eine Ingolstädter Nummer.

»Valentin.« Der Hörer roch nach Sandras Pfirsicharoma.

»Riederer, *DonauKurier*! Servus, Charly.« Mit angenehm samtiger Stimme meldete sich der Lokal- und Polizeireporter der Tageszeitung. Charly kannte ihn von zurückliegenden Fällen. Hubert Riederer war kein Sensationsreporter. Er war auf Zusammenarbeit bedacht und wusste um die Vorteile einer funktionierenden Symbiose zwischen Polizei und Presse. Normalerweise konnte man sich auf seine Zusage verlassen, etwas nicht zu veröffentlichen. Dafür bekam er ab und an eine exklusive Information, die dann nur im Lokalteil zu finden war und erst einen Tag später in überörtlichen Blättern. Riederer bezog sein Wissen aus zahlreichen – für gewöhnlich gut unterrichteten – Quellen. Seine Anrufe bei den polizeilichen Sachbearbeitern sicherten seine Geschichten nur noch ab. Das wusste

Charly. Aber auch wenn ein ehrliches und fast freundschaftliches Verhältnis zwischen ihnen bestand, war Riederer immer noch mit Leib und Seele Journalist.

»Ihr habt's zur Zeit gleich zwei spektakuläre Fälle laufen, oder?«

»Hubert, du weißt doch, dass ich dir nichts sagen darf. Es gibt bei der Direktion eine Pressestelle und in laufenden Verfahren erteilt Presseauskünfte die Staatsanwaltschaft.«

»Die nichtssagenden Meldungen eurer Pressestelle habe ich alle erhalten. Und die Frau Gambrini-Steinmetz traut sich ohne das Okay von ihrem Boss nicht mal aufs Klo. Unser Doktor Brenneisen ist aber auch sehr zugeknöpft. Ich weiß nicht, ob der Angst vorm Bierschneider hat. Ich bräucht jetzt auf jeden Fall mal einen gestandenen Schandi, der mir sagt, was Sache ist. Natürlich nur informatorisch, ohne dass er genannt wird.«

»Dann frag doch den Kollegen Garn.«

»Danke! Und wenn du das nächste Mal was aus der Zeitung wissen willst, dann hol dir doch die *Apothekenrundschau.*«

Charly streckte die Beine wieder aus. Der Muskelkater war noch nicht leichter geworden. Er fühlte, dass er kurz davor war, sich zu einer Äußerung hinreißen zu lassen, und fasste den Entschluss, diesmal nichts zu Riederers Anspielungen zu sagen.

»Du musst mir gar nichts sagen, Charly. Du sollst mir nur bestätigen, was ich eh schon weiß. Ihr habt also einen erschossenen Landwirt und zwei zerstrittene Söhne, von denen euch jeder ein Alibi gegeben hat, das euch nicht zufrieden stellt.«

»Woher weißt denn jetzt das schon wieder?« Charly biss sich auf die Unterlippe. Jetzt hatte er sich doch wieder locken lassen und die Vorhaltung indirekt bestätigt.

»Ach, das war nicht schwer. Wo die Söhne wohnen, bekommt man heraus. Und der eine hat eine Nachbarin und der andere ist Mitglied im Tennisverein.«

»Schnell arbeitest du schon, das muss dir der Neid lassen.«

»Danke! Aber sag, stimmt es, dass du allein mit einer ganz neuen Kollegin und mit dem alten Reithl von der PI den Fall bearbeiten musst, weil ihr kein Personal mehr habt?«

Diesmal war Riederer wirklich außergewöhnlich gut informiert. Es war egal, ob Charly bejahte, verneinte, brummte oder nur stumm am Hörer nickte, der Reporter war in der Spur und zog die richtigen Schlussfolgerungen. Aus dem, was ihm alles vorgehalten wurde, schloss Charly, dass Riederer nicht nur die Nachbarin und die Tennisspieler befragt hatte. Er wusste Details, die er nur von einem Kripoangehörigen erfahren haben konnte.

»Du hast doch in der Sache Bierschneider damals die ersten beiden Drohbriefe noch als Spurensicherer bearbeitet, Charly?«

Ja verdammt noch mal, jetzt stieg Riederer aber ganz tief in sein Archiv hinab. »Möglich«, antwortete Charly ausweichend.

Doch Riederer ließ sich nicht irritieren. »Damals war doch deine Theorie, dass die Tochter das Ganze selber inszeniert, um auf sich aufmerksam zu machen und von ihren Eltern bemitleidet zu werden. Der erste Brief tauchte auf, kurz bevor Kiara ein miserables Zeugnis heimbrachte; der zweite Brief kurz nachdem sie bei einem Ladendiebstahl erwischt wurde.«

»Da sag ich jetzt gar nichts dazu.« Das konnte wirklich niemand wissen. Diese Theorie hatte Charly damals nur im engsten Kreis vertreten.

»Weißt du, dass Kiaras Mutter jetzt wieder anfangen wollte zu arbeiten? Dann hätte Kiara wahrscheinlich nicht mehr Mamas ungeteilte Aufmerksamkeit. Außerdem sind Papa und Mama gerade sauer auf Kiara, weil sie in einer Clique rumhängt, in der auch mal Joints kreisen.«

Das war interessant. Diese Informationen hatte Charly bis jetzt nicht gekannt. Vermutlich wusste es auch die AG Kiara nicht oder hatte die Tatsache nicht entsprechend gewichtet. Charly brummte ein unverfängliches »Mhmm«.

»Und das Gutachten vom Rechtsmediziner sagt, dass man sich solche Schnitt- und Stichwunden, wie sie die Kiara hat, auch sehr gut selbst zufügen kann. Das wisst ihr aber schon?«

Entweder bluffte Riederer jetzt, um zu sehen, wie Charly reagierte, oder er hatte wirklich derart gute Verbindungen, dass er von Gutachten sogar schneller erfuhr als die Auftraggeber. Auf jeden Fall wurde Charly das Gespräch zu heiß. Er brummte noch ein paar Antworten auf Riederers Feststellungen zur Personalmisere und zur Arbeitsbelastung und beendete dann das Telefonat.

Charly erzählte Sandra und Helmuth vom Gesprächsinhalt und informierte dann Barsch. Den ließen die Informationen jedoch kalt. Nur die Erwähnung des Gutachtens veranlasste ihn zu einem Anruf im Institut für Rechtsmedizin.

Es war noch eine Stunde bis Mittag. Darum beschloss Charly, bis zum Essen einige Schreibarbeiten zu erledigen und nachmittags Christian Bichler in seinem Büro zu besuchen. Helmuth durfte sich weiter um *STUPID* kümmern.

»Zefix.«

Die Behördenkantine befand sich im Finanzamt, unmittelbar neben dem Polizeigebäude. Die Polizeiangehörigen hatten das Pech, zusammen mit den Rentnern ab 11.30 Uhr für die Kantinenbenutzung eingeteilt zu sein. Denn danach war der Speisesaal für Finanzbeamte und andere Bedienstete der Stadt reserviert.

Nichts gegen die Rentner, dachte Charly oft, aber beim Essen bringen sie eine gewisse Unruhe hinein. Anscheinend lag bei den Senioren das Mittagessen in der Kantine immer zeitlich dicht gedrängt zwischen Sonderangeboten und einem Friseurtermin, dem Wochenmarkt und dem Schrebergarten oder zwischen dem Arztbesuch und dem Altennachmittag. Was Hektik bedeutete, wurde anschaulich vermittelt, wenn nicht einmal die Zeit blieb, zum Essen den Fahrradhelm abzunehmen, den Anorak auszuziehen und die Hosenklammern abzustreifen.

Vor Charly stand eine kleine alte Frau mit einer lila Wollmütze aus luftig gehäkelten Maschen und praktizierte den beliebten Beilagentausch. »Könnt ich zu meinem Pangasius ein bisserl Kraut haben und statt der Kartoffeln ein kleines Stückchen Gemüsestrudel? Ist in dem Kraut Kümmel drin? Wissen S', da krieg ich dann immer Probleme. Ach, lassen S' das Kraut weg. Letztes Mal war auch Kümmel drin. Da hab ich die ganze Nacht nicht geschlafen.«

Vor der Kasse stand sie wieder vor ihm und diesmal spielte sie das ebenso beliebte Kleingeldsuchen. Doch endlich waren auch Sandra, Helmuth und Charly mit ihren Tabletts an einem Tisch gelandet.

Charly vermied es, sich umzusehen. Das hatte er früher öfter vor dem Essen gemacht. Dabei sah er dann Gesichter, die sich bis knapp über den Suppenteller beugten und in deren geöffnete Münder in rascher Folge Suppe geschaufelt wurde. Er hatte gesehen, wie sich Ober- und Unterlippen wölbten, weil dahinter mit der Zunge Essensreste aus Zähnen – oder dem entsprechenden Ersatz – gepult wurden. Und hie und da verschob sich ein Gebiss, löste sich von den Kiefern und klapperte zu den S- und F-Lauten der Gespräche.

Er hatte beobachtet, wie es aussah, wenn man sich sein Menü bereits auf dem Weg zur Ausgabetheke aussuchte, indem man im Vorbeigehen die Teller der Essenden ganz genau und möglichst aus der Nähe inspizierte. Und er hörte den einen oder anderen Gesprächsfetzen, in dem Krankheiten, Operationen, geriatrische Leiden und Behandlungsmethoden erläutert wurden. Und manchmal war Charly durch den optisch-akustischen Aperitif der Appetit vergangen.

Seitdem versuchte er, seine Wahrnehmung auf den eigenen Tisch und die allernächste Umgebung zu beschränken.

Sandra hatte den Gemüsestrudel gewählt und Helmuth das Fischfilet. Charly rechtfertigte die Wahl der Schweinshaxe mit Kraut und Knödel damit, dass er den Knochen für seinen Hund mit nach Hause nehmen wollte.

Nach dem Essen ließ sich Charly auf den Beifahrersitz des Dienstwagens fallen. Außer dem Muskelkater, der in den Oberschenkeln und Waden schmerzte, lag ihm jetzt auch noch die Schweinshaxe im Magen. Den Knochen für den Hund hatte er vergessen.

Helmuth hatte den Besuch seiner Kollegen telefonisch beim Leiter des Werkschutzes, den er aus der gemeinsamen Schulzeit kannte, angekündigt und sich nach Christian Bichlers Arbeitsplatz erkundigt. Die Kripobeamten mussten sich nur kurz am Tor 10 anmelden und konnten dann aufs Werksgelände fahren. An der Pforte erhielten sie einen Lageplan und fanden so in dem Labyrinth aus Produktionshallen, Verwaltungsbauten, Werkstätten und Versuchslaboratorien das hohe Gebäude mit den verspiegelten Fenstern, das ihnen der Mann am Schlagbaum beschrieben hatte. »V3« stand in meterhohen gelben Lettern neben dem Eingang.

Bichlers Büro befand sich im fünften Stock. Charly war sich sicher, dass der Werkschutz ihr Kommen angekündigt und Bichler daraufhin seine Kollegen unter einem Vorwand hinauskomplimentiert hatte. Er war allein im Büro und saß an einem hellen Schreibtisch vor dem großen Fenster, von dem aus man einen beeindruckenden Blick über einen Großteil der verschachtelten Firmengebäude und Werkshallen hatte.

Er trug eine graue Hose und ein weißes Hemd mit hochgekrempelten Ärmeln. Das passende Sakko hing über seinem Stuhl. Er roch wieder nach dem sehr herben Rasierwasser und begrüßte die Beamten, ohne zu lächeln.

»Herr Bichler, wir haben Ihr Alibi überprüft. Sie waren am Samstag nicht beim Tennisspielen.«

Bichler schien nicht sehr überrascht. »Ich weiß, ich wurde bereits angerufen.«

»Wo waren Sie denn wirklich am Samstag? Auf dem Hof bei Ihrem Vater?«, fragte ihn Charly.

Bichler ging quer durchs Büro und öffnete eine Verbindungstür zum Zimmer nebenan.

»Nicole, kommst du mal bitte.«

Eine gutaussehende junge Frau mit schulterlangen schwarzen Haaren trat durch die Tür. Ein schwarzes Kostüm modellierte die Rundungen ihrer schlanken Figur sehr ansprechend.

»Die Herrschaften möchten gerne wissen, wo ich am Samstagnachmittag war«, erklärte ihr Bichler.

Nicole sah Charly direkt in die Augen und verkündete mit fester Stimme: »Soweit ich weiß, war Herr Bichler am Samstag im Tennis-Club.«

Mit einem dankbaren Lächeln und hochgezogenen Schultern klärte Bichler sie darüber auf, dass die Beamten schon wussten, dass er nicht beim Tennis war.

»Sag ihnen, wo ich wirklich war, Schatz.«

Das brachte Nicole jetzt ein wenig aus der Fassung. Sie blickte nervös zwischen Bichler, Sandra und Charly hin und her, senkte dann den Blick und stammelte: »Herr ... Herr Bichler war ... war am Samstag bei mir.« Sie wirkte erleichtert, als es heraus war. Vermutlich war es ein großer Schritt, ihr Verhältnis jetzt zum ersten Mal quasi öffentlich eingestanden zu haben.

Sandra ging mit Nicole ins Nebenzimmer, notierte ihre Personalien und fixierte eine kurze Aussage, die sie von ihr unterschreiben ließ. Bichler gestand Charly unterdessen, das Verhältnis mit Nicole bereits seit über einem Jahr zu unterhalten. Man sah sich regelmäßig am Samstag, ab und zu unter der Woche und von Zeit zu Zeit unternahm man gemeinsame Dienstreisen nach Wolfsburg oder ins ungarische Györ. In der Firma hielten sie die Beziehung geheim. In jovialem Tonfall und mit einem verschwörerischen Lächeln bat Bichler darum, die Beziehung auch weiterhin seinem Arbeitgeber und seiner Familie gegenüber unerwähnt zu lassen, was Charly ihm aber nicht versprechen mochte.

»Ich hab gehört, Sie durchlaufen gerade einen finanziellen Engpass?«, fragte er stattdessen.

Bichler zog die ganz leicht angegrauten Augenbrauen hoch und sah sein Gegenüber überrascht an. Das Verschwörerlächeln war verschwunden. Er könne sich nicht vorstellen, dass seine Finanzen die Polizei irgendetwas angingen, entgegnete er kühl.

Charly hakte nach: »Wir ermitteln in einem Mordfall und Geld ist immer ein beliebtes Motiv. Ich kann mir natürlich einen richterlichen Beschluss holen und zu Ihrer Bank marschieren. Dann erfahre ich es auch.« Er war sich gar nicht sicher, ob er bei der aktuellen Beweislage einen solchen Beschluss tatsächlich bekäme. Bei genauerer Überlegung war er sogar überzeugt, dass ihm kein Richter diesen Beschluss unterschreiben würde. Aber das war auch gar nicht nötig.

Nach einer kurzen, aber intensiven Phase des Nachdenkens nickte Bichler. »Das brauchen Sie nicht. Es stimmt, momentan laufen einige Aktiengeschäfte und Anlagen suboptimal. Aber das ist nur ein vorübergehendes Tief. Das wird schon wieder besser.«

»Aber eine Erbschaft würde ganz gelegen kommen. Der Hof und die Grundstücke stellen ja einen beachtlichen Wert dar.«

»Unerwarteten Geldsegen kann wohl jeder brauchen. Ich würde lügen, wenn ich etwas anderes behaupte. Das würde bestimmt einem Kriminalbeamten auch gut tun, oder? Aber ich brauch das Erbe nicht, um zu überleben. Ich habe noch genügend Reserven, die allerdings derzeit fest angelegt sind oder in längerfristigen Projekten stecken. Was also Ihr Motiv betrifft: Geldsorgen habe ich nicht.«

Das nahm Charly ihm zwar nicht ab, er entschied sich aber, es momentan dabei bewenden zu lassen, auch weil Sandra und Nicole wieder zurückkamen. Er nahm sich jedoch fest vor, im Büro in seinen Gesetzbüchern zu stöbern oder wenn nötig Nager zu fragen, ob eine richterliche Anordnung zur Offenlegung von Bichlers Konten möglich wäre.

Charlys Magen hatte mittlerweile die Schweinshaxe verarbeitet, aber seine Oberschenkel hatten beim Einsteigen, beim Aussteigen und beim Erklimmen der Treppe in den zweiten Stock der Dienststelle immer noch geschmerzt.

Helmuth wartete gespannt wie eine Drachenschnur bei Windstärke zehn, wie Bichler seine Lüge erklärt hatte und seine Kollegen erzählten es ihm.

»Diese Nicole sagt, ihr passt das so ganz gut. Sie hat ihre Freiheiten und trotzdem eine Beziehung, in der sie alles bekommt, was sie braucht.« Sandra war ihre Empörung anzusehen.

»Ist schon praktisch«, stimmte Charly zu. »Die arbeiten nebeneinander, können sich in aller Ruhe den ganzen Tag sehen und brauchen keine verdächtigen Telefonate von zu Hause aus führen. Ab und zu ein paar Überstunden, jeden Samstag Halligalli und ab und zu ein paar Tage zusammen auf Dienstreise.«

»Also, das ist doch die Höhe!« Das Rot von Sandras Wangen wurde intensiver. »Ich find das so unfair. Der Ehefrau eine funktionierende Beziehung vorgaukeln und nebenbei mit der Sekretärin schlafen. Nicht nur einmal, sondern jeden Samstag. Weil die ein paar Jahre jünger ist und das Testosteron besser drauf anspricht. Das ist das Allerletzte.«

»Jetzt mach mal langsam«, unterbrach sie Helmuth. »Du Küken weißt doch gar nicht, wovon du redest. Vielleicht haben sie vor Jahren unter ganz anderen Voraussetzungen geheiratet. Damals war alles bestens und sie wollten beide dasselbe.«

Helmuths energischer Ton verhinderte jeden Widerspruch. »Im Laufe der Zeit ändern sich dann die Interessen. Jeder Mensch hat nun mal seine Bedürfnisse. Der eine mehr, der andere weniger. Wenn er jetzt nur genauso viel will wie früher und deine arme Ehefrau aber aus irgendwelchen Gründen ständig nur noch abblockt, was soll er denn dann tun? Bedürfnisse ständig zu unterdrücken macht krank und mufflig. Da gehören immer zwei dazu, und so unschuldig wird deine arme Ehefrau auch nicht daran sein.«

Sandra blieb still und sah Helmuth mit großen Augen an. Er hatte jetzt die geröteten Wangen.

»Und dann gibt's eine junge Frau, die ihm genau das gibt, was er braucht. Er ist zufrieden, die Freundin ist zufrieden und die arme Ehefrau hat ihre Ruhe, und wohnt nebenbei mit ihrer Familie immer noch in einem schönen Haus und hat Geld zum Ausgeben. Was bitte ist daran also unfair?«

Sandra war peinlich berührt: »Entschuldige, Helmuth, ich ... wir wussten ja nicht ...«

»Was?«

»Mit dir ... und deiner Frau.«

»Wieso? Ich führ eine glückliche Ehe und brauch meine Frau nicht betrügen.«

Jetzt war Sandra wirklich peinlich berührt. Charly verbiss sich ein Lachen, und unter dem Vorwand, sich um eine Flip-Chart zu kümmern, ließ er seine Kollegen allein.

Er fand Barsch in seinem Büro ins Gespräch mit Garn vertieft. Seiner Bitte nach einer Flip-Chart, um die Beziehungen der Beteiligten in seinem Fall darzustellen, konnte leider nicht entsprochen werden. Die Kripo besaß nur zwei dieser mittlerweile unentbehrlichen Statussymbole. Eine der Tafeln belegte die AG Kiara mit zahlreichen To-do-Listen, die zweite hatte Sokrates in Gebrauch.

Charly solle wegen seinem Selbstmord nicht so einen überzogenen Aufwand betreiben, ließ ihn Garn wissen.

Freitag, 17. Oktober

Die Frühbesprechung fiel aus, weil Barsch und Garn aufgrund der Vorbereitungen für das Treffen mit den Profilern keine Zeit für das Tagesgeschäft hatten. Auch an einem Treffen mit der Staatsanwältin Frau Gambrini-Steinmetz waren sie nicht interessiert. Die Juristin hatte sich gleich morgens telefonisch bei Charly gemeldet und ihr Kommen angekündigt, um im Fall Bichler die Vorgehensweise abzustimmen.

Jetzt saß sie Charly gegenüber. Die jugendliche Stimme am Telefon hatte nicht getäuscht. Man konnte Frau Gambrini-Steinmetz, sollte man sie in der Fußgängerzone treffen, durchaus mit einer Abiturientin verwechseln. Das hübsche Gesicht war ungeschminkt, aber die dünne, dunkelrote Brillenfassung war farblich genau auf die schulterlangen kastanienbraunen Haare abgestimmt. Petra, Charlys Frau, maß exakt 1,65 m, auch wenn sie immer behauptete, mindestens 1,67 m groß zu sein, und Charly schätzte die Juristin keinen Zentimeter größer, wenn sie auch aufgrund ihres Auftretens eine gefühlte Größe von mindestens 1,75 m besaß. Dabei war sie aber nicht unsympathisch.

Ihr Chef, Dr. Brenneisen, sei seit dem Fall Bierschneider momentan nahezu katatonisch, begann sie das Gespräch.

Helmuth stupste Sandra an. »Katatonisch?«, fragte er flüsternd.

»Erstarrt, verkrampft.«

Helmuth nickte und hörte der Staatsanwältin weiter zu.

Derzeit seien augenscheinlich keine Entscheidungen des Behördenleiters zu erwarten. Und darum werde sie jetzt den Fall selbst in die Hand nehmen, bis ihr Vorgesetzter wieder zurechnungsfähig sei.

Charly war verblüfft. Es gehörte einiges dazu, sich in der Ingolstädter Justizbehörde als junge Staatsanwältin auf die Hinterbeine zu stellen und über den Chef hinweg einen Fall auf eigene Faust weiterzuführen. Respekt, diese kleine junge Frau hatte Courage.

Aus Gesprächen mit besser informierten Kollegen wusste Charly zufällig, dass Frau Gambrini-Steinmetz mit Vornamen Viola hieß und die Wurzeln ihrer Familie in der Toskana lagen. Sie hatte einen italienischen Vater und eine deutsche Mutter. Die Ehe mit einem Ingolstädter Mediziner hatte sie zur Staatsanwaltschaft Ingolstadt verschlagen, und als deren Vertreter forderte sie Charly nun auf, sie auf den neuesten Stand zu bringen.

Charly begann mit dem geplatzten Alibi von Christian Bichler. Dabei konnte sich Charly einen Seitenblick auf Sandra nicht verkneifen. Sie verdrehte die Augen und forderte ihn mit wedelnder Hand auf fortzufahren.

Frau Gambrini-Steinmetz machte sich Notizen und bekam das Intermezzo nicht mit. Charly erzählte von dem gestrigen Besuch an Christian Bichlers Arbeitsplatz. Jetzt hatte er zwar ein neues Alibi, aber das wurde nur von seiner Geliebten bestätigt. Wenn man seine Schulden bedachte, würde ihn die nun folgende Erbschaft vermutlich in die Lage versetzen, entweder eine Scheidung zu finanzieren oder zumindest den hohen Lebensstandard aufrecht zu erhalten und die Aktienverluste auszugleichen.

Dann berichtete Charly über Manfred Bichler. Vermutlich hatte auch er gelogen, was sein Alibi betraf, aber das konnten sie noch nicht beweisen. Frau Gambrini-Steinmetz erfuhr auch von der geplanten Observation am Samstag.

»Hat das Ihr Chef genehmigt?«

»Wir haben ihn nicht gefragt und werden das auch nicht tun.«

»Okay, wenn es Probleme gibt, melden Sie sich bei mir. Ich schreib Ihnen dann eine staatsanwaltschaftliche Verfügung raus, wenn's sein muss auch rückwirkend.«

Die Frau imponierte Charly immer mehr und er war sich

mittlerweile sicher, dass er sie in der Fußgängerzone nicht mehr mit einer Abiturientin verwechseln würde.

Als Nächstes fasste er kurz die Gespräche mit den Vertretern von Bauernverband, Maschinenring und Gewerbeverband zusammen. Es hatte Streitereien mit Bichler gegeben, das war unbestritten und lag, so wie es sich bisher darstellte, in Bichlers liebreizendem Charakter begründet. Es war wohl sogar tatsächlich mit Erschießen gedroht worden. Aber trotzdem bewertete Charly die Möglichkeit, dass der Täter aus diesen Kreisen stammte, als eher unwahrscheinlich. Der Gewerbeverband, der Grundstücke für seine Ausstellung brauchte, konnte dieses Problem mit Sicherheit auch anders als durch Mord lösen. Genauso wie der Besitzer des Pferdehofes. Der hätte die Wiese hinter dem Bauernhof gebraucht, hatte sie nicht bekommen und sein Platzproblem anders behoben. Einen Mord traute Charly keinem der Kontrahenten zu. Das Gleiche galt für eine gewisse Firma Gessler, die ein Grundstück von Bichler hatte kaufen wollen, es aber natürlich nicht bekommen hatte. Einen Besuch dieser Firma hatte Charly allerdings erst für heute Nachmittag geplant.

Alles in allem lag für Charly im Moment der Hauptverdacht auf den Bichler-Brüdern, die als Erben den größten Nutzen aus dem Tod des Vaters zogen. Und von Trauer zerfressen wirkten beide nicht.

Die Staatsanwältin gab ihm recht. Sie betrachtete ihre Notizen und fragte dann: »Was ist denn mit der Frau von dem Audi-Bichler? Die unterhält doch einen aufwendigen Lebensstil. Sie würde auch davon profitieren, wenn ihr Mann erbt. Haben Sie nicht am Tatort einen Seidenschal sichergestellt?«

Respekt! Auf diese Idee war Charly noch gar nicht gekommen. Jetzt machte er sich Notizen. Das konnte er mit Sandra noch erledigen, bevor sie die Firma Gessler überprüften.

»Wie sieht's denn überhaupt mit den Spuren vom Tatort aus?«, wollte Frau Gambrini-Steinmetz wissen.

»Leider hat auch da die AG Kiara Vorrang. Die haben so lange beim LKA angerufen, bis allen klar war, dass sie den wichtigsten Fall in Bayern bearbeiten. Wir rechnen mit Ergebnissen zu unseren Spuren Anfang nächster Woche.«

Die Staatsanwältin nickte.

»Sagen Sie mir am Montag Bescheid, was die Observation gebracht hat und was bei der Frau Soundso-Bichler herausgekommen ist. Und wenn Sie irgendwelche Schwierigkeiten haben, rufen Sie mich an.«

Das klang entschlossen, fand Charly. Als die Juristin sein Büro verließ, war er sich gewiss, dass sie größer war als 1,65 m.

Am Telefon erhielt Charly von Bichlers Haushälterin die Auskunft, dass die Dame des Hauses heute im Shop beschäftigt sei. Dabei betonte sie das Wort, als hätte sie gerade ihre selbstgemachten Rohrnudeln probiert und die Backen voll. Sie beschrieb die Lage der Boutique in der Fußgängerzone, gegenüber vom *Merkur*, und obwohl Sandra erst seit Kurzem in Ingolstadt wohnte, kannte sie den Laden mit den ausgefallenen Accessoires, nur vom Vorbeilaufen natürlich. Einen *Merkur* allerdings kannte sie nicht, und Charly erklärte ihr, dass das große Kaufhaus seit Jahren nicht mehr so hieß sondern heute unter dem Namen *Galeria* bekannt war. Für manch alten Schanzer, wie sich die Ingolstädter nannten, war es aber immer noch der *Merkur*.

Die Fassade der kleinen Boutique bestand nur aus einem Schaufenster und der Eingangstür. Die Gestaltung des Fensters ließ die farbenfrohe Extravaganz des Sortiments erkennen, das einen erwartete. Als Charly und Sandra den Verkaufsraum betraten, betätigten sie damit ein Windspiel, das hinduistisch anmutende Tonfolgen aussandte. Der Laden war nicht breiter als die Fassade, dafür aber lang nach hinten gezogen. Links und rechts an den Wänden reichten die Regale bis an die Decke. Im Raum selbst waren Vitrinen mit Modeschmuck und

Ständer mit Gürteln, Schals und Taschen in so großer Zahl verteilt, dass man den hinteren Teil des Ladens nicht auf geradem Weg erreichen konnte.

Charly sah sich gerade um und Sandra drehte einen Kleiderständer mit pastellfarbenen Blusen, als Frau Heudeck-Bichler aus der Tiefe des Raumes erschien und im Slalom nach vorne schwebte.

»Kann ich etwas für Sie tun?«, fragte sie zuckersüß. Der Blick, mit dem sie ihre vermeintliche Kundschaft musterte, sagte, dass es nichts Ungewöhnliches war, wenn ein etwas älterer Onkel mit einer angeblichen Nichte im Laden auftauchte. Aus welchen Gründen auch immer.

»Valentin, Kripo. Die Kollegin Englberger. Wir waren neulich schon bei Ihnen, Frau Heudeck-Bichler.«

»Ach ja, ich erinnere mich. Was führt Sie denn hierher?« Das klang jetzt nicht mehr so süß und der Onkel-Nichten-Blick verschwand auch. Stattdessen straffte Frau Heudeck-Bichler das locker über den Schultern hängende Tuch und schlug es vor der Brust übereinander. Eindeutige Körpersprache, dachte Charly.

Nach der Erklärung, dass routinemäßig ihr Alibi zu überprüfen sei, da sie ja immerhin auch einen gewissen Nutzen aus dem Tod des Schwiegervaters ziehe, war Frau Heudeck-Bichler sprachlos.

»Also, das ist ja wohl ...« Empört schnappte sie nach Luft.

Dann fasste sie sich, verzichtete auf einen Ausbruch und erklärte in kühlem Ton, dass sie den ganzen Samstag zu Hause gewesen sei. Schließlich habe sie einen Haushalt zu führen und sich um ein Kind zu kümmern. Vormittags habe sie in den Kleiderschränken den Wechsel von Sommer auf Winter vollzogen. Am Nachmittag sei das Wetter ideal für Gartenarbeiten gewesen und sie habe einige Büsche und Sträucher zugeschnitten.

»Waren ja auch bestimmt viele Spaziergänger unterwegs, die Sie beim Arbeiten gesehen haben«, platzte Sandra heraus.

»Bitte?«

»Zeugen meine ich.«

Tatsächlich konnte Frau Heudeck-Bichler zwei Ehepaare und einen Nachbarn benennen, mit denen sie sich während ihrer Gartenarbeit unterhalten hatte. Die Frage nach ihrem Verhältnis zum Schwiegervater, die ihr Charly stellte, ließ sie tief durchatmen. »Also gut, Sie bekommen es ja sowieso heraus«, begann sie dann. »Ich hatte zu meinem ... Schwiegervater«, das Wort kam ihr nur widerstrebend über die Lippen, »überhaupt kein Verhältnis. Hätte ich den Charakter dieses ... Menschen«, und auch dieses Wort fiel ihr schwer, »... hätte ich den vorher gekannt, dann hätte ich wahrscheinlich meinen Mann gar nicht geheiratet. Ich war schon geschockt, als er mir endlich sein Elternhaus zeigte. Als ich seinen Vater dann kennenlernte, war für mich schnell klar, dass ich mit ihm nichts zu tun haben wollte. Ich habe jeden Kontakt zu ihm vermieden und Gott sei Dank sah das auch mein Mann ein. Für mich existierte er nicht, und dass er jetzt tot ist, berührt mich ehrlich gesagt überhaupt nicht. Wenn Sie glauben, ich wäre scharf auf sein Geld oder seinen Hof, dann möchte ich Ihnen sagen, ich würde lieber vorne am Münster betteln, als irgendwas anzunehmen, was ich diesem Scheusal zu verdanken hätte. Und sie glauben doch nicht wirklich, dass ich mir die Finger an ihm dreckig machen würde! Ich würde nicht einmal diesen ekelhaften Bauernhof betreten, geschweige denn diesen Kretin erschießen. Das ist wirklich weit unter meinem Niveau.«

Charly nickte. »Na, dann ist ja alles gesagt.«

Sandra klappte ihr Notizbuch zu und die beiden verabschiedeten sich.

Als die Tür das Glockenspiel anschlug, drehte Charly sich noch einmal um. »Vermissen Sie einen Seidenschal? So einen, wie Sie jetzt tragen?«, fragte er.

»Nicht dass ich wüsste. Warum?«

»Ach, nur so.«

Vom Polizeigebäude bis zur Fußgängerzone war es nur ein Katzensprung, und sie hatten diese Ermittlung zu Fuß erledigt. Da es auf die Mittagspause zuging, wollten sie sich etwas zu essen besorgen, bevor sie zur Dienststelle zurückgingen. Aus nicht nachvollziehbaren Gründen lehnte Sandra die von Charly vorgeschlagenen Leberkäs-Semmeln ab. Sie favorisierte dagegen ein Sandwich aus einem Laden, der direkt auf dem Weg lag.

»Am Münster betteln«, äffte sie Frau Heudeck-Bichler nach. »Da lach ich doch. Wetten, dass die Heuschreck nicht fragt, wo das Geld her ist, wenn sie es ausgibt? Außerdem ist am Münster betteln laut Stadtverordnung verboten.«

Auch Charly hatte seine Bedenken. Doch bevor er sich dazu äußern konnte, betraten sie schon die Sandwich-Bar und er musste sich konzentrieren.

Sandra bestellt ein kleines *Veggie Delite* mit allem.

»Ein Schinken-Käse-Sandwich, bitte.« Das ist völlig normal, dachte Charly, der aus den Angebotstafeln über der Theke nicht schlau wurde. Das müssen sie in einem Sandwichladen eigentlich haben.

»Italian White, Wheat, Honey-Oat oder Parmesan-Oregano?«, fragte der braun gebrannte junge Mann hinter der Theke.

»Was?«

»Welches Brot Du willst«, half ihm Sandra.

»Ach so, äh ... das dritte da.«

»Six inches oder footlong?«

»Ja.«

Er schätzte Charly ab, nahm ein fußlanges Honey-Oat-Baguette und schnitt es auf. »Beef, Chicken, Tuna, Italian BMT, Steak, Ham oder Bacon?«

Eigentlich wollte Charly Schinken. Aber wenn es den nicht gab, entschied er sich eben für Ham.

Und so ging es weiter über Käse, Gemüse, Salate und Beilagen. Immer wurden Charly massenweise Alternativen mit irritierenden Namen angeboten. Bis zu den Soßen am Schluss. Er wäre nie auf die Idee gekommen, Flüssigkeit in ein Schinken-Sandwich zu kippen. Weil man aber auf eine Entscheidung wartete, deutete Charly auf den Topf mit der gelben Soße. Klatsch, schon fertig. Charly zahlte einen Betrag, für den er fünf Leberkäs-Semmeln mit Senf bekommen hätte, und machte sich mit seiner Kollegin auf den Weg zur Dienststelle.

Der Verzehr gestaltete sich schwierig, weil die gelbe Soße mittlerweile das Honey-Oat durchweicht hatte und der Ham immer wieder seitlich herausglitt. Schließlich geschah das Unvermeidliche und die gelbe Paste verteilte sich flächig auf seiner Hose. Sandra hatte ihre kleine vegetarische Semmel Gott sei Dank schon gegessen, als sie losprustete.

Sämtliche Reinigungsversuche zeigten nicht den gewünschten Erfolg und es half nichts: Bevor sie zur Firma Gessler fuhren, musste Charly nach Hause und seine Hose wechseln.

»Zefix«, war Charlys Kommentar.

»Zefix, Zefix«, grummelte Helmuth, der nach der Mittagspause wieder mit der Datenerfassung in *STUPID* begann.

Nach dem Umziehen durchfuhren sie von Süden her die Ortsteile Zuchering, Spitalhof und Haunwöhr und erreichten so den Baggerweg, an dem die Firma Gessler lag. Direkt neben dem Firmengelände fanden sie eine kleine Parkfläche. Als Charly sich umsah, leuchtete ihm sofort ein, warum die Firma Gessler ein Grundstück von Bichler kaufen wollte.

Eingepfercht zwischen dem Donau-Stausee, einer Tennisanlage und der Straße hatte die Firma Gessler – wollte sie expandieren – nur eine Möglichkeit: im Südwesten. Dort lagen im Anschluss an den kleinen Parkplatz mehrere Felder hintereinander. Charly vermutete, dass das große Feld, das direkt nach dem Parkplatz begann, dem Bichler-Bauern gehörte.

Das Tor zum Hof der Firma stand offen. Mehrere der dicken Eisenstäbe in dem irgendwann einmal weißen Tor waren geknickt und verrostet. An den seitlichen Betonsäulen wucherte das Unkraut, ebenso auf dem Parkplatz. Der Hof selbst war sehr beengt, weil zahlreiche rostige Gitterboxen, zwei- und dreifach aufeinandergestapelt waren, und Container mit Schrott und Produktionsabfällen rundherum jeden freien Fleck belegten. Ein Lieferant musste mit seinem Lkw schon sehr geübt im Rückwärtsrangieren sein, um quer durch den Hof das einzig zugängliche Hallentor mit einer Laderampe ohne Schaden zu erreichen. Zwischen den Gitterboxen erkannte Charly, dass an den Werkshallen, die den Hof komplett umschlossen, mehrere Scheiben der Oberlichten zerbrochen waren. Ein graues Gebäude mit blanken Metallfensterrahmen, das die Werkshallen um ein Stockwerk überragte, beherbergte augenscheinlich die Verwaltung der Firma. Hier fanden sie auch den überdachten Haupteingang, neben dem ein Metallschild mit der Aufschrift »Gessler – Filtertechnik – Oberflächenbearbeitung« angebracht war.

Vor dem Haupteingang war ein Parkplatz mit fünf Stellplätzen für Kunden und Besucher angelegt. So wie es aussah, nutzten jedoch in Ermangelung der entsprechenden Personen einige Mitarbeiter die praktischen Parkflächen.

Charly lachte. »Genau! So verschlafen schaut die Firma aus.« Er deutete auf einen roten Kleinwagen und zeigte Sandra einen in braun gehaltenen Aufkleber an dessen Heck. »Nicht hupen – Fahrer im Nirwana« stand darauf. Daneben sah man ein großes Yin-und-Yang-Zeichen und darunter stand die Adresse des Ashram-Yoga-Zentrums Ingolstadt e.V.

Es gab keinen Empfang, nur eine Sitzgruppe mit Hydrokultur und einen langen leeren Gang. Von einer jungen Angestellten an einem Kopierer erfuhren sie, dass Herr Gessler im Haus sei. Das Büro des Chefs befinde sich im ersten Stock ganz hinten.

Dort angekommen traten sie durch eine offene Tür und standen im Vorzimmer des Firmenleiters.

»Grüß Gott, Frau …«, Charly blickte auf das Namensschild am Schreibtisch. »… Frau Berthold. Wir würden gerne mit Herrn Gessler sprechen.«

»Ich weiß nicht, ob Herr Gessler momentan Zeit hat. Einen Termin haben Sie nicht? Darf ich fragen, wer Sie sind?«

Typisch Vorzimmerdame, dachte sich Charly. Zuerst einmal abblocken. Jahrelange Übung. Die Sekretärin war bestimmt deutlich über 50, auch wenn sie zu der flotten Sorte gehörte. Sie trug einen grünen Trachtenrock, ein dazu passendes Jäckchen und eine weiße Bluse mit einem roten Schal, der von einer großen Spange zusammengehalten wurde. In den perfekt dauergewellten braunen Haaren fand sich keine einzige graue Strähne. Was Charly aber als Erstes auffiel, war ihr Duft, der ihn an seine Mutter erinnerte. Die Mischung aus Lavendelseife und 4711 war das Aroma seiner Kindheit.

Er wies sich als Kripobeamter aus und stellte Sandra vor. Es sah aus, als wäre die Sekretärin kurz erschrocken, bevor sie fragte, in welcher Angelegenheit die Polizei Herrn Gessler sprechen wolle.

»Im Fall Bichler.«

Wieder sah es aus wie ein kurzer Schreckmoment.

»Kennen … oder kannten Sie den Herrn Bichler?«, fragte Charly die Sekretärin.

»Ihm gehört das große Feld, das gleich an unseren Parkplatz anschließt. Wir haben schon überlegt, ob Sie bei uns auch ermitteln werden.« Dabei war sie aufgestanden und hatte an die Tür hinter sich geklopft. Nachdem sie die Herrschaften von der Kripo angekündigt hatte, durften Charly und Sandra eintreten.

Gesslers Büro war nicht größer als das der Vorzimmerdame. Aber hier bestand der Boden aus Parkett, und zwei Wände waren bis knapp unter die Decke mit Holz vertäfelt. Bodenlange weinrote Vorhänge säumten beide Fenster und unter dem breiten Schreibtisch lag ein Teppich. Hinter diesem Schreibtisch trat Gessler hervor und streckte ihnen die Hand entgegen.

»Grüß Sie Gott! Wir haben schon gerätselt, wann Sie zu uns kommen werden.« Dabei lächelte er ein gewinnendes Vertragsabschlusslächeln. Er sah genauso aus, wie Charly sich den Chef dieser Firma vorgestellt hatte. Zwar trug er einen grauen Anzug mit Weste, wirkte aber, als wäre ihm körperliche Arbeit in Hemdsärmeln lieber. Auch seine stattliche Figur sprach dafür, dass er gerne noch selbst zulangte. Er war nicht dick, aber kräftig und mindestens einen Kopf größer als Charly. Doch wie sein Betrieb, so hatte auch Gessler die besten Jahre hinter sich. Seine mindestens 60, oder noch ein wenig mehr, konnte man ihm bei genauer Betrachtung ansehen: Der Haaransatz war schon sehr weit nach oben gewandert und die grauen Haare in der Mitte nur noch spärlich vorhanden. Tiefe Falten hatten sich in die Stirn eingegraben. Nur die flinken, strahlend blauen Augen wirkten, als wären sie nicht bereit, älter zu werden. »Danke, Frau Berthold«, sagte er.

Die Sekretärin lächelte ihn an und schloss die Tür.

Er bat Sandra und Charly vor dem Schreibtisch Platz zu nehmen und setzte sich selbst wieder in seinen Sessel. Auf dem Tisch lag eine Unterschriftenmappe; ansonsten standen dort außer Telefon, Laptop und Diktiergerät nur ein leerer Eingangs- und ein gefüllter Ausgangskorb.

Sieht aus, als wäre der Chef für heute fertig mit der Arbeit, dachte Charly. »Warum haben Sie gerätselt, wann wir kommen?«

»Weil ich gehört habe, dass Sie beim Gewerbeverband auch schon waren, wegen der Geschichte mit den Grundstücken. Und weil ich auch ein Grundstück vom Bichler kaufen wollte, bin ich bestimmt auch verdächtig.«

»Verdächtig nicht gleich. Aber wir müssen es halt überprüfen.«

»Versteh ich ja.«

»Um welches Grundstück geht's denn eigentlich, Herr Gessler?«

Gessler stand auf, ging ans Fenster und winkte die Beamten zu sich heran.

»Das Feld da, hinter der Halle.« Er deutete auf das große Areal, das an den Parkplatz angrenzte. Von hier aus betrachtet, mit dem engen Firmenhof vor sich, dem Stausee unmittelbar zur Rechten und den Straßen direkt zur Linken, kam einem die Weite, mit der sich das Land Richtung Südwesten öffnete, direkt arrogant vor. Und dieses erste Feld lag davor und provozierte regelrecht.

»Wie sind denn die Verhandlungen verlaufen, und wann war das?«, fragte Charly, als sie sich wieder gesetzt hatten.

Gessler erzählte, dass es jetzt ungefähr ein Jahr her sei, seit er Bichler das erste Mal angesprochen hatte. Damals war Bichler mit seinem klapprigen Traktor auf dem Feld herumgekurvt und Gessler einfach nach unten gegangen, um ihn zu fragen. Bichler hatte rundheraus abgelehnt. Nie und nimmer verkaufe er an so einen fetten Geldsack, hatte er geschrien und sich dann in einen regelrechten Tobsuchtsanfall gesteigert.

»Haben Sie es dann noch mal probiert?«

Zwei Versuche hatte Gessler noch gestartet. Beim ersten hatte er Bichler auf dessen Hof besucht, um ihm ein deutlich höheres Angebot zu unterbreiten. Doch das Resultat war das gleiche wie beim ersten Gespräch. Ein weiteres Mal, als er mit Bichler verhandeln wollte, war er gar nicht auf den Hof gekommen, weil Bichler ihm sofort mit einer Mistgabel entgegengerannt kam. Das war im Frühjahr. Seitdem hatte er mit Bichler nicht mehr gesprochen.

»Darf ich fragen, warum Sie das Grundstück unbedingt wollen?«, schaltete sich Sandra ein.

»Unbedingt will ich es nicht«, antwortete Gessler und der Blick, mit dem seine blauen Augen Sandra musterten, ließ erahnen, dass ihn Frauen schon immer interessiert hatten und er von altersbedingter Zurückhaltung gar nichts hielt. »Es geht da um ein anstehendes Projekt unseres malaysischen Geschäftspartners. Ich kann den Auftrag nur annehmen, wenn ich die Firma erweitern kann, sonst haben wir die Kapazitäten nicht.«

»Also ist das Grundstück lebenswichtig für die Firma?«

Gessler lehnte sich in seinem Sessel zurück. »Wenn ich jetzt noch 15 oder 20 Jahre jünger wäre, dann vielleicht. Aber so. Ich muss diesen Auftrag nicht haben. Natürlich wär das lukrativ. Aber ich hab meine paar Kröten für den Ruhestand zusammen. Ich mach noch weiter, solang ich kann oder will und dann gibt es die Firma Gessler eben nicht mehr.«

Bei der Frage nach einem Erben, hatte Charly den Eindruck, dass Gessler kurz zögerte, bevor er sie wissen ließ, dass seine Ehe leider kinderlos geblieben sei. Nur in diesem einen Moment blickten die strahlend blauen Augen ins Leere und wirkten eine Sekunde lang traurig.

Als Alibi konnte Gessler anführen, dass er am Mittwoch letzter Woche nach Malaysia geflogen war, um dort Verhandlungen mit dem genannten Geschäftspartner zu führen. Erst am Sonntagabend war er wieder in München gelandet.

»Ist dir was aufgefallen?«, fragte Sandra auf dem Weg zum Wagen.

»Er riecht nach nichts.«

»Quatsch! Hast du gesehen, wie sie von ihrem Chef gesprochen hat?«, fragte sie.

»Wie sie von jemand spricht, kann ich nur hören, nicht sehen«, antwortete Charly. Aber er wusste schon, was seine Kollegin meinte. Sandra war eine Frau und damit hatte sie den ›sozialen Blick‹. Genau wie Petra. Die konnte zu Charlys ständiger Verblüffung auch Beziehungen von Personen erkennen, als wären es Bänder zwischen den Beobachteten.

Erst vor Kurzem waren Petra und Charly mit einem befreundeten Ehepaar beim Pizzaessen gewesen. Charly glaubte, sie hätten alle zusammen einen harmonischen und geselligen Abend verbracht. Doch zu Hause fragte ihn Petra dann, ob er denn nicht gesehen habe, wie sehr es bei den beiden kriselte. *Er* sei ja offensichtlich bemüht, das Ganze noch zu retten. Aber *sie* würde die Beziehung garantiert schon als beendet betrachten. Charly hatte Petra vorgehalten, sie würde wieder maßlos übertreiben. Eine Woche später trennte sich das befreundete Ehepaar auf ihre Initiative hin.

»Wie kommt ihr Männer eigentlich durchs Leben, wenn ihr anscheinend völlig blind herumlauft?«, wollte Sandra wissen.

»Das kann ich dir erklären«, antwortete Charly. »Das liegt an der Evolution. Wir Männer müssen den Säbelzahntiger hinter dem nächsten Felsen sehen. Und Säbelzahntiger bedeutet Gefahr. Ob der Säbelzahntiger verliebt oder geschieden oder zerstritten oder schwul ist, hat uns nicht zu interessieren. Solche Gedanken führen nur zu unvorsichtigem Zögern und damit zu Lebensgefahr. Während wir über die sozialen Bindungen des Säbelzahntigers nachdenken, würde er unsere Frauen und Kinder fressen. Darum!«

Sandra ließ sich nicht anmerken, ob sie diese Erklärung akzeptierte. »Jedenfalls hat unsere Säbelzahntigerin vermutlich eine ganz innige Beziehung zu ihrem Chef.«

Von zu Hause war Charly gewohnt, diese Aussage zu akzeptieren und basta.

Samstag, 18. Oktober

»Weißt was, Schorschi: Wir zwei machen uns heute einen richtig schönen Samstag!« Petra legte ihre Hand auf die seine und lächelte ihn erwartungsvoll an. Sie hatten lange geschlafen und saßen jetzt zu Charlys Freude bei einem üppigen

Frühstück mit frischen Semmeln, Wurst und gekochten Eiern. »Wir erledigen jetzt schnell unsere Arbeiten und dann könnten wir ein bisserl shoppen gehen«, setzte Petra ihre Tagesplanung fort. »Du brauchst dringend ein paar neue Jeans. Und für den Winter mal einen g'scheiten Pullover. Außerdem kann ich dir dann die Jacke zeigen, die ich in der Stadt gesehen hab. Die Julia bräucht endlich mal eine richtige Lampe an ihrem Schreibtisch, und beim Möbelhof gibt's heut Prozente. Und im Gartencenter ist auch Aktion. Wo wir doch noch was für den Wintergarten brauchen. Der Handwerkermarkt in Reichertshofen find' heut wieder statt. Da gibt's doch immer so schöne Sachen. Und dann könnten wir ...«

»Schatz!« Charly legte nunmehr seine zweite Hand auf Petras, wie in dem Kinderspiel, in dem man aus den Händen einen Turm baut. »Ich würd natürlich sehr gern mit dir einkaufen geh'n. Aber ich muss Mittag in d'Arbeit. Wir haben heut' Nachmittag eine Observation geplant.«

»Oh, Mann! Nicht mal mehr am Wochenende bist daheim!« Petras gute Laune verpuffte schlagartig, kehrte jedoch genauso schnell wieder zurück, als ihre Schwester am Telefon zusagte, mit ihr den Handwerkermarkt, das Gartencenter und das Möbelgeschäft zu besuchen.

Mit einem Anflug von schlechtem Gewissen, aber unvermindertem Appetit löffelte Charly ein Viereinhalb-Minuten-Ei leer. Während er einen kräftigen Schluck aus der Kaffeetasse nahm, schlug er den *DonauKurier* auf. Und er verschluckte sich, als er den groß aufgemachten Artikel von Hubert Riederer sah.

Der Bericht stellte in der Überschrift die Frage, ob die Personalmisere der Polizei hausgemacht sei. In dem Beitrag selbst stellte der Lokalreporter dann auf einer Dreiviertelseite die Arbeit der AG Kiara und die Ermittlungen im Fall Bichler gegenüber. Während Riederer die fragwürdigen Hintergründe des Falles Kiara beleuchtete, stellte er fest, dass es sich beim

Fall Bichler aller Wahrscheinlichkeit nach um ein Tötungsdelikt handelte, das von einem Minimalteam nebenbei bearbeitet werden musste. Und er warf provokant die Frage auf, ob die Personaldisposition der Führungskräfte den Realitäten angepasst sei. Bei all seinen Aussagen berief sich Riederer auf Aussagen von erfahrenen Ermittlern, deren Namen jedoch wie üblich nicht genannt wurden.

Zwar wusste Charly, dass die Informationen nicht von ihm gekommen waren, aber er ahnte bereits, dass man ihm vorhalten würde, sich über die Presse mit seinem Fall in den Vordergrund zu drängen, auch wenn es vielleicht nicht offen ausgesprochen wurde.

Besonders unglücklich – oder auch gewollt – war die Platzierung eines Bildes von der vergangenen Pressekonferenz der AG Kiara. Auf dem Bild waren Barsch, Garn, PD-Leiter Rubin und der Leitende Staatsanwalt Dr. Brenneisen zu sehen und es befand sich genau in der Textpassage, in der nach dem Realitätsverlust der Führungskräfte gefragt wurde. Im Text zum Fall Bichler sah man ein Foto des Bichler-Hofes, vor dem einsam der Spurensicherungs-Kombi parkte. Ein einzelner Erkennungsdienstler im weißen Anzug war an der Eingangstür des Wohnhauses zu Gange. Dieses Bild musste Riederer letzten Montag in aller Frühe geschossen haben, noch bevor eine Presseerklärung rausgegangen war.

Nachdem Charly den Artikel zweimal gelesen hatte, war der Kaffee kalt und seine Freude über das gute Frühstück verflogen.

Über eine Stunde warteten Charly und Sandra am Nachmittag, bevor Manfred Bichler gegen 15.00 Uhr endlich sein Haus verließ. Es war nicht einfach, in dem dorfähnlichen Wohngebiet, wo jedes fremde Fahrzeug sofort auffiel, als Observant nicht zu verbrennen. Besonders natürlich, da das Ziel der Beobachtung sie bereits als Polizisten kannte und keine Kollegen zum

Durchwechseln bereit standen, wie es das kleine Observationshandbuch im Kapitel *Grundlagen* vorsah. Darum mussten sie mit ihrem silbernen Opel Astra sehr weit zurückbleiben, als Bichler sich zu Fuß auf den Weg zum Sportheim machte, um dort wie jeden Samstag das Gekicke der Millionenstars des FC Bayern München auf einem Großbildfernseher zu verfolgen. Auch am Sportheim, das allein am Ende einer Sackgasse am Ortsrand lag, wurde es nicht einfacher. Charly entschied sich für einen Standplatz, von wo aus sie das Sportheim selbst nicht sehen, den Fußgänger- und Fahrzeugverkehr zum und vom Sportheim aber beobachten konnten. Dort richteten sie sich auf eine längere Standzeit ein. Charly stellte das Radio an und sie verfolgten die Spielreportage auf *Bayern 1*.

Die Halbzeitpause war gerade vorüber, als jemand an die Scheibe der Fahrertür klopfte. »Darf ich euch beiden einen Kaffee bringen?«, fragte Frau Kornburg. »Ihr habt's bestimmt noch einen langen Tag vor euch.«

Natürlich: Zeugin Theresa Kornburg, Lechermannstraße, schoss Charly durch den Kopf. Sie hatten ihren Beobachtungsposten nur ein paar Meter entfernt von Frau Kornburgs Haus bezogen. Soviel zum Thema verdeckte Observation im ländlichen Raum.

Das beharrliche Ablehnen nutzte nichts. Frau Kornburg bugsierte ein Tablett mit einer Thermoskanne voll Kaffee, zwei Tassen aus der *Romanze*-Serie von Rosenthal und zwei passende Teller mit Marmorkuchen durchs Fenster herein und wünschte einen guten Appetit. Charly beschloss, diesen Teil der Observation im späteren Aktenvermerk nicht zu berücksichtigen.

Unmittelbar nach dem Schlusspfiff verließ Bichler das Sportheim und ging zur nahegelegenen Bushaltestelle. Frau Kornburg tauchte nicht mehr auf, und so blieb das Tablett mit Tassen und Tellern auf dem Rücksitz liegen, als sie dem Linienbus in die Stadt folgen mussten.

Erst am Hauptbahnhof stieg Bichler wieder aus. Charly stoppte den Astra vor dem Bahnhofseingang, wo das quirlige Kommen und Gehen eine gute Deckung bot. Bichler ging um das Bahnhofsgebäude herum zu den Gleisen. Um ebenfalls zu den Bahnsteigen zu gelangen, spurtete Charly quer durch die Bahnhofshalle. Er befürchtete, Bichler könnte in einen Zug steigen und wegfahren. Damit wäre die provisorische Observation ergebnislos beendet. Eine kleine alte Frau mit Trolli sah ihn mitleidig an, als er abgehetzt auf dem Bahnsteig stehen blieb und sich suchend umsah.

»Is' er weg? Kommt bestimmt bald der Nächste.«

Auf keinem der sieben Gleise stand ein Zug zur Abfahrt bereit. Nur ein Intercity rauschte gerade durch. Unter den wenigen Personen, die sich zwischen den Gleisen aufhielten, konnte er Bichler nicht entdecken. Charly ging zum Ende des Bahnsteiges, dort wo Bichler um das Gebäude gelaufen war. Dabei passierte er die Bahnhofskneipe und dort, im *Bierstüberl Gleis 1*, wurde Bichler hinter einem der großen Fenster gerade von vier oder fünf Männern schulterklopfend an einem Stehtisch begrüßt. Sofort riss Charly das dienstliche Handy ans Ohr und verdeckte damit sein Gesicht. Schnell ging er an dem Fenster vorbei und um den Bahnhof herum zurück zu Sandra.

»Er genehmigt sich eine Halbe in der Stehkneipe. Ich glaub nicht, dass er mich gesehen hat.«

»Wir stehen in der Kiss-and-Ride-Zone. Also wenn du hier auf ihn warten willst, dann müssen wir jetzt küssen«, erklärte Sandra mit einem koketten Augenaufschlag.

»Wenn's dienstlich notwendig ist.«

Sandra lachte und schlüpfte schnell zur Tür hinaus. Sie fand, es sei vernünftiger, Bichler nicht aus den Augen zu lassen. Die nächste Episode, die nie in einem Observationsbericht Niederschlag finden würde.

Sie ließen den Astra stehen und bezogen Posten. Verdeckt von einer Fahrplantafel am Gleis 3 konnten sie Bichler in der

Kneipe gut beobachten. Gute zweieinhalb Stunden vergingen und es war bereits dunkel, als Bichler die Bahnhofswirtschaft wieder verließ und zurück zum Bussteig ging. Kaum war er um die Ecke gebogen, spurteten Sandra und Charly durch die Unterführung und die Bahnhofshalle zurück. Sie erreichten den Dienstwagen, als Bichler in den Bus der Linie 10 Richtung Stadtmitte einstieg. Erst nachdem er schon losgefahren war, bemerkte Charly einen Strafzettel, der unter dem Scheibenwischer klemmte. Ein weiteres Detail, das er in keinem Bericht erwähnen würde.

Der Bus fuhr über die Adenauer-Brücke in die Innenstadt und hielt danach am Rathausplatz an. Bichler stieg aus und schlenderte zurück in Richtung Donau. Charly war bereits zu nah, um anzuhalten oder zu wenden. Darum mussten sie möglichst unauffällig an Bichler vorbeifahren und hoffen, dass er sie nicht erkannte. Als der Astra über das Kopfsteinpflaster des Rathausplatzes ratterte, klingelte Frau Kornburgs *Romanze* zart auf dem Rücksitz.

Am Ende des Rathausplatzes, wo die Fußgängerzone begann, konnte Charly wenden. Von dort sahen sie im diffusen Schein der Schaufenster, wie Bichler, die Hände tief in den Jackentaschen vergraben und den Kragen hochgestellt, die Straße überquerte und die Gaststätte *Zum Hirschen* betrat. Charly rangierte den Astra auf einen freien Platz vor einem gegenüberliegenden Reformhaus, von wo aus sie die Wirtschaft gut einsehen konnten.

Der *Hirsch* hatte keinen guten Ruf. An dem gelb gestrichenen Gebäude, eigentlich ein geschichtsträchtiges Stadthaus, bröckelte der Putz, und niemand kümmert sich darum. Außen wie innen war das Bauwerk heruntergewirtschaftet. Charly wusste aus früheren Einsätzen, dass sich im Erdgeschoss die Gaststube und die Küche befanden. Im oberen Stock gab es einen kleinen Saal für geschlossene Gesellschaften und im Dachgeschoss hatte man einige einfache Zimmer, die wochenweise vermietet wurden, und eine Etagendusche eingerichtet. Genauso grenzwertig wie das Bauwerk war die Klientel der Gaststätte.

Als Bichler den *Hirschen* betrat, brannte Licht in der Gaststube und im ersten Stock. Eine halbe Stunde später wagten Charly und Sandra im Schutz der Dunkelheit einen Blick durch die hell erleuchteten Fenster des Gastraumes. Bichler konnten sie unter den wenigen Gästen nicht ausmachen.

Um nicht aufzufallen, hatten sich die Ermittler als Pärchen getarnt, das versonnen durch die Nacht spazierte. Charly hatte seinen Arm um Sandras Schultern gelegt und sie den ihren um seine Hüfte. Er konnte nicht behaupten, dass es unangenehm war, Sandras jugendlichen Körper so nah zu spüren. Als er aber daran dachte, was sie an seiner Taille alles fühlen mochte, war ihm bei der Umarmung gar nicht mehr so wohl.

Danach stiegen sie aus dem Dienstwagen nicht mehr aus, denn immer wieder betraten oder verließen Personen einzeln oder in kleinen Gruppen den *Hirschen*. Manche davon passten vom Outfit her nicht zur üblichen Kundschaft.

Gegen Mitternacht löschte jemand das Licht im Erdgeschoss. Nur der Saal im Obergeschoss war hinter zugezogenen Vorhängen noch beleuchtet.

Es wurde unangenehm kühl im Astra. Doch es verbot sich bei einer Observation, den Motor zum Heizen laufen zu lassen und mit einer Standheizung war der Wagen nicht ausgerüstet.

Kurz nach 04.00 Uhr hielt ein Taxi vor der Gaststätte. Bichler verließ den *Hirschen* und bestieg das Taxi, das ihn auf geradem Weg nach Hause brachte. Zu dieser Zeit schniefte Sandra bereits und als die beiden um 05.00 Uhr den Dienst beendeten, hatte sie die erste Packung Tempo schon verbraucht.

Montag, 20. Oktober

Die Stimmung auf der Dienststelle war am Montagmorgen nicht wie sonst. Die Kollegen flaxten nicht, es wurden keine

Witze gerissen und keine Wochenenderlebnisse ausgetauscht. Wie ein grauer Schleier lag eine nervöse Spannung auf der Inspektion. Genau das hatte Charly nach dem Zeitungsbericht vom Wochenende erwartet.

Die Kollegen, die Charly und Riederers Arbeitsweise näher kannten, wussten den Artikel richtig zu deuten, aber die Mitarbeiter der AG Kiara fühlten sich angegriffen, von wem auch immer. Dementsprechend frostig war die Stimmung beim Morgenkaffee.

Barsch verlas leidenschaftslos die Lagemeldungen vom Wochenende. Dann berichtete er über das Zusammentreffen mit den Profilern am Freitag, das einen großen Schritt vorwärts geführt habe. Nach kompetenter Würdigung aller Tatumstände und Fakten konnten die Ermittler nunmehr davon ausgehen, dass man nach einem männlichen, weißen Täter zu suchen hatte, der zwischen 35 und 56 Jahre alt, gewalttätig oder zumindest gewaltbereit und vermutlich vorbestraft war und aus der unteren sozialen Schicht stammte. Wahrscheinlich wohnte er in Ingolstadt oder der näheren Umgebung und vermutlich war er heterosexuell aber geschieden oder ledig oder beziehungsunfähig oder alles zusammen.

Dann wird's ja einfach, dachte sich Charly, hütete sich aber, einen Kommentar abzugeben.

»Damit ist die Besprechung beendet, weil ich mit dem Chef sofort zum Herrn Rubin rauf muss. Ihr habt es wahrscheinlich alle gelesen. Irgendein Wichtigmacher hat sein Maul wieder nicht halten können. Aber da kümmern wir uns später drum.«

Barsch sah dabei niemanden an, sondern starrte auf das Blatt vor sich. An seinen Kieferknochen konnte man jedoch die Wut erkennen, die in ihm kochte. Charly hatte zwar ein reines Gewissen, insbesondere weil er ja Barsch über sein Telefonat mit Riederer informiert hatte; er fand aber trotzdem, dass sich Barschs Aussage bedrohlich anhörte.

Die Lust, vor versammelter Mannschaft über den Fall Bichler und die Observation vom Samstagabend zu berichten, war ihm vergangen und er war ganz froh darüber, dass er keine Gelegenheit dazu bekam. Stattdessen zog er sich mit Helmuth ins Büro zurück. Sandra hatte sich heute Morgen krank gemeldet, denn die nächtlichen Tiefsttemperaturen und das bewegungslose Sitzen im Auto während der Observation hatten ihr zuerst kalte Füße und danach eine mittlere Erkältung eingebracht.

»Wo is'n das Kaffeegschirr her?«, fragte Helmuth und deutete auf das Tablett, das auf dem kleinen Computerschreibtisch stand.

»... Sandra mitgebracht ...«, murmelte Charly so unverständlich wie möglich. Detailliert, allerdings ohne Marmorkuchen, Kiss-and-Ride-Zone, Strafzettel und Hüftröllchen, berichtete Charly seinem Kollegen von der Observation.

»Also ist unser Manfred ein Zocker«, stellte Helmuth fest. »Oder war er nur beim Saufen?«

»Nein, besoffen hat er nicht ausgeschaut, als er nach Hause gefahren ist. Im Gegenteil: Ich glaub nicht, dass der an dem Abend außer den zwei Bier im Bahnhof noch recht viel getrunken hat. Ich tipp auch auf Glückspiel. Nachher geh ich gleich mal zu unseren Betrüglern, die sind da zuständig.«

Charly begann gerade, einen Observationsbericht zu tippen, als Fischer ins Zimmer stürmte; gleichzeitig klingelte das Telefon. Er nahm den Hörer ab und bedeutete dem Spurensicherer, sich zu setzen.

»Zentrum der Arbeit, Valentin.«

Am anderen Ende meldete sich betont nüchtern der Pressesprecher der Polizeidirektion. Er teilte Charly mit, dass man soeben beschlossen habe, Presseauskünfte in aktuellen Fällen ausschließlich über die Direktion zu erteilen. Dies betreffe insbesondere die beiden aktuellen Fälle der Kripo, Kiara und Bichler. Die bisherige Praxis, den Sachbearbeitern einen gewissen Freiraum bei der Zusammenarbeit mit Pressevertretern einzuräumen, habe bedauerlicherweise nicht funktioniert.

Charly unterdrückte ein Lachen. Die Gewährung dieses Freiraumes war den Verantwortlichen bisher ganz gelegen gekommen. Konnte man es so doch vermeiden, offiziell irgendetwas über einen aktuellen Fall zu sagen, was einem später vielleicht vorgeworfen werden konnte. Charly versicherte, keine Presseauskünfte erteilt zu haben und auch künftig keine zu erteilen, und verabschiedete sich von dem Kollegen der Abteilung Öffentlichkeitsarbeit.

»Servus, Bernd, was hast du für uns?«, fragte er Fischer, während er auflegte.

»Is' d'Liesl nicht da?«

»Welche Liesl? Ich kenn keine Liesl.«

Fischer gestand, dass die Jungs vom Erkennungsdienst den Namen der jungen Kollegin vergessen hatten und darum die Partnerin von Charly Valentin einfach Liesl Karlstadt nannten.

»D'Sandra ist krank«, erklärte Charly.

»Also gut«, Fischer wedelte mit einem vollgeschriebenen Notizzettel. »Ich hab gerade mit dem LKA telefoniert. Die Daktyloskopen sagen, die Fingerabdrücke, die wir gesichert haben, sind hauptsächlich vom Bichler selbst. Die, die überbleiben, sind nicht auswertbar. Mehr Glück haben wir aber bei den DNA-Spuren. An den Kaffeetassen in der Küche haben wir zwei DNA-Muster, ein männliches und ein weibliches. Und die männliche DNA ist nicht vom Bichler. An dem Seidenschal, den wir in der Garderobe sichergestellt haben, ist auch eine weibliche DNA gesichert worden. Aber eine andere als an der Kaffeetasse. Und an der Pistole war gar nichts, die war also direkt abgewischt.« Fischer zog sich einen Bürostuhl heran, wirbelte ihn schwungvoll herum und nahm rittlings darauf Platz. »Ich hab aber auch innen unter den Magazinlippen einen Abrieb gemacht.« Er lächelte zufrieden. »Weißt du warum?«

Charly schüttelte den Kopf.

»Weil ich beim letzten dienstlichen Schießen nicht ganz bei der Sache war. Ich musste meine Magazine so oft nachladen, dass ich am Schluss einen ganz offenen Daumen hatte, weil ich dauernd über diese Magazinlippen geschrammt bin.«

»Wow!«

»Auf jeden Fall war auf diesem Abrieb von der Magazinlippe auch eine DNA. Eine männliche. Und zwar eine andere als die von der Kaffeetasse. Und nicht die von Bichler.«

Charly sah Fischer mit großen Augen an. Der lehnte sich zurück und verschränkte die Arme. Anscheinend war er mit seinem Bericht fertig.

Helmuth unterbrach die nachdenkliche Stille: »Das heißt, dass zwei Männer und zwei Frauen den Bichler besucht haben. Ein Pärchen hat Kaffee getrunken, das andere hat irgendwas gemacht, wobei sie ihren Schal verloren hat. Dann sind alle vier in den Kuhstall gegangen und haben den Bichler erschossen.«

Fischer hob die Hände. Er sei nur dafür zuständig, Spuren zu finden und zu sichern. Wie sie entstanden waren und wie sie zusammenhingen, mussten die Ermittler herausfinden.

Charly hatte inzwischen gedanklich mögliche Abläufe vor, während und nach der Tat durchgespielt, die zur Entstehung der Spuren geführt haben könnten, und dabei war in ihm eine vage Idee bezüglich der Kaffeetassen gereift.

»Ich wollt sowieso grad zum Betrug hinter. Mal sehn, was der Nager dazu sagt.« Damit bedankte er sich bei Fischer, wünschte Helmuth viel Spaß mit *STUPID* und verließ das Büro. Er hörte gerade noch Helmuths »Zefix«.

Das Aroma frisch gebrühten Kaffees erfüllte Nagers Büro, obwohl Charly weder eine Kaffeemaschine noch einen Kaffeeautomaten entdecken konnte und auch auf Nagers aufgeräumtem Schreibtisch kein Kaffee stand. Ein Bücherregal mit Kommentaren zu allen denkbaren Wirtschaftsgesetzen und zahlreichen, säuberlich beschrifteten Aktenordnern füllten eine Wand. Großformatige Bilder des letzten USA-Aufenthaltes zierten die gegenüberliegende Seite des Raumes. Eine sattgrüne Yucca-Palme trennte eine kleine Sitzgruppe vom Schreibtisch und auf dem Fensterbrett dahinter plätscherte ein Zimmerbrunnen. Wie ein Chefzimmer, dachte Charly. Und wie ein Firmenboss sah auch der grauhaarige Nager aus, der in seinem dunklen Anzug am Schreibtisch saß, mit einem goldenen Kugelschreiber in der Hand, und in einer dicken Akte blätterte.

Charly erzählte ihm von den gesicherten Spuren und sah ihn danach an, ohne eine Frage zu stellen oder sogar einen Vorwurf zu formulieren. Nager schien dennoch peinlich berührt. Er dachte kurz nach, gab sich dann einen Ruck und räusperte sich. Frau Kornburg sei bei der Vernehmung aufgrund der Umstände natürlich sehr durcheinander gewesen, und Kaffee zu servieren, um eine positive Atmosphäre zu schaffen und die Nerven zu beruhigen, gehöre einfach zu seiner Vernehmungstaktik. Die Kaffeetassen in Bichlers Küche stammten von ihm und von Frau Kornburg.

»Also die DNA-Spuren, die Fingerabdrücke und die Fasern in der Küche auch?«, stellte Charly mehr fest, als dass er fragte. Er musste Nager ja nicht auf die Nase binden, dass keine weiteren brauchbaren Spuren vorhanden waren. Aber die Möglichkeit, dem ab und zu ein wenig überheblich wirkenden Kollegen einen Denkzettel in Form eines schlechten Gewissens zu bereiten, wollte er sich nicht entgehen lassen.

»Wahrscheinlich«, antwortete Nager kleinlaut. »War vermutlich eine suboptimale Aktion. Aber ich hab doch nicht damit gerechnet, dass bei einem Selbstmord diese Küche eine Rolle spielt.«

Charly konnte darauf verzichten, Nager Vorwürfe zu machen. Man konnte deutlich sehen, wie peinlich dem älteren Kollegen das Ganze war. Es gab viele Dinge, die ein Kripobeamter im Zusammenhang mit Kapitaldelikten falsch machen konnte. Aber eigene Spuren im Umfeld eines Tatortes zu setzen, die dann Eingang in die Ermittlungen fanden, weil niemand darüber informiert wurde, war absolut amateurhaft. Nager wirkte nicht mehr überheblich sondern wie ein Häufchen Elend.

»Wer ist denn im K2/2 eigentlich für die Zockerei zuständig?«, erlöste Charly den verunsicherten Kollegen, der sich sofort erbot, ihn zu Wenz, dem Verantwortlichen für Falschgeld und Glückspiel, zu führen.

Im Gegensatz zu Nagers Residenz sah Wenz' Zimmer aus wie ein richtiges Polizeibüro: keine Sitzgruppe, keine Bilder, kein Zimmerbrunnen und kein Kaffeeduft. Stattdessen zahlreiche Aktenstapel, ein einfacher Stuhl für Zeugen und Tatverdächtige vor dem Schreibtisch, ein Jahreskalender der Gewerkschaft, Schmutzränder an den Wänden und der Geruch nach Staub und verbrauchter Luft. Und wie die Büros, so unterschied sich auch Wenz von Nager. Obwohl er etwa so alt wie Nager war, wirkte er nicht wie ein distinguierter Firmenchef, sondern wie der gehetzte Buchhalter des Unternehmens. Er war einen Kopf kleiner als Nager, mit deutlichem Bauchansatz und brauner Strickjacke. Über seine Goldrandbrille sah er Nager und Charly fragend an. Wieder erzählte Charly von der Observation.

»Da hast du recht«, bestätigte Wenz, »im *Hirschen* wird gepokert.«

»Und wir wissen das und machen nichts?«, fragte Charly ungläubig.

Wenz erkundigte sich, ob ihnen bei der Beobachtung irgendetwas aufgefallen sei. Charly erinnerte sich an die Typen, bei denen er sich gedacht hatte, dass sie aufgrund ihrer Kleidung und ihres Auftretens eigentlich nicht in den *Hirschen* gehörten.

Wenz nickte. »Genau, es sind immer die gleichen, die dort miteinander spielen: ein Apotheker, der Besitzer eines Supermarktes, ein Steuerberater, ein Finanzbeamter und noch ein paar andere. Die wissen alle, was sie mit ihrem Geld machen. Und solange kein armer Familienvater abgezockt wird oder jemand mit gezinkten Karten bescheißt, sitzen die von mir aus da. So weiß ich wenigstens, wo ich suchen muss, wenn's notwendig wird. Wenn ich sie dort aufschrecke, dann verzieh'n sie sich woanders hin, und ich steh da und bekomm nichts mehr mit. Und wenn der Wirt ein paar Kröten dran verdient, du lieber Himmel, dann soll er sie von mir aus haben. Das ist mir lieber, als wenn er mit Rauschgift dealt oder Prostituierte ausnimmt.« Wenz wurde warm bei seinem Plädoyer. Er streifte die Ärmel seiner Strickjacke nach oben. »Außerdem, Charly, du weißt doch selbst, wie wir momentan personell aufgestellt sind. Wie soll ich denn eine Razzia organisieren? Und wer soll das nachher alles bearbeiten?«

Es war eine rhetorische Frage und Wenz' Blick machte deutlich, dass er keine Antwort darauf erwartete und zu dem Thema, warum er nichts gegen die Pokerrunden unternahm, keine Fragen mehr hören wollte.

Der Name Manfred Bichler sagte Wenz nichts. Er habe jedoch einen guten Draht zum Wirt und könne ihn durchaus auf die Dienststelle vorladen, um ihn zu seinen Spieleabenden zu befragen.

Auf dem Rückweg zu seinem Büro traf Charly den Dienststellenleiter am Gang. Mit keinem Wort erwähnte Garn den Zeitungsartikel, aber an seinem verächtlichen Blick glaubte Charly zu erkennen, dass er, wie erwartet, ihn für die Preisgabe der Interna verantwortlich machte.

Im Vorbeigehen bellte er: »Was war denn das mit dieser Observation am Samstag? Ein Haufen Überstunden für nix und wieder nix. Und überhaupt hab ich da gar nix genehmigt.

Und jetzt ist die Dings, die ... ander krank. Das ist alles, was ihr erreicht habt.« Charlys Erwiderung hörte er schon nicht mehr oder tat zumindest so. Ihm das Ergebnis der Observation und der Spurenuntersuchung mitzuteilen, dazu hatte Charly keine Gelegenheit.

Dienstag, 21. Oktober

Charly konnte sich nicht konzentrieren. Eine innere Unruhe trieb ihn hin und her. Er hasste dieses Gefühl, das sich immer dann einstellte, wenn er genau wusste, dass er in einer Angelegenheit noch unbeschreiblich viel zu tun hatte, aber andere Vorgänge zuerst abgearbeitet werden mussten. Am liebsten hätte er dann immer alles zugleich erledigt, wobei jedoch erfahrungsgemäß in den seltensten Fällen etwas Vernünftiges herauskam.

Es half alles nichts, die Routine duldete keinen Aufschub mehr. Er setzte sich an seinen Schreibtisch, nahm einen der roten Aktendeckel vom Stapel, las darin ein paar Absätze und legte ihn wieder zurück. Dann nahm er einen anderen Aktendeckel. Natürlich war er gedanklich ständig beim Fall Bichler und den festgestellten DNA-Spuren. Dieser Fall beschäftigte ihn so sehr, dass er gestern Abend entgegen seiner Gewohnheiten lange mit Petra darüber gesprochen hatte. Gemeinsam hatten sie die wildesten Theorien aufgestellt und alle Verdächtigen der Reihe nach durchleuchtet. So, wie Charly seiner Frau den jüngeren Bichler beschrieben hatte, traute Petra ihm durchaus zu, seinen Vater erschossen zu haben. Aber auch der ältere Sohn mit seinem Verhältnis hatte in ihren Augen ein gutes Motiv.

»Seine Geliebte gibt ihm ein falsches Alibi, macht mit ihm gemeinsame Sache und wenn er geerbt hat, lässt er sich scheiden und geht mit ihr zusammen«, hatte Petra überlegt. Aber ihre Favoritin war Frau Heudeck-Bichler. Sie könnte das Verhältnis ihres Mannes entdeckt haben, mutmaßte Petra. »Bevor sie sich aber scheiden lässt, will sie, dass ihr Noch-Mann seinen Teil am Besitz des Schwiegervaters erbt. Denn wenn der Erbschaftsfall erst in ein paar Jahren auf natürlichem Wege eintritt, dann hat sie nichts mehr davon.« Petra war überzeugt, dass der Seidenschal Frau Heudeck-Bichler gehörte.

Charly wäre nicht ohne weiteres auf dieses Motiv gekommen und tröstete seinen beleidigten kriminalistischen Spürsinn mit der Maßgabe, dass man wahrscheinlich eine Frau sein musste, um so zu denken, und je mehr Charly dagegen redete, desto sicherer wurde sich Petra.

Diese Theorien hallten in seinem Kopf nach, und am liebsten hätte er nichts anderes getan, als sich um den Fall Bichler zu kümmern. Aber einige Arbeiten in anderen Fällen konnte er nicht mehr länger aufschieben. Die Anzeigeerstatter der exhibitionistischen Handlung, die Geschädigten des Wohnungsbrandes und die Angehörigen der im Krankenhaus Verstorbenen hatten ein Recht darauf, dass die Kripo sich endlich ernsthaft um ihre Belange kümmerte. Zudem häuften sich mittlerweile die Anfragen von Rechtsanwälten und Versicherungen zu den offenen Fällen. Gott sei Dank war es zur Zeit relativ ruhig. Trotzdem kam beinah jeden zweiten Tag ein Ermittlungsvorgang dazu, den automatisch Charly zugeteilt bekam, weil die Mitglieder der AG Kiara bei der Bearbeitung der Tagesroutine außen vor waren.

Die Arbeitsgruppe hatte inzwischen den Kreis der von ihr zu überprüfenden Personen aufgrund der Profileranalyse auf etwa 100 Männer ausgedehnt. Die Ermittler wie auch Barsch hetzten nur noch mit starrem Blick durch die Dienststelle und waren nicht ansprechbar.

Sandra war am Morgen mit einer rotgeschnäuzten Nase wieder zum Dienst erschienen. Sie war zwar noch verschnupft, aber voller Tatendrang. Während sie zu Hause ihre Erkältung auskuriert hatte, war sie zu der Überzeugung gelangt, dass die

Heuschreck ein nicht zu verachtendes Alibi habe, ließ sie ihre Kollegen wissen. Denn die betrogene Ehefrau könnte hinter das Verhältnis ihres Mannes gekommen sein und versuchen, vor einer Scheidung ihren Mann so reich wie möglich zu machen.

Charly seufzte: »Offenbar ist diese Theorie für Frauen unwiderstehlich.«

Aber auch wenn Charly und Helmuth die Augen verdrehten, fuhr Sandra unbeirrt fort. »Es würde das Seidentuch erklären, und selbstverständlich wusste Frau Heudeck-Bichler auch von ihrem verhassten Schwiegervater nicht, dass er Linkshänder war.«

»Denn wenn's einer der Söhne gewesen wär, dann hätte derjenige ihm doch die Pistole nicht in die rechte Hand gelegt.«

»Außer der Mörder ging davon aus, dass die Tat als Mord entdeckt wird. Dann legt er die Waffe in die rechte Hand, damit er hinterher sagen kann, wenn ich es gewesen wäre, hätte ich die Waffe doch in die linke Hand gelegt«, sinnierte Helmuth.

»Oder der Schütze konnte sich vielleicht nicht aussuchen, ob er von rechts oder links schießt«, fügte Charly noch an. »Es musste schnell gehen. Und wenn der Einschuss dann auf der rechten Seite ist, kann er ja die Waffe nicht in die Linke legen.«

Ganz kurz sah Sandra verwirrt aus, so als könne sie nicht begreifen, warum ihre Kollegen nicht voll auf ihre Theorie abfuhren. Dann entschied sie aber, sich in dieser Sache von Logik nicht verwirren zu lassen, und schüttelte trotzig den Kopf, dass der Pferdeschwanz hin und her flog.

»Für mich war's die Heuschreck. Werd's es scho' seh'n!« Sie stand auf, packte Frau Kornburgs *Romanze* zusammen und verließ das Büro mit dem Hinweis, dass sie noch etwas zu erledigen habe.

Helmuth seinerseits floh vor *STUPID*. Er müsse bei der Inspektion noch einiges abklären wegen seiner Abordnung, und weg war er.

Charly war versucht, die Ruhe zu genießen und ertappte sich dabei, wie er gedankenverloren die rotgelben Kastanienblätter in der Herbstsonne und das Verkehrsgeschehen auf der Kreuzung dahinter betrachtete. Endlich gab er sich einen Ruck und wählte die Nummer der Staatsanwältin. Er hatte Glück und erreichte Frau Gambrini-Steinmetz zwischen zwei Gerichtsverhandlungen in ihrem Büro. Nachdem er ihr ausführlich die neuesten Erkenntnisse dargelegt hatte, konnte er regelrecht hören, wie die Staatsanwältin am anderen Ende überlegte.

Schließlich ließ sie ein langgezogenes »Okayyy« hören. »Schreiben Sie mir bitte für jeden der Kandidaten einen Antrag auf DNA-Untersuchung. Ich glaub, wir beschränken uns zunächst auf die Gebrüder Bichler. Und natürlich auch einen Antrag für die Frau Heudeck-Bichler. Meiner Meinung nach könnte sie vielleicht das Verhältnis ihres Mannes entdeckt haben und wenn sie so kalt ist, wie sie von Ihnen geschildert wird, dann kann sie durchaus den Schwiegervater, der ihr sowieso nichts bedeutet, erschießen, um wenigstens finanziell aus der Ehe Kapital zu schlagen, bevor sie sich scheiden lässt.«

Charly nahm sich vor, künftig über Tatmotive noch genauer, länger und abstruser nachzudenken. Er versicherte der Anklägerin, sie werde am Nachmittag alle Anträge auf dem Tisch haben, um dann bei Gericht die nötigen Beschlüsse erwirken zu können. Danach vergrub er sich wieder in den Aktenstapel. Er schaffte es so sehr, sich auf die Alltagsfälle zu konzentrieren, dass er es gar nicht registrierte, als jemand sein Büro betrat.

»Kollege Valentin?«

»Ja?« Charly sah auf und erblickte im Türrahmen eine herbe Schönheit. Markante Wangenknochen, ein kantiges Kinn und blonde Haare, die das blasse Gesicht umrahmten. Er hatte sie noch nie gesehen, da war er sicher. Diese Brunhilden-Figur hätte er sich gemerkt.

Ihre blassgrauen Augen sahen ihn herausfordernd an. »Dorothea Skrapczik«, stellte sie sich vor.

»Gesundheit!«

»Ich bin die Frauenbeauftragte unseres Verbandes.«

Charly vermochte nicht zu sagen, ob sein kleiner Scherz sie amüsiert hatte. Gelächelt hatte sie jedenfalls nicht. Darum sagte er nur vorsichtig: »Grüß Gott«.

»Herr Kollege, ich bin gekommen, weil ein Zeitungsartikel vom Wochenende in der Führungsebene für Irritationen sorgt. Zum Zweiten liegt uns eine Beschwerde darüber vor, dass Sie Ihre Ermittlungen nicht frei von Vorurteilen gegenüber Frauen und insbesondere gegenüber jungen Mädchen führen.«

Charly schluckte und atmete tief durch. »Wer hat sich denn beschwert?«, fragte er betont ruhig.

Doch die Frauenbeauftragte berief sich auf eine Art Amtsverschwiegenheit. Es sei einer ihrer Grundsätze, die Beschwerdeführerinnen und -führer nicht preiszugeben, um sie nicht noch größeren Benachteiligungen auszusetzen. Charlys Beteuerungen, niemanden benachteiligt zu haben, schenkte Frau Dorothea anscheinend wenig Glauben. Misstrauisch musterte sie Charly, während sie seine Einschätzung der nach Aufmerksamkeit heischenden Kiara aus dem Zeitungsartikel zitierte.

Charly musste sich sehr zusammennehmen, denn er spürte, wie es in ihm zu brodeln begann.

»Als Ermittler muss man nun mal alle Möglichkeiten in Betracht ziehen und prüfen.«

»Richtig! Aber man sollte objektiv bleiben und nicht von vornherein davon ausgehen, dass alle jungen Mädchen lügen.«

»Also, das ist doch Quatsch. Das tu ich nicht. Aber die Erfahrung zeigt, dass in der Mehrzahl dieser Fälle die Aussagen ...«

Mit einer königlichen Handbewegung schnitt sie ihm das Wort ab. »Pah, die Erfahrung! In der Geschichte gibt es hunderte Beispiele dafür, dass genau durch diese chauvinistische Denkweise immer wieder Frauen benachteiligt und unterdrückt wurden.«

Charly überlegte kurz, es fielen ihm aber auf die Schnelle keine entsprechenden Beispiele ein. »Das hier ist aber nicht Geschichte«, konterte er. »Das ist hier und jetzt. Und darum zählt die polizeiliche Erfahrung. Und die sagt ...«

»Mittelalterlich«, urteilte Frau Dorothea. »Damals hatten auch angeblich unfehlbare Männer Angst vor Frauen, die den Mund aufmachten, und waren nicht bereit, ihr Patriarchat aufzugeben.«

Charly sträubten sich die Nackenhaare. Als Brunhilde die Hexenverbrennungen in ihre Argumentationskette einbaute, wurde es ihm zu viel. Beschwichtigend hob er die Hände, um die Lautstärke des Gespräches wieder ein wenig zu dämpfen. »Also, ich werde als Ermittler weiterhin die Angaben aller Beteiligten hinterfragen. Aber ich verspreche zu versuchen, die Aussagen von Mädchen und Frauen, Zeuginnen und Opferinnen nicht aufgrund meiner männlichen Grundausrichtung zu präjudizieren. Besonders vor Hinrichtungen auf dem Scheiterhaufen werde ich genau überprüfen, ob sie wirklich gerechtfertigt sind.«

Frau Dorothea verschränkte die Arme vor der Brust und wandte sich grußlos zum Gehen. In der Tür stieß sie fast mit Sandra zusammen, die gerade von Frau Kornburg zurückkam. »Hallo! Dorothea Skrapczik.«

»Gesundheit!«

Die Frauenbeauftragte lächelte über den kleinen Scherz.

»Arbeiten Sie mit dem Herrn Valentin zusammen?«

»Ja.«

Verschwörerisch beugte sich Frau Dorothea nach vorne und legte Sandra die Hand auf die Schulter. »Wenn es da mal Probleme gibt, weil Sie nicht ernst genommen werden oder wenn Sie dumm angemacht oder ausgenutzt werden, dann wenden Sie sich ruhig an mich. Mit solchen Typen werden wir schon fertig.«

»Genau«, Sandra rieb an ihrer hübschen Nase wie Wickie beim Nachdenken, »am Samstag bei der Observation!« Sie schnippte mit den Fingern, auch wie Wickie. »Da hat er mit mir voll absichtlich in der Kiss-and-Ride-Zone vor dem Bahnhof geparkt.« Sandra tat, als sei sie heilfroh, dass ihr endlich jemand zuhörte, und Frau Dorothea war ganz Ohr.

»Und dann – stellen S' Ihnen das vor – dann wollt er absolut nicht schmusen mit mir. Obwohl ich's ihm überdeutlich angeboten hab.«

Die Frauenbeauftragte öffnete den Mund, fand aber anscheinend keine Worte, klappte den Mund daher wieder zu, machte auf dem Absatz kehrt und entschwand.

»Jetz' hast du dir's mit einer hochrangigen Verbündeten im Kampf der Geschlechter verscherzt«, klärte Charly seine Kollegin auf. »Könntest du übrigens eventuell die DNA-Anträge für die Gambrini-Steinmetz schreiben, falls es Dir nichts ausmacht? Ich will dich jetzt da wirklich nicht in irgendwas reindrängen. Du kannst es ruhig sagen, wenn es dir nicht passt, dann schreib ich's halt selber. Aber ohne irgendwie so wirken zu wollen als ...«

»Halt die Klappe jetzt«, unterbrach ihn Sandra und schlug ihm an den Hinterkopf. »Ich schreib die Anträge ja.«

Kurz darauf kehrte auch Helmuth von seinen Erledigungen bei der Inspektion zurück, setzte sich an seinen PC und fuhr damit fort, Daten in *STUPID* einzugeben. »Zefix.«

Abgesehen davon arbeiteten alle drei still und konzentriert vor sich hin und man hörte eine Zeit lang nur das Klacken der Tasten von Helmuth und Sandra und das Rascheln des Papiers, wenn Charly in den Ermittlungsakten blätterte. Unterbrochen wurde die Konzentration nur von der Mittagspause, in der Helmuth für alle Leberkäs-Semmeln holte und sie sich eine Kanne Kaffee brühten.

Sandra war gerade mit den DNA-Anträgen zur Staatsanwaltschaft unterwegs, als Wenz anrief und mitteilte, dass der Müller jetzt da sei. Der Name Müller sagte Charly gar nichts. Erst als Wenz erklärte, dass es sich um den Wirt des *Hirschen* handelte, fiel der Groschen.

Als er Wenz' Büro betrat, hatte Charly den Eindruck, der Geruch nach Staub und verbrauchter Luft sei verschwunden. Doch er wurde nur von einer Mischung aus Frittierfett, gebratenen Zwiebeln und Currypulver überdeckt. Wenz gegenüber saß ein hagerer Mann von etwa 50 Jahren, der eine speckige Cordhose, ein Karohemd und darüber eine abgewetzte schwarze Weste trug. Wenz stellte ihn als Herrn Müller vor, und Müller stand auf, um Charly die knochige Hand entgegenzustrecken. Sein Gesicht war bedenklich gerötet und an Wangen und Nase von dunklen, violetten Äderchen durchzogen. Offenbar hatten Wenz und Müller sich gut unterhalten. Wenz hatte immer noch ein Lächeln im Gesicht, und auch Müller machte keineswegs einen verängstigten Eindruck, als er zur Begrüßung freundlich seine gelbbraunen Zähne zeigte.

Charly und Wenz hatten nicht darüber gesprochen, wer die Unterhaltung führen sollte. Natürlich pflegte Wenz den engeren Kontakt mit dem Wirt, aber mit Smalltalk wollte Charly sich jetzt nicht aufhalten. Also erklärte er Müller ohne Umschweife, dass sie ihn hergebeten hätten, um alles über die Glückspielrunden zu erfahren, die jeden Samstag in seiner Gaststätte stattfanden.

»Och, Glückspiel, Glückspiel!« Müller schwenkte seinen hageren Schädel wie ein gelangweilter Elefant im Tierpark und breitete die Hände aus. Dann setzte er zu einer langatmigen Erklärung an, warum die Veranstaltungen in seinem Etablissement seiner Meinung nach eigentlich kein Glückspiel seien.

Wenz hatte sich zurückgelehnt und lauschte mit einem angedeuteten Lächeln den Ausführungen des Gastronomen, ließ aber nicht erkennen, ob er mit Charlys Initiative einverstanden war und ob er den Ausführungen des Wirtes Glauben schenkte.

Charly unterbrach Müllers Rede. »Es ist Glückspiel!«, stellte er fest und bekräftigte die Aussage mit einer konsequenten Handbewegung, um dann aber in einen versöhnlichen Ton zu wechseln. »Herr Müller, es gibt klare gesetzliche Definitionen, was Glückspiel ist, und es gibt klare Vorschriften, dass es verboten ist. Punkt. Aber darum geht's eigentlich nur nebenbei.«

Das gelbbraune Lächeln verschwand aus dem Gesicht des *Hirschen*-Wirtes, dafür wurde das Rot noch ein wenig intensiver. Er wurde unsicher und startete einen letzten Versuch, die Angelegenheit herunterzuspielen, indem er beteuerte, seine Gäste würden nur Schafkopf spielen und ab und zu vielleicht eine Runde Watten. Zugegeben, manchmal um etwas höhere Einsätze, dann liege schon mal ein Zehner auf dem Tisch. Aber dann würde er als Wirt stets versuchen, das Spiel zu unterbinden, was ihm jedoch nicht immer gelinge, denn schließlich müsse er sich ja auch noch um andere Sachen kümmern und könne nicht ständig den Aufpasser in der Gaststube spielen.

»Verkaufen S' uns doch nicht für blöd, Herr Müller. Wir wissen genau, was in Ihrer Kneipe abläuft«, sagte Charly und hoffte, dass Wenz es wirklich genau wusste.

»Poker und Black Jack, 50 Euro Einsatz, ohne Limit, da geh'n schon mal 10000 Euro über'n Tisch an einem Abend. Daneben gelegentlich Fußball- und Pferdewetten und Wetten auf Boxkämpfe, wenn es sich gerade ergibt.« Ohne sich zu bewegen, zeigte Wenz, dass er genau wusste, was im *Hirschen* lief.

Müller blickte von Wenz zu Charly und schluckte. Seine Frage, was die Kripo eigentlich von ihm wolle, beantwortete ihm Charly: »Die Spieler! Wer spielt seit wann mit, wer verzockt wieviel, wer gewinnt, wer hat Schulden?«

Müllers Gesicht wurde noch eine Spur röter und die Äderchen schwollen an. Mit beiden Händen winkte er ab. Das gehe nun wirklich nicht, denn schließlich habe er als Wirt eine Art Berufsethos, vergleichbar mit dem Beichtgeheimnis eines Pfarrers oder der ärztlichen Schweigepflicht oder mit einem Rechtsanwalt oder ...

Charly, der dem fadenscheinigen Wirt nicht auf die Nase binden wollte, dass ihr Gespräch mit den Ermittlungen im Mordfall Bichler zu tun hatte, blieb keine Wahl, als seinem Anliegen auf andere Weise Nachdruck zu verleihen.

»Herr Müller! Sie haben ja g'hört, dass wir wissen, was läuft. Eine Mitteilung ans Ordnungsamt, ein Anruf beim Gewerbeamt, ein Hinweis an die Lebensmittelüberwachung und schwupps, ist der *Hirsch* zu und Ihre Gaststättenkonzession weg. Dann führen Sie im Bereich Ingolstadt und den angrenzenden Landkreisen keine Wirtschaft mehr. Und meine Kripokollegen im restlichen Bayern sind ganz scharf auf Mitteilungen, wenn bei denen einer eine Kneipe aufmacht. Da jagt dann eine Razzia die andere. Außerdem holen wir uns die Spieler, die wir bis jetzt schon kennen. Der eine oder andere sagt uns schon, was der Wirt von den Pokerrunden abbekommen hat. Das Finanzamt rechnet dann hoch, wie lang Sie das schon betrieben haben und was Sie an Steuer nachzahlen müssen. Da schaut man ganz schnell ganz alt aus.«

Jetzt pokerte Charly, denn er war sich keinesfalls sicher, dass die Verantwortlichen der Stadtverwaltung auf eine Intervention der Kripo so konsequent reagieren würden. Das Finanzamt allerdings schon.

Charly konnte wieder Müllers gelbbraune Zähne sehen, aber nicht weil er lächelte, sondern weil ihm der Mund offen stand.

»Wollen Sie mir drohen?«, fragte der Wirt ungläubig.

»Ja!«, antwortete Charly. Er hatte das Gesülze satt und außerdem bekam er Durst, wenn er so viel reden musste.

Wenz hatte seine Aktivitäten wieder aufs Lauschen beschränkt. Müller presste die Lippen aufeinander und musterte aus zusammengekniffenen Augen die unbewegten Gesichter der Kripobeamten. Wie ein Pokerspieler schätzte er seine Gewinnchancen ab, nickte dann, lehnte sich zurück und begann zu erzählen.

Vor einigen Jahren hatte eine andere Kneipe in Ingolstadt zugemacht, weil der Wirt zu denen gehörte, die denken, in Kanada sei alles einfacher und besser, und darum war er ausgewandert. Die Pokerspieler, die sich bis dahin immer dort getroffen hatten, brauchten einen neuen Treffpunkt, und Müller hatte sich bereit erklärt, im *Hirschen* die Pokerrunden zu dulden. Darauf, dass er dafür einen nicht unbeachtlichen Obolus in Form von Startgebühr und Gewinnbeteiligungen erhielt, brauchte er nicht extra hinzuweisen, das war Wenz und Charly klar. Die Spieler waren immer dieselben, Leute, die es sich leisten konnten, an einem Abend ein paar tausend Euro zu verlieren. Schulden bei Mitspielern hatte keiner, denn Spielschulden waren Ehrenschulden und wurden entweder sofort oder spätestens am nächsten Tag bar bezahlt. Na ja, bis auf Manni.

Der passte irgendwie nicht zu den anderen, war aber ein leidenschaftlicher Spieler und von Anfang an in der Runde dabei. Sie kannten ihn alle schon von früher und akzeptierten ihn als eine Art Quoten-Außenseiter. Manni spielte nicht immer mit, nur, wenn einer der anderen nicht kommen konnte. Das kam aber recht häufig vor, beinahe jedes Wochenende. Der Manni war finanziell nicht so gut gestellt wie die anderen, lauter Unternehmer, Ladenbesitzer oder eben einfach nur vermögend. Der Manni verlor eigentlich die meiste Zeit. Wenn dann wieder eine höhere Summe an Spielschulden beisammen war, dauerte es ein bisschen und Manni zahlte die anderen aus. Müller hatte keine Ahnung, wo Manni das Geld her hatte. Irgendwann hatte Manni mal erwähnt, sein Vater würde ihm bald nichts mehr geben. Daraus schloss Müller, dass der alte Herr von Manni einiges auf der hohen Kante hatte. Genaueres wusste er aber nicht.

Charly hatte den Verdacht, dass Müller genau wusste, um was es hier ging, denn er erzählte genau das, was Charly interessierte, ohne dass er eine einzige Frage stellen musste. »Hat er momentan Schulden?«, fragte Charly, als Müller eine Pause machte.

Der Wirt hatte sich entspannt zurückgelehnt und die Arme verschränkt. Sein hageres Gesicht war bei Weitem nicht mehr so rot und die Äderchen hatten sich auch wieder beruhigt. Am Wochenende war in der Zeitung gestanden, dass ein Bauer, der den gleichen Familiennamen hatte wie Manni, anscheinend auf mysteriöse Art und Weise ums Leben gekommen war. Eins und eins gab zwei und Müller war kein direkter Idiot. Die wollten Manni und nicht ihn.

Es hatten sich schon wieder Spielschulden in Höhe von circa acht- bis 10000 Euro bei verschiedenen Mitspielern angesammelt. Aber Manni habe am letzten Samstag verkündet, ihm stehe eine Erbschaft ins Haus. Dann werde er seine Schulden sofort bezahlen und beim Zocken ganz anders einsteigen.

»Wann hat er das mit der Erbschaft gesagt?« Charly war sofort hellwach.

Es war aber erst diesen Samstag gewesen, als Manni zum ersten Mal davon gesprochen hatte, eine Woche nach dem Tod seines Vaters. Auch konnte der Wirt sich nicht erinnern, dass zuvor schon einmal von einer Erbschaft die Rede gewesen wäre. Bis letzten Samstag habe Manni immer nur gesagt, die Jungs würden ihr Geld schon bekommen, er habe noch immer seine Schulden bezahlt.

Charly fragte, welche Summe Manni bisher denn insgesamt verspielt hätte. Doch Müller wusste es nicht genau. Wie gesagt, habe Manni noch nie einen größeren Gewinn eingestrichen, allenfalls kleinere Beträge, nicht über 500 Euro. Wenn man aber seine gesammelten Schulden aus der Erinnerung heraus so über den Daumen zusammenrechne, so schätze er über die Jahre einen Betrag von knapp 100 000 Euro, wenn nicht mehr. »Aber wo soll er es schon her haben, wenn nicht von seinem Vater? Banküberfälle hat der Manni ja bestimmt nicht gemacht.« Nach dieser Bemerkung biss sich Müller auf die Unterlippe. Solche Scherze durfte man doch bei der Kripo nicht machen. Die verstanden da keinen Spaß. Eilig versicherte er, dass er Manni niemals einen Banküberfall oder etwas Ähnliches zutrauen würde. Manni sei von Grund auf ehrlich, ein wenig einfältig vielleicht; nein, einfältig sei das falsche Wort, Manni bevorzugte die einfachen Gedanken, so sei es besser.

Das scheinheilige Getue passte absolut nicht zu seiner schmierigen Erscheinung und widerte Charly an. »Hat er sonst noch was gespielt in Ihrer Zockeroase?«, fragte er. »Fußballwetten, Pferderennen?«

»Nur für Kleingeld. Mal zehn Euro, mal 50.«

»Wann ist er denn am Samstag vor einer Woche gekommen?«

»Genau weiß ich das nicht. Aber Manni ist immer der Erste. Also eigentlich kommt er immer gleich um 21.00 Uhr, wenn's losgeht.« Müller war jetzt für Charlys Geschmack zu entspannt. Mit dem Instinkt eines durchtriebenen Ganoven hatte er die Situation erfasst und spielte sich als V-Mann auf. Er stützte die Ellbogen auf die Stuhllehnen, presste die Fingerspitzen vor der Nase aneinander und sprach über die Glückspielabende, als würde sich der Briefmarkenverein treffen. »Keiner trinkt da was«, beantwortete Müller Charlys nächste Frage. »Da serviere ich nur Wasser, Kaffee und Apfelschorle, und zwischendrin mal was zum Essen. Mit dem Verzehr ist da kein großer Gewinn zu machen.«

Ach Gott, lauter brave Jungs, dachte Charly. Es gefiel ihm mittlerweile gar nicht mehr, dass mit diesem Wirt ein stilles Übereinkommen bestand, das ihm Immunität versprach, wenn er die gewünschten Informationen lieferte. Am liebsten hätte er Müller zum Abschluss gesagt, dass er ihm doch die

Lebensmittelüberwacher in die Küche schickt. Aber er konnte Wenz nicht vor den Kopf stoßen. Der Kollege war der zuständige Beamte für Glückspiel und er hatte seine eigene Methode, sich um die Szene zu kümmern.

»Tja Müller, ich schätz, die Lebensmittelüberwacher werden demnächst doch mal im *Hirschen* vorbeischau'n. So wie Sie riechen, ist das Frittierfett schon lange nicht mehr frisch«, sagte Wenz da. »Außerdem muss ich mir noch genau überlegen, ob das ohne Anzeige abgeht, wenn da Leute ausgenommen werden, die es sich eigentlich nicht leisten können.«

Das Rot und das Blauviolett kehrten in Müllers Gesicht zurück, als er wie ein Fisch nach Luft schnappte.

Respekt, dachte Charly. Er verabschiedete sich von Müller und Wenz. Was jetzt noch kam, war deren Sache, da musste und wollte er nicht dabei sein.

Sandra hatte ihre Anträge bei Frau Gambrini-Steinmetz abgegeben und saß bereits wieder am Computer, als Charly in sein Büro zurückkam. Auch Helmuth war noch mit *STUPID* beschäftigt.

»Warst du heimlich beim Currywurst-Essen?«, fragte er und rümpfte die Nase.

»So riecht's im *Hirschen.*« Charly erzählte ihnen von dem Gespräch mit Müller. Dazu erhielt Helmuth zwei Ermittlungsaufträge. Er sollte, wenn es seine Zeit neben der Datenerfassung erlaubte, Manfred Bichlers zeitlichen Ablauf des Tattages rekonstruieren. Außerdem sollte er mit seinem Kumpel aus der Sparkasse noch einmal ausgehen, um vielleicht in Erfahrung zu bringen, ob der alte Bichler und Manfred Konten bei der Sparkasse hatten. »Also für mich ist nach jetzigem Stand der Manfred der Hauptverdächtige«, schloss Charly seine Zusammenfassung.

»Nein, nein!« protestierte Sandra. »Der ist zwar ein grober Lackel, so ein richtig tapsiger Bär. Aber der kann wahrscheinlich keiner Fliege was antun.« Sie ließ sich durch Manfred Bichlers Spielschulden nicht beirren. »Meine Favoritin ist immer noch die Heuschreck. Die ist verschlagen und egoistisch. Eifersucht, Hass, enttäuschte Liebe und Geldgier, bei der kommt alles zusammen.« Sie streckte Charly vier Finger entgegen, die sie zur Aufzählung der Motive benutzt hatte.

»Also, ich tipp immer noch auf den großen Bruder«, meldete sich Helmuth. »Der finanzielle Engpass ist nämlich bestimmt nicht so geringfügig und so vorübergehend wie der Herr Audi-Manager uns erzählen will. Und wenn jemand verschlagen ist, dann der. Der lügt doch, wenn er's Maul aufmacht und grinst dich dabei noch an.«

Eine kurze Diskussion brachte keinen der drei von seiner Meinung ab und da Charly Helmuths Vorschlag ablehnte, auf den richtigen Täter um den Preis eines gemeinsamen Essens zu wetten, beendeten sie dieses Thema.

Es blies ein unangenehm kühler Wind und es nieselte, als Charly nach Hause kam. Er beschloss, bei diesem Wetter nicht zu joggen, sondern schwimmen zu gehen. Man nahm zwar beim Schwimmen angeblich nicht ab, aber gut für den Kreislauf und die Kondition war es allemal. Und im Erlebnisbad *Wonnemar* könnte man hinterher bei diesem Mistwetter ja vielleicht die Sauna nutzen oder im Whirlpool entspannen.

Die Kinder waren nicht zu Hause. Julia war noch im Stall und Ludwig mit einem Freund im Kino. Darum genossen sie ihr rohköstliches Abendessen nur zu zweit: Tomaten, Gurken, Paprika, Gelbe Rüben, Joghurt-Dip und Vollkornbrot. Dazu einen Fitness-Brotaufstrich mit Kräutern der Saison und eine Wellness-Creme mit irgendwelchen rechtsdrehenden Kulturen, das aktuelle Kombi-Angebot der örtlichen Metzgerei und von dieser selbst kreiert. Kein Schinken, keine Salami, keine Butter, kein Bier. Als Petra in seinem Essverhalten eine leichte Zurückhaltung zu bemerken glaubte, beruhigte sie ihn mit dem Hinweis, er dürfe ruhig alles aufessen. »Wenn Ludwig nach Hause kommt, wärm' ich ihm die Spaghetti vom Mittagessen auf.«

Mit der selbstgemachten pikanten Hackfleischsoße, dachte Charly. Die mochte auch er so gern, wenn der geriebene Emmentaler darin schmolz und lange Fäden zog.

»Aber Julia?«, fragte er hoffnungsvoll.

»Ach, die macht sich gern mal eine Tiefkühlpizza warm.«

Die mit dem hohen, luftigen Rand, belegt mit Champignons, Schinken, Salami und Peperoni. Charlys Lieblings-Tiefkühlpizza.

Petra hatte keine Lust, schwimmen zu gehen. Also fuhr er allein in die Stadt, parkte vor dem Erlebnisbad und bezahlte die Single-Abendpauschale. Erfreut stellte er fest, dass der frühe Abend die beste Zeit war. Die Kinder und Familien waren jetzt zu Hause beim Abendessen und die Pärchen, Cliquen und Workaholics, die den Abend in dem Bad genießen wollten, waren noch nicht da. Auch die Hausfrauen, die gewöhnlich im Pulk wie eine Gänseschar und genauso laut schnatternd ihre Runden drehten und dabei zwei oder drei Bahnen belegten, waren nirgends zu sehen. Das Wellenbad war völlig leer und im Außenbecken tummelten sich einige Pärchen, die eng umschlungen den Kontrast zwischen warmem Wasser und kaltem Nieselregen genossen. Im 25-Meter-Becken zogen drei Schwimmer ihre Bahnen. Ein auffällig behaarter Mann kraulte im bedächtigen Langstreckenstil auf und ab. Ebenfalls im Kraulstil, aber deutlich schneller, schwamm eine junge Frau in einem sportlichen weißen Badeanzug. Eine andere junge Frau in einem schwarzen Bikini übte sich im zügigen Brustschwimmen.

Wegen der tief hängenden Regenwolken war es draußen bereits dunkel. Die Unterwasserscheinwerfer ließen das Wasser einladend blau leuchten und zeichneten im Gegenlicht die Silhouetten der Schwimmer. Die beiden Frauen hatten sportliche Figuren, aber vor dem Haarigen brauchte sich Charly nicht zu verstecken. Er war breit und zog einen ansehnlichen Bauch durchs Wasser.

Charly kraulte los. Seine Technik hatte er seit dem Sportunterricht in der Schule beibehalten: drei Züge, rechts atmen, drei Züge, links atmen. Es funktionierte immer noch überraschend gut, und problemlos vollendete er die erste Bahn. Auf dem Rückweg begegnete er der Schwimmerin im weißen Badeanzug. 1, 2, 3, atmen. Die hatte einen tollen Stil. 1, 2, 3, atmen. Charly riskierte einen Seitenblick durch seine Schwimmbrille. Donnerwetter, die war wirklich sehr gut gebaut. Er konnte seinen Blick gar nicht abwenden. 1, 2, 3, 4, atmen, schluck, hust.

Prustend schwamm Charly mit ein paar unbeholfenen Ruderern ein wenig zur Seite und stieß mit der Schulter gegen etwas anderes. 1, 2, hust. Das musste die Frau in dem schwarzen Bikini sein. Obwohl die Berührung nur den Bruchteil einer Sekunde gedauert hatte, glaubte Charly zu spüren, wie warm und weich, direkt samtig sich der Körper anfühlte. 3, 4, schluck. Er drehte den Kopf und blickte in ein bärtiges Gesicht.

»'schulgung«, prustete Charly und der Haarige zwinkerte ihm zu und schwamm weiter. Noch einmal tauchte Charly kurz unter und sah dem weißen Badeanzug hinterher. Die war schon wirklich sehr gut gebaut. Wenn Frau Dorothea jetzt meine Gedanken lesen könnte, dann würde sie mich ans nächstbeste Kreuz nageln. Den Rest seiner Badezeit verbrachte er im Kochtopf, wie Petra den großen blubbernden Whirlpool nannte.

Als er nach Hause kam, hatte Charly Hunger. Doch die Spaghetti hatte Petra weggeworfen, weil Ludwig schon gegessen hatte und sie sich nicht getraut hätte, das Hackfleisch am nächsten Tag noch einmal aufzuwärmen. Pizza war keine mehr da, Julia hatte die letzte aus der Tiefkühltruhe geholt und bis zum letzten Rand aufgegessen. Also schmierte er sich ein Vollkornbrot mit Wellness-Creme, trank dazu ein stilles, natriumarmes Mineralwasser und ging kurz darauf ins Bett.

Mittwoch, 22. Oktober

Es hatte zwar aufgehört zu regnen, aber am Himmel hingen noch immer bedrohlich dunkelgraue Wolken. Es war kühl und der Wetterbericht ließ keinen Zweifel daran, dass der goldene Herbst vorüber war. Um 10.00 Uhr rief eine nette Dame vom Amtsgericht an und teilte mit, dass die Beschlüsse für die DNA-Proben vom Richter unterschrieben seien und abgeholt werden könnten. Sandra schlüpfte in ihre Daunenjacke und machte sich auf den Weg. Charly blieb allein im Büro zurück, denn Helmuth war noch nicht aufgetaucht. Vermutlich hatte er den Auftrag von gestern sofort in Angriff genommen, und die Ermittlungen hatten sich wieder über die halbe Nacht erstreckt.

Die Bürotür war schon wieder geschlossen und Charly wunderte sich darüber, dass es ihn nicht störte. Aber in letzter Zeit führten Sandra, Helmuth und er ein relativ isoliertes Eigenleben. Von den Kollegen war keiner mehr ansprechbar. Vor allem Barsch war ständig gereizt, wirkte überfordert und gestresst. Seit dem Zeitungsbericht vom Wochenende war der Druck auf die AG Kiara noch gewachsen. Sie mussten demnächst irgendwie Ergebnisse vorzeigen und arbeiteten mit Hochdruck. Bierschneider ließ keine Gelegenheit aus, auf angebliche Versäumnisse und die schleppenden Ermittlungen durch die Polizei hinzuweisen, und die Frauenbeauftragte des Präsidiums hatte die Polizeidirektion offiziell dazu aufgefordert, der AG Kiara jede notwendige Unterstützung zukommen zu lassen. Die Frühbesprechungen fanden nicht mehr statt, da die AG-Mitglieder keine Zeit hatten für derartige Kaffeerunden, wie der Chef die Lagebesprechungen jetzt titulierte. Barsch warf die alltäglichen Ermittlungsfälle kommentarlos in Charlys Fach. Der setzte sich morgens mit Sandra und Helmuth in seinem Büro zusammen, irgendeiner holte Kaffee für alle und sie besprachen die Neuigkeiten und die Aufgaben für den Tag unter sich.

Der Kaffee hatte heute besonders gut geschmeckt, und nachdem er von dem Birchermüsli, das ihm Petra zum Frühstück angeboten hatte, unter Hinweis auf eine sporadisch auftretende Haferflockenallergie nur einige Löffel hatte essen können, war ihm in der Bäckerei seines Vertrauens trotz der frühen Stunde schon eine Schnitzelsemmel mit Salat ins Auge gestochen, die er dann auch mit größtem Appetit zum Frühstück genossen hatte. Derart gestärkt nahm er sich eine Anzeige gegen einen Exhibitionisten in der Tiefgarage am Münster vor und begann sich gerade darüber zu wundern, wie genau die beiden Anzeigeerstatterinnen das Corpus Delicti beschreiben konnten, als die Tür aufflog und Fischer sich breit grinsend in den Rahmen lehnte.

»Bingo«, sagte er.

Der Spurensicherer hielt Charly ein Blatt entgegen, das er an dem groben schwarzweißen Layout als Fax identifizierte. Auf dem Formblatt war das Logo des Bayerischen Landeskriminalamtes zu erkennen, den Text konnte er auf die Entfernung allerdings nicht entziffern.

»Soeben Mitteilung vom LKA: DAD-Treffer!« Fischers Augen leuchteten und er wollte gerade weitersprechen, als sich Helmuth an ihm vorbei durch die Tür quetschte.

Helmuth sah furchtbar aus. Das runde Gesicht war unbeschreiblich blass und die dunklen Augenringe wirkten beinahe so kontrastreich wie das Logo auf dem Fax. Vermutlich hatte das blonde Haar des Kollegen heute noch keinen Kontakt mit einer Bürste gehabt und der glasige Blick schien um gedämpfte Töne zu betteln. Obwohl es im Büro angenehm warm war, ließ Helmuth seine gefütterte Jeansjacke an, setzte sich Charly gegenüber an den Schreibtisch und hielt sich mit beiden Händen an seiner mitgebrachten Kaffeetasse fest.

» DAD, was'n des?«, fragte er leise

»Moing, Helmuth, gut schaust aus«, antwortete Charly. »Die DAD ist die DNA-Analyse-Datei. Die große Datenbank beim LKA, in der die DNA-Muster gespeichert werden. Alle Tatortspuren und die Muster von Personen, die bei uns eine Speichelprobe abgeben müssen. In der DAD werden alle Muster miteinander verglichen und die Maschine spuckt einen Treffer aus, wenn sie irgendwas findet, was zusammenpasst.«

Helmuth nickte vorsichtig und nippte an seinem Kaffee. Wieder an Fischer gewandt, fragte Charly: »Person?«

»Nein, Spur-Spur.« Der Erkennungsdienstler setzte gerade zu einer Erklärung an, als Sandra sich an ihm vorbei durch die Tür zwängte.

Unter dem Arm trug sie einen roten Aktendeckel der Staatsanwaltschaft und beim Vorbeigehen warf sie einen kurzen Blick auf das Fax in Fischers Händen.

»Spur-Spur? Hab ich was versäumt? Moing, Helmuth, gut schaust aus!«

Fischer sah sich um, ob nicht noch jemand ins Büro wollte. Dann machte er einfach selbst zwei Schritte nach vorne und reichte Charly das Fax. »Die DNA-Spur, die ich an den Magazinlippen der Tatwaffe gesichert habe, ist in allen Merkmalen identisch mit einer Tatortspur von früher.«

Die genannten Merkmale waren quasi der Fingerabdruck einzelner Bauteile einer DNA-Spur, die sich letztendlich als Zahlenpaare mit einer Kommastelle darstellten und so vergleichbar waren. Stimmten acht dieser Zahlenpaare überein, führte dies in einem späteren Gutachten zu der Aussage, dass die Wahrscheinlichkeit, die gleiche DNA unter der Weltbevölkerung noch einmal zu finden bei 1 zu einigen 100 Milliarden lag.

»Unsere Spur aus dem Fall Bichler trifft einen Raubmord von 1975«, fuhr Fischer fort. »Bearbeitet von der KPI Ingolstadt. DNA gewonnen aus dem Fingernagelschmutz des Opfers. Aktenzeichen steht auf dem Fax. Mehr weiß ich noch nicht.« Fischer wünschte noch einen schönen Tag und verließ das Büro. Charly betrachtete das Fax. Eigentlich hatte Fischer schon alles gesagt, was die nüchterne, vom Computer automatisch erstellte Datenbankauskunft des LKA hergab. Nur das Datum, an welchem die Altspur erfasst worden war, konnte man zusätzlich ablesen: Es war jetzt drei Jahre her.

Sandra sah ihn aus strahlenden, Helmuth hingegen aus glasigen Augen an, und er beantwortete die fragenden Blicke, ohne dass die Frage gestellt wurde: »Jedes Jahr wird die Überprüfung von einem oder mehreren ungeklärten Altfällen in die so genannten Zielvorgaben aufgenommen, die sich die KPI selbst setzt. Der jeweilige Sachbearbeiter liest sich dann in die alten Akten ein und beurteilte den Fall quasi aus der Warte eines unvoreingenommenen Beobachters.«

»So eine Art nachträgliches Vier-Augen-Prinzip, oder?«, bemerkte Sandra.

»Genau! Ergeben sich Widersprüche oder Ansatzpunkte für neue Ermittlungen, wird der Vorgang oder Teile davon neu aufgerollt«, erklärte Charly weiter.

Manchmal stieß man in den alten Akten auch auf Asservate, die zwar aus irgendeinem Grund gesichert worden waren, die aber mit den damals zur Verfügung stehenden Methoden nicht weiter hatten untersucht werden können. Darum wurden manchmal erst Jahre später Spuren zur Untersuchung geschickt. So war es wahrscheinlich auch bei diesem Raubmord aus dem Jahr 1975. Vor drei Jahren hatte ein Kollege den Vorgang durchforstet und war dabei auf den sichergestellten Fingernagelschmutz des Opfers gestoßen. Seinerzeit routinemäßig sichergestellt, um das Material im Falle einer Festnahme nach dem damaligen Stand der Technik mit dem Tatverdächtigen zu vergleichen, bot sich heute die Möglichkeit, die Spur auszuwerten und in die Datenbank einzustellen. DNA-Material, wenn es richtig gesichert und asserviert wurde, war nahezu unbegrenzt haltbar. So hatte die Untersuchung vor drei Jahren tatsächlich eine vollständige Spur mit acht Merkmalen ergeben. Und die hatte jetzt zum Treffer in dem aktuellen Fall geführt.

»Um die alten Akten kümmern wir uns jetzt gleich«, entschied Charly. Er blätterte in dem roten Aktendeckel mit den Beschlüssen zur DNA-Untersuchung der Bichlers. »Die laufen uns nicht davon, das machen wir später. Erst müssen wir wissen, was mit diesem alten Raubmord los ist, und wo die Verbindung zu unserem Fall liegt.« Er schlug den Aktendeckel zu und dann mit der flachen Hand auf den Tisch. »Aber zuerst wollen wir wissen, was deine Ermittlungen ergeben haben, Helmuth!«

Der Angesprochene zuckte zusammen. Der Schlag musste in seinem schmerzenden Kopf wie eine Explosion dröhnen. Er versank noch tiefer in seine Jacke und brummte: »Nix!« Nach einer kurzen rhetorischen Pause sprach er wie Dr. Faust zu seinem Totenkopf zu seiner Kaffeetasse, die er immer noch mit beiden Händen umklammerte.

Er hatte seine Untersuchungen gestern nach Feierabend im Hundszeller Sportheim begonnen. Dort kannten sie Manfred Bichler natürlich. Er war jeden Samstag da und sah sich als begeisterter Fan die Spiele des FC Bayern auf dem riesigen Fernsehschirm an. Meistens verließ er kurz nach Spielende das Lokal, außer jemand hatte einen Grund zu feiern und gab Freibier oder eine Brotzeit aus, dann blieb er auch mal noch eine Stunde sitzen. Das war aber an dem Samstag, als der Bichler-Bauer getötet wurde, nicht so, und darum war der Manfred wahrscheinlich um Viertel nach fünf gegangen. Genau wusste das der Wirt aber nicht. Danach hatte Helmuth seine Ermittlungen in der Bahnhofskneipe fortgeführt. Dort kannten sie den Manni auch. Er war halt einfach immer am Samstagabend da, aber keiner konnte sagen, wann er kam und ging. Mit Uhrzeiten nahm man es hier nicht so genau.

Helmuth war mit einem der Gäste im *Gleis 1* ins Gespräch gekommen und hatte nach einiger Zeit festgestellt, dass sie früher zusammen in der Schülermannschaft des MTV Ingolstadt gespielt hatten, Helmuth als Linksaußen, sein Gesprächspartner als Vorstopper. Der Verteidiger war auch am Samstag immer da und stand dann mit Manni am Stammtisch. Er sagte, der Manni rede gern über Fußball und über dämliche Entscheidungen des Stadtrates, die der Bauhof dann umsetzen musste. Wenn der *ICE Berthold Brecht* nach Hamburg – fahrplanmäßige Durchfahrt um 20.27 Uhr – durchrausche, trank der Manni immer sein Bier aus und verabschiedete sich. Wo er danach hinging und was er machte, wusste keiner in der Bahnhofskneipe.

Schließlich hatte Helmuth sein Glück im *Hirschen* versucht. Aber Müller kannte ihn als Polizist und hatte einen sehr verstockten Eindruck auf Helmuth gemacht. Er habe Wenz und dem Kommissar von der Mordkommission schon alles erzählt. Müller hatte sehr darauf geachtet, dass die Tür zur Küche immer geschlossen blieb und hatte sogar zwei Jugendliche vom Geldspielautomaten gescheucht und aus der Gaststätte verwiesen, obwohl sie lauthals protestierten, weil sie hier sonst doch auch immer spielen dürften.

Da hatte es Helmuth eigentlich schon gereicht, denn um mit den Leuten ins Gespräch zu kommen, musste er ja überall mindestens ein Bier trinken. Dennoch hatte er sich entschieden, den Ermittlungsauftrag komplett zu erfüllen und sich auf den Weg zum Donau-Ruder-Club gemacht, in der Hoffnung, dort »zufällig« seinen Bekannten von der Sparkasse zutreffen. Den hatte er auch wirklich getroffen und sie hatten sich prächtig unterhalten, stundenlang. Von Konten der Bichlers wusste er allerdings nichts. Der alte Bichler hätte früher mal ein Sparkonto bei der Sparkasse gehabt, das er jedoch nach einem Streit um Zinsen und Gebühren irgendwann aufgelöst hatte.

Gegen Mitternacht hatte Helmuth erkannt, dass seine Ermittlungen keine tief greifenden Erkenntnisse mehr brachten, und hatte seine Untersuchungen beendet. Rein privat und nur um der alten Zeiten willen hatte er mit dem Banker noch zwei oder drei Willis getrunken, bevor er endgültig nach Hause gewankt war. Zum Abschluss seiner Schilderung teilte er mit, dass er im Hinblick auf seine körperliche Unversehrtheit derartige Ermittlungsaufträge nur noch in wichtigen Ausnahmefällen übernehmen werde.

»Okay, Helmuth«, sagte Charly und klatschte in die Hände, »trink du erst mal in Ruhe deinen Kaffee aus. Sandra und ich suchen die alten Akten. Auf geht's!«

»Zefix«, krächzte Helmuth, »g'hört dann vielleicht der ganze blöde Raubmord in dem blöden *STUPID* erfasst, oder?«

Charly lächelte ihn an.

»Zefix.«

Zwei Räume standen der Kripo zur Aufbewahrung alter und umfangreicher Akten oder Asservate zur Verfügung, einer unter dem Dach und ein weiterer im Erdgeschoss. Nachdem sie sich die Generalschlüssel besorgt hatten, teilten sie sich auf und Charly übernahm das Dachgeschoss. In zahlreichen Eisenregalen stapelten sich vergilbte Aktenordner bis unter die Decke. Daneben standen am Boden zahlreiche Kisten mit sichergestellten Pornoheften, Videokassetten, rechtsextremen Schriften, Opferkleidung und die technische Ausrüstung einer kompletten Marihuana-Aufzuchtstation. Ein System war in der Ablage der Ordner nicht zu erkennen und so blieb Charly nichts anderes übrig, als Regal für Regal zu durchsuchen, was noch dadurch erschwert wurde, dass viele der noch brauchbaren Aktenordner anscheinend vor der Archivierung durch alte, abgegriffene Aktendeckel ersetzt worden waren, auf denen dann die Rückenschilder fehlten. Daher musste Charly immer wieder Ordner aus dem Regal nehmen, sie aufschlagen und den Inhalt überfliegen. Erst nach zwei Stunden war er sich sicher, dass in diesem Raum nichts von dem Raubmord aus dem Jahr 1975 zu finden war.

Bei Sandra im Erdgeschoss hatte es nicht anders ausgesehen, ein paar Regale weniger, dafür einige Schachteln mit Asservaten mehr, aber nichts von dem gesuchten Fall. Gemeinsam machten sie sich auf den Weg zu Gustl, dem Herrn der Akten. Wie Quasimodo im Glockenturm, so hauste er im Aktenraum, wo die gesammelten Werke bekannter Täter in Hängeordnern verwahrt wurden. Gustl räumte ein, dass immer mal wieder alte Unterlagen verschwänden. Insbesondere wenn der Platz in den Räumen der KPI knapp zu werden drohte, ordnete man irgendwelche rekonvaleszenten Beamten von allen möglichen Dienststellen für einige Wochen zur Kripo ab mit der Aufgabe, den Aktenbestand auszudünnen. Gerade bei einem Vorgang, der nachträglich noch einmal ausgegraben worden war und damit wieder oben auf dem Stapel lag, konnte sich Gustl sehr gut vorstellen, dass man die Akten entsorgt hatte.

Charly musste nicht lange überlegen, wer der dienstälteste Beamte bei der Kripo war. Er fand Nager telefonierend in seinem Büro. Mit einem Nicken begrüßte er Charly und deutete ihm, sich zu setzen. Charly lauschte dem Plätschern des Zimmerbrunnens und den kryptischen Begriffen aus dem Bereich des Bilanz- und Rechnungswesens, die Nager mit sonorer Stimme in den Hörer schickte. Vermutlich telefonierte er mit einer Rechtsanwältin, denn es hörte sich an wie ein Flirt, als er darüber verhandelte, was ihr Mandant zugeben könnte, was man ihm ohnehin nachweisen konnte und welche Summen wohin geflossen waren.

»Charly, was kann ich für dich tun?«, fragte er, als er fertig war.

Charly erzählte von dem Zusammenhang zwischen dem Fall Bichler und der Spur aus dem Jahr 1975, berichtete von den verschwundenen Akten und fragte schließlich, ob Nager noch etwas von dem Raubmord wüsste. Nager lehnte sich zurück, legte die Fingerspitzen gegeneinander, spitzte die Lippen und blickte ins Leere.

»'75? Damals waren wir noch in der Mauthstraße, dort wo heute die Stadtbücherei ist.« Offenbar versetzte er sich gedanklich in die Zeit zurück. »Chef war der Papa Braun, ein herzensguter Mensch, und ich war blutjung und seit knapp einem halben Jahr bei der Kripo. '74 war die Fußball-WM, da bin ich zur Kripo gekommen. Genau, und im Frühling '75 war dann ein Mord in Haunwöhr. Ein Firmenbesitzer in seiner Wohnung erschlagen, glaub ich. Alles durchwühlt. Hat damals ziemlich viel Aufsehen erregt, ist aber nie was rausgekommen, soweit ich weiß.«

»Und wer hat den Fall bearbeitet?«

»Tja, jetzt wart mal«, sinnierte Nager. »Der Braun war der Chef ... der Westner war der K1-Leiter ... und dann waren da noch der Eckenzeller Franze und der Meier-Neudorf, aber das war ein Depp ... die Bäcker Rosi und die Schuster-Kleinle Betty, aber denen hat man damals so einen Fall nicht gegeben. Eigentlich kann's nur der Stöbner Luk gewesen sein. Genau, der Luk hat den Fall bearbeitet.«

Auf die Frage, ob der Luk noch lebe, erzählte Nager, dass er ihn erst vor kurzem im *Mooshäusl* bei einer Radi-Brotzeit getroffen habe. Die Frage nach Luks Adresse beantwortete Nager mit dem Griff zum Telefonbuch. Er blätterte kurz und ehe sich Charly versah, griff Nager zum Hörer. «Grüß dich, Stöbner.« Nach einer kurzen, höflichen Plauderei erklärte er dem Pensionisten die Situation und vereinbarte für Charly ein Treffen für den Nachmittag.

Nach dem Mittagessen fuhr Charly zusammen mit Sandra nach Großmehring. Stöbners kleines Häuschen, erbaut in den sechziger Jahren, stand in einer Reihe mit mehreren Häusern aus der gleichen Zeit und machte einen sehr gepflegten Eindruck. Es kuschelte sich in dem liebevollen Garten regelrecht zwischen Teich, Laube, Freisitz und altem Baumbestand an der hinteren Grundstücksgrenze. Wider Erwarten öffnete ihnen kein kleines, verschrumpeltes Männchen die Tür, sondern ein vor Kraft strotzender, braun gebrannter 70-Jähriger mit schneeweißen, kurzen Haaren. Er trug eine Jeans und trotz der kühlen Temperatur ein kurzärmliges Holzfällerhemd. Hinter ihm erschien eine Frau, genauso braun gebrannt und genauso groß wie ihr Mann, mit hellblonden Haaren und dem Aussehen einer 50-Jährigen. Auch sie trug eine Jeans und eine kurzärmlige hellblaue Bluse.

Lächelnd streckte Stöbner ihnen die Hand entgegen.

»Kollege Valentin, oder? Servus. Und die Kollegin Englberger. Ja, mein Gott, wenn wir damals so junge, hübsche Frauen bei der Kripo g'habt hätten, dann wär ich ned in Pension gegangen.« Er stellte sich als Luk Stöbner und die Frau als seine Lisa vor und bat sie dann ins Haus, weil Lisa im Wintergarten den Kaffee hergerichtet habe.

Vom Wintergarten aus glich der Garten einem kleinen Paradies und der Kaffee schmeckte fantastisch. Charly erkannte das Geschirr als *Romanze* von Rosenthal, behielt seine Erkenntnis aber für sich, um nicht vor dem pensionierten Kollegen, der bestimmt noch andere Vorstellungen von der Rollenverteilung hatte, vielleicht am Ende in den Verdacht andersartiger sexueller Veranlagung zu geraten.

»Rosenthal, *Romanze*!«, sagte Stöbner und hob seine Tasse hoch. »Ein wunderschön's G'schirr, oder? Kommt nur raus, wenn b'sondere Gäst kommen.«

»Ich versteh nix von Kaffeegeschirr. Ist aber recht hübsch.« Charly nahm einen großen Schluck.

»Habt's Glück, dass wir grad da sind«, stellte Stöbner dann fest. »Letzte Woch war'n wir noch in Ägypten und in zwei Wochen fliegen wir für 14 Tag in die Türkei.«

»Wir sind nur da, weil unser Enkerl dieses Wochenend' Geburtstag hat«, ergänzte Lisa.

»Und für Silvester ham wir gestern Lanzarote gebucht,« meldete sich Stöbner wieder.

Eigentlich brannten Charly die Fragen nach dem alten Fall unter den Nägeln. Er hatte es fast nicht abwarten können, den pensionierten Kollegen aufzusuchen. Doch jetzt wirkte die Atmosphäre des gemütlichen Wintergartens, der Ausblick auf den Garten und der duftende Kaffee in dem eleganten Geschirr, und Charly spürte, wie er sich entspannte. Er würde schon noch erfahren, was er wissen musste. Auch Sandra machte keine Anstalten, nach dem Raubmord zu fragen. Beide genossen die Oase der Ruhe im Hause Stöbner. Es machte Spaß, dem Ehepaar zuzuhören, das im Laufe der Jahre zu einer Einheit geworden war. Es war direkt rührend zu beobachten, wie sie sich beim Erzählen abwechselten, sich gegenseitig aufmerksam zuhörten und sich dabei anlächelten.

Seit Luk pensioniert war, gehörte das Reisen zu ihren Leidenschaften. Sie verreisten hauptsächlich Anfang des Jahres und im Herbst, natürlich immer außerhalb der Ferien. Dabei legten sie keinen Wert auf Badestrände und Animationsprogramm, sondern interessierten sich für Land und Leute.

Die machen das richtig, dachte Charly. So wollten er und Petra es später auch machen. Da war es wieder, dieses oft so leichthin gebrauchte Wort, das bei näherer Überlegung manchmal einen ganz üblen Beigeschmack hatte und ein ungutes Gefühl verursachte: später. Charly hatte diese Diskussion schon oft mit seiner Frau geführt. Immer wenn aus dem Dorf oder der näheren Umgebung ein junger Mensch sein Leben viel zu früh verlor, dann stellten Charly und Petra fest, dass sie sich ihre Wünsche erfüllen sollten, solange es noch ging. Dann schmiedeten sie Pläne, wohin sie zuerst fahren wollten und welche Aktivitäten sofort angepackt werden sollten. Doch meistens scheiterten die Vorhaben an einer Folge unaufschiebbarer Termine, einer Kommunion, einem runden Geburtstag, einer Abschlussprüfung oder einem ersten Arbeitstag. Da musste zuvor tagelang geputzt, gebacken und gekocht werden, der Rasen gemäht, der Gang geweißelt und das Auto gewaschen, es musste unterstützt, aufgebaut, getröstet und abgefragt werden. Und plötzlich war die Zeit zu knapp, um eine Woche zu verreisen. Die großen Pläne wurden langsam wieder vom grauen Staub des Alltags zugedeckt und schließlich unter der immer dicker werdenden Schicht erstickt. Das Schicksal des unglückseligen Bekannten, der die Welt vor der Verwirklichung seiner Träume hatte verlassen müssen, verblasste zu einer Erinnerung, die man wie ein Herpesbläschen mit sich herumtrug: irgendwie ein wenig unangenehm, aber es wird schon wieder. Momentan war eben einfach keine Zeit, um mehr als eine Kaffeepause oder einen Nachmittag auf der Gartenliege zu genießen. Man arrangierte sich und nahm sich fest vor, später alles nachzuholen – wenn's dann noch ging.

Nachdem Luk und Lisa ausführlich von einem Kurztrip nach Rom geschwärmt hatten, fragte der Ex-Kollege, wer denn jetzt eigentlich der Chef der Kripo sei und als Charly ihm den Namen nannte, lachte Stöbner. »Der Conny, um Gottes willen, der hat doch schon früher nicht g'wusst, wo bei der Polizei vorn und hinten ist.«

Endlich erinnerte sich Charly an den eigentlichen Grund des Besuches. Er fragte nach dem Raubmord von früher und berichtete von den verschwundenen Akten.

»Ach, der Fall Spachtholz.« Stöbner konnte sich gut daran erinnern. Es war eines von zwei ungeklärten Kapitalverbrechen in Stöbners Laufbahn und solche Fälle ließen einen leidenschaftlichen Ermittler nie los.

Stöbner selbst war damals als junger Kommissar zum Tatort gefahren. Es war ein Samstagabend und die Ehefrau hatte ihren Mann auf dem Teppich im Wohnzimmer gefunden, als sie von der Abendmesse nach Hause kam. Der Täter hatte ihn mit einem schweren Glasaschenbecher vom Wohnzimmertisch erschlagen. Ein Schlag hatte das fünfundsechzigjährige Opfer am Hinterkopf getroffen, ein zweiter an der linken Schläfe. Spachtholz lag auf dem Rücken zwischen Wohnzimmertisch und Sofa und der Tatort sah aus, als hätte ein kurzer Kampf stattgefunden. Im Wohnzimmer waren Schubläden herausgerissen und Schranktüren geöffnet, berichtete Stöbner. Wie sich später herausstellte, fehlten zwei goldene Uhren, eine Münzsammlung und ein Sparbuch. Ein größerer Geldbetrag, der im Schlafzimmer in einem Nachttisch lag, war immer noch da. Offenbar war der Täter im Wohnzimmer vom Hauseigentümer überrascht worden, woraufhin es zu einem Handgemenge gekommen war. Der Wohnzimmertisch, der Aschenbecher und der Schrank waren abgewischt worden. Es konnten damals keinerlei Spuren gesichert werden, die dem Täter zuzuordnen waren. Die Idee, beim Opfer den Fingernagelschmutz zu sichern, stammte von Stöbner

Das Opfer, Johann Spachtholz, war nicht reich, aber wohlhabend gewesen. Er hatte nach dem Krieg in seiner Garage begonnen, alte Wehrmachtfahrzeuge auszuschlachten und den Schrott der Amerikaner zu verwerten. Auch Restbestände an Fahrzeugteilen aus den Militärdepots hatte er aufgekauft. Schließlich hatte er sich auf den Umbau und die Verarbeitung von Filtern spezialisiert, die er an Unternehmen wie VW, Miele und Bauknecht für deren Autos, Staubsauger und Küchengeräte weiterverkaufte. Er gründete seine Firma, beschäftigte am Schluss 25 Mitarbeiter und hatte ein ganz passables Einkommen. Das Haus des Ehepaares Spachtholz lag damals noch ein wenig außerhalb von Haunwöhr, und niemand hatte zur relevanten Zeit eine verdächtige Person wahrgenommen. Der Fall erregte in der seinerzeit noch recht verschlafenen Donaustadt großes Aufsehen und beschäftigte die Polizei über lange Zeit. Obwohl alle bekannten Kriminellen und halbseidenen Ganoven überprüft worden waren, hatte sich nie eine heiße Spur ergeben. So ging man am Ende von einem auswärtigen Täter aus, der sich nach dem missglückten Einbruch vielleicht sogar ins benachbarte Ausland abgesetzt hatte. Die gestohlenen Uhren, die Münzsammlung und auch das Sparbuch waren nie wieder aufgetaucht.

Charly und Sandra stellten verschiedene Fragen, und es war faszinierend, wie sich Stöbner nach über 30 Jahren immer noch an jedes Detail erinnerte. Ohne lange nachdenken zu müssen, beantwortete der Pensionist jede Frage ausführlich und Charly gewann den Eindruck, Luk Stöbner hätte jederzeit die Ermittlungen wieder aufnehmen können.

Lisa, die während des dienstlichen Teils des Gespräches verschwunden war und nur kurz einmal auftauchte, um Wasser und Apfelschorle anzubieten und ihrem Mann ein frisches Weißbier zu servieren, kam zurück und erinnerte ihren Luk daran, dass die Enkel jetzt dann kämen, um mit Opa und Oma Kastanien und Eicheln für die Rehe im Wald zu sammeln. Verblüfft stellte Charly fest, dass sie schon knapp drei Stunden im Wintergarten der Stöbners saßen. Er dankte dem ehemaligen Kollegen. Stöbners detaillierte Erinnerungen waren eine große Hilfe gewesen. Natürlich würden sie die Akten bei der Staatsanwaltschaft anfordern, aber bis man endlich das Papier in der Hand halten würde, konnte noch viel Zeit vergehen. Stöbner versicherte, jederzeit zur Verfügung zu stehen, sofern er und Lisa zu Hause seien.

»Übrigens«, sagte Luk, als Sandra und Charly gerade das Haus verließen, »die Firma vom Spachtholz gibt's immer noch. Nur heißt die jetzt natürlich anders. Des is' heut die Gessler GmbH.«

Samstag, 25. Oktober

Nach dem Spiel hatte Charly Mühe, sich bis zu seinen Fußballschuhen zu bücken, um sie vor der Kabine abzustreifen. Im Umkleideraum ließ er sich auf die Bank sinken und fühlte sich nur noch müde und kaputt. Auch sein Kopf war völlig leer, und das war das Gute daran. Denn die Gedanken an die Ermittlungen hatten ihn die letzten Tage und Nächte permanent beschäftigt. Seit sich durch Stöbners Mitteilung ein Zusammenhang zwischen dem Mord an Bichler, dem Überfall auf Spachtholz und der Firma Gessler eröffnet hatte, drehten sich Charlys Gedanken im Kreis.

Gessler war in Spachtholz' Firma beschäftigt, hatte Stöbner erzählt. Da es Spachtholz zu viel geworden war, sich um alles alleine zu kümmern, war Gessler als studierter Ingenieur vier Jahre vor dem Verbrechen in die Firma eingetreten. Zuständig für den technischen Ablauf, hatte er frischen Wind und neue Ideen in den Betrieb gebracht und war zu einer wichtigen Stütze des Unternehmens geworden. Nach Spachtholz' Tod lief der Betrieb zunächst ohne Chef weiter. Irgendwann unterbreitete Gessler der kinderlosen Witwe Spachtholz dann ein großzügiges Angebot.

Natürlich war auch er damals nach einem Alibi befragt worden und hatte angegeben, sich den ganzen Samstagnachmittag allein in der Firma aufgehalten zu haben. Zeugen dafür gab es nicht, aber die gesamte Belegschaft hatte bestätigt, dass es sehr oft vorkam, dass Gessler ganze Wochenenden in der Firma verbrachte, Pläne entwarf oder irgendetwas umbaute. Und die Witwe legte für ihn die Hand ins Feuer.

Die ersten seiner Mitspieler waren mit dem Duschen fertig und erfüllten den Umkleideraum mit dem ekelhaft hohen Surren billiger Föns. Aus der Dusche waberte nach Mandelblüten und Wiesenkräutern duftender Wasserdampf in die Umkleidekabine und vermischte sich mit dem Aroma aus Schweiß, Gras und Erde. Charly saß immer noch in seinem verschwitzten Trikot auf der Bank und wollte sich nicht bewegen. Immer mit der Ruhe, dachte er sich. In einem Fernsehkrimi wären jetzt natürlich die ermittelnden Kommissare mit gezogenen Pistolen an der Spitze eines Sondereinsatzkommandos in die Wohnung des Herrn Gessler eingedrungen und hätten ihn entweder festgenommen oder in Notwehr erschossen. Aber in einem Fernsehkrimi wäre Charly vermutlich auch alkoholabhängig und gerade von seiner Frau verlassen worden, während Sandra drogensüchtig, in ihrer Freizeit als Prostituierte tätig und in den Hauptverdächtigen verliebt wäre. Gott sei Dank war also das Leben kein Fernsehkrimi. Allerdings mussten die Ermittler in Fernsehkrimis keine Aktenvermerke erstellen und keine komplexen Sachverhalte in *STUPID* erfassen. Doch Helmuth und das Programm hatten sich mittlerweile aneinander gewöhnt und man hörte sein »Zefix« nur noch selten.

Während sie auf die Akten der Staatsanwaltschaft warteten, konnten sie einige der Routinefälle erledigen. Außerdem hatten sich Charly und Sandra gleich am Donnerstagvormittag die DNA-Beschlüsse vorgenommen und die Speichelproben eingeholt. Erwartungsgemäß war die Prozedur bei Manfred Bichler problemlos verlaufen. Sie hatten ihn im Betriebshof der Stadtwerke angetroffen und ihm die Lage erläutert. Den richterlichen Beschluss wollte er gar nicht sehen. Er sei auch einfach so bereit gewesen, eine Probe abzugeben, hatte er gesagt. Wie die Ermittlungen vorangingen oder ob es etwas Neues gab, wollte er nicht wissen.

Das hingegen hatte Christian Bichler als Erstes intressiert. Nachdem Charly ihm die Speichelprobe telefonisch angekündigt hatte, war er zur Dienststelle gekommen, denn an seinem Arbeitsplatz wollte er keinen Besuch der Polizei mehr erhalten. Aber auch ihm wollte Charly den Zusammenhang mit dem alten Fall noch nicht offenbaren. Es konnte ja noch niemand wissen, wie sich die Sache entwickeln würde. Den Beschluss des Richters hatte Christian Bichler genau durchgelesen und sich dann ohne Einwände mit dem Holzstäbchen, das einer einfachen, selbstgebastelten Zahnbürste glich, eine Speichelprobe entnehmen lassen.

Frau Heudeck-Bichler hatten sie im Laden aufgesucht. Bei ihr musste Charly nicht lange überlegen, ob er ihr etwas verschweigen wollte. Nachdem er ihr den Beschluss und dessen Inhalt eröffnet hatte, kam er gar nicht mehr zu Wort. Frau Heudeck-Bichlers Empörung war grenzenlos und verursachte ein Feuerwerk an Verwünschungen und Beschimpfungen. Schließlich hatte sie einen Rechtsanwalt angerufen, den sie aus dem Aquarellkurs der Volkshochschule kannte. Der Anwalt hatte ihr erklärt, dass sie gegen den Beschluss momentan nichts machen könne, allenfalls könne sie im Nachhinein dagegen klagen. Daraufhin war Frau Heudeck-Bichler bereit gewesen, eine Speichelprobe abzugeben. Allerdings wollte sie genau wissen, wie der Richter hieß, der den Beschluss unterzeichnet hatte, und sie hatte darauf bestanden, dass ihr Protest schriftlich festgehalten wurde.

Endlich raffte sich Charly auf, sein Trikot abzustreifen und in die Dusche zu schlurfen. Morgen würde er sich bestimmt nicht mehr bewegen können. Aber er war ja selbst schuld. Am Donnerstag hatte er sich kurzfristig entschieden, mal wieder das Training der *Alten Herren* zu besuchen. Das Training selbst hatte ihm richtig gut gefallen. Beim Training der AH suchte man Konditionseinheiten, technische Übungen und taktische Schulungen vergebens. Die Anwesenden wurden einfach in zwei Mannschaften aufgeteilt und in einem verbissenen Match wurde nach eigenem Ermessen alles geübt, was man für nötig hielt. Nach dem Training allerdings hatten die Kicker im Umkleideraum gerade die erste Flasche Augustiner Edelstoff geöffnet, als der AH-Leiter verkündete, dass ihm vom SV Haunwöhr für kommenden Samstag ein zusätzliches Spiel angeboten worden sei und er zugesagt habe. Er brauchte also Spieler und da nur neun Mann das Training besucht hatten, kam Charly nicht umhin, seine Teilnahme zuzusagen.

Das Spiel hatte mit einem hart umkämpften 2:2 geendet und Charly war insgeheim stolz auf seine Leistung. Jetzt genoss er das heiße Wasser aus der Dusche und seifte sich gründlich ein. Als endlich jeder der *Alten Herren* die zum Teil schon spärliche Haarpracht in die gewünschte Form gebracht hatte und dem Geruchscocktail noch zahlreiche verschiedene Deodüfte hinzugefügt worden waren, verließen sie geschlossen das olfaktorische Chaos im Umkleideraum und begaben sich zur taktischen Nachbesprechung in die Gaststätte des Vereinsheimes. Das Haunwöhrer Team saß bereits um einen Tisch in der Ecke und begrüßte durch ein kurzes Anheben der Weißbiergläser noch einmal die Ebenhausener Spieler. Einige der Kicker kannten sich seit vielen Jahren und bald entwickelten sich lebhafte Gespräche, in denen die entscheidenden Spielszenen über die Tische hinweg nachbereitet und mit dummen Sprüchen kommentiert wurden.

Mittendrin beugte sich der AH-Leiter zu Charly herüber. »Charly, du hast mich doch vorhin nach der Firma Gessler gefragt.«

Charly nickte. Der Trainer arbeitete in einem Reichertshofener Handwerksbetrieb, der oft in anderen Unternehmen Montage- und Wartungsarbeiten ausführte. Darum kannte er jede Menge Leute und war schon in vielen Firmen in der weiteren Umgebung beschäftigt gewesen.

»Siehst den Rothaarigen dort, den linken Verteidiger?«, fragte der AH-Leiter weiter und deutete auf einen kräftig gebauten, etwa 50 Jahre alten Haunwöhrer mit gerötetem Gesicht. »Das ist der Hack Bertl. Der arbeitet schon seit einer Ewigkeit beim Gessler.«

Die Beschreibung als Rothaariger war wohl mehr der Erinnerung des AH-Leiters entsprungen, denn mittlerweile waren nur noch wenige der Haare leicht rötlich, die meisten grau und dünn und die in der Mitte überhaupt nicht mehr da. Charly hatte im Spiel die Position des rechten Läufers besetzt und war darum mit dem linken Verteidiger der Haunwöhrer einige Male zusammengetroffen. Gedankenverloren strich er sich über sein Schienbein, als er an die Zweikämpfe dachte. Dieser Verteidiger war, soweit Charly das beurteilen konnte, bei Leibe kein filigraner Techniker und bestimmt würden ihn einige blaue Flecken noch länger an die mitunter schmerzhaften Aufeinandertreffen erinnern. Außerdem hatte ihn der Gegenspieler während eines Kopfballduells mit dem Ellbogen am Auge getroffen – unabsichtlich, wie Charly zu dessen Gunsten annahm.

Den Gesprächen seiner Mitspieler folgte Charly nur mit halbem Ohr. Stattdessen beobachtete er Bertl Hack. Er versuchte abzuschätzen, ob das gerötete Gesicht noch der Anstrengung während des Spieles geschuldet war oder ob bereits das Weißbier Wirkung zeigte. Hack machte einen ruhigen Eindruck. Nicht nur fußballtechnisch, sondern auch was die allgemeinen Lebensumstände betraf, schien er mit sich zufrieden zu sein. Im Team war er voll integriert, schwang aber keine großen Reden, sondern amüsierte sich lächelnd über die Sprüche der anderen. Wenn er ab und zu einen Kommentar abgab, dann trocken, passend und knackig. Als Bertls Nebenmann sich nach dem ersten Bier von der Runde verabschiedete, er sich aber ein zweites bestellte, ging Charly hinüber und setzte sich neben ihn.

»Guads Spui«, eröffnete Charly das Gespräch wie eine Schachpartie mit dem ersten vorsichtigen Zug.

»Hat scho' passt«, war Bertls Konter mit einem schwarzen Bauern.

Sie hoben ihre Weißbiergläser, tippten die Böden mit einem leisen »Klonk« aneinander und während Charly nippte, nahm Bertl einen herzhaften Schluck. »Prost.«

Zug um Zug entwickelte sich ein Gespräch, in dem gemeinsame Spielszenen aufgearbeitet, Entschuldigungen für allzu rüde Attacken oder unglückliches Zweikampfverhalten ausgetauscht, die Stärken und Schwächen der beiden Mannschaften durchleuchtet und die Meisterschaftschancen des FC Bayern

München analysiert wurden. Irgendwann bestellte Bertl sich sein drittes Weißbier. Klonk, Prost.

Nach einem Umweg über Autos, Häuser und Arbeitsplätze gelang es Charly wie zufällig, das Gespräch auf die Firma Gessler zu lenken. Als Bertl erzählte, er arbeite schon lange beim Gessler und hoffe, dass das die nächsten Jahre so bleiben werde, ließ ihn Charly wissen, dass er im Rahmen der Ermittlungen zum Fall Bichler vor Kurzem bei Herrn Gessler vorstellig geworden war. Bertl bestellte sich das nächste Weißbier – Klonk, Prost – und begann zu erzählen. Seine Augen leuchteten, wenn er von seinem Betrieb sprach. Charly musste nur noch ab und zu eine kleine Frage ins Gespräch einstreuen, um die Ausführungen in der richtigen Richtung zu halten.

Vor 25 Jahren war Bertl als Werkzeugmacher zur Firma Gessler gekommen. Heute trug er ein enormes Maß an Verantwortung im Produktionsablauf und stellte eine Art Vorarbeiter dar. Den alten Spachtholz hatte er nicht mehr persönlich gekannt. Doch aus Erzählungen älterer Kollegen und von zahlreichen Firmenfeiern kannte Bertl sowohl die Geschichte des Unternehmens als auch die vom Raubmord am Firmengründer. Es sei zwar tragisch, aber irgendwie doch ein Glück für die Firma und damit auch für ihn gewesen, erklärte Bertl. Spachtholz sei ein alter Mann gewesen, der keine Veränderungen und keine Neuerungen gemocht oder auch nicht mehr den Mut dafür gehabt hatte. Er hätte den Betrieb so laufen lassen, wie er war und irgendwann wäre eben einfach Schluss gewesen. Klonk, Prost.

Aber Gessler als junger Ingenieur wollte mehr. Er kannte den Markt, er sah die Chancen und wollte modernisieren, sich spezialisieren und expandieren, ganz neue Geschäftsbeziehungen aufbauen und mit dem Ausland handeln. Er hatte beste Verbindungen, denn mit ihm hatte ein junger Mann aus Malaysia in Stuttgart Maschinenbau studiert und sich während der ganzen Studienzeit ein kleines, möbliertes Zimmer mit ihm geteilt.

Die Familie dieses jungen Mannes betrieb in Malaysia eine Fabrik, die sich rasant entwickelte und sich ebenfalls spezialisierte.

»Computerzubehör und irgendwelche Spezialmaschinen«, antwortete Bertl auf Charlys Frage, was die malaysische Firma herstelle. Diese Firma wurde zu Gesslers Hauptgeschäftspartner, als er damals Spachtholz' Betrieb übernahm. Innerhalb von ein paar Jahren war aus der Gessler GmbH ein blühendes Unternehmen geworden.

»Heut schaut's aber irgendwie nicht sehr blühend aus, hab ich den Eindruck«, warf Charly ein. Die ersten seiner Mannschaftskameraden machten sich auf den Heimweg, aber er wollte dieses Gespräch jetzt nicht beenden.

»Ja, irgendwann ist es denen in Malaysia auch nicht mehr so gut gegangen«, antwortete Bertl. Die Konkurrenz, die Dollarschwäche und noch einiges mehr hätten den Asiaten einige Jahre zu schaffen gemacht und damit habe sich auch die Gessler'sche Auftragslage immer weiter verschlechtert. Manche Worte musste Bertl schon etwas langsamer aussprechen, um sich nicht zu verhaspeln.

»Geh Rosl, bringst uns noch eins!« Klonk, Prost.

»Und wie geht's jetzt weiter mit'm Gessler?« Auch Charly merkte, dass er sich beim Sprechen schon stärker konzentrieren musste, und bestellte sich eine Brotzeitplatte mit einem zweiten Besteck, um nachträglich noch eine solide Grundlage zu schaffen.

Diese Asiaten hätten einen ganz komischen Ehrenkodex, erzählte Bertl weiter. »Wenn die jemanden persönlich kennen und schon lange mit dir Geschäfte machen, dann halten die an dir fest. Ein deutscher Geschäftspartner hätte sich vom Gessler schon lange verabschiedet. Aber nicht diese Japaner.«

Charly stellte fest, dass Weißbier unter Umständen Ländergrenzen aufzuheben vermochte. Die Brotzeitplatte wurde serviert und er bot Bertl das zweite Besteck zum Mitessen an. Der lehnte aber dankend ab. Klonk, Prost.

»Die ham no' eine Ehre im Leib! Verstehst, was ich dir sag: Eine Ehre ham die no' im Leib.« Bertls Zunge wurde immer schwerer. Er ließ sich nun doch dazu hinreißen, eine Scheibe Brot mit Schinken und einem Essiggürkchen zu belegen und herzhaft hineinzubeißen, vermutlich, um sein Geografiezentrum wieder zu ordnen.

Diese Japse hätten einen riesigen Auftrag von ihrer Regierung erhalten und planten jetzt ein ganz neues Werk. Und da wollten sie den Gessler mitkommen lassen. Es ging um den größten Auftrag, den die Firma Gessler je bearbeitet hatte. Nur konnte Gessler den geforderten Umfang mit der jetzigen Anlage nicht liefern und auch die Qualität nicht im geforderten Maße erreichen. So wie Bertl die Sache verstanden hatte, gab es für seinen Chef nur zwei Möglichkeiten: Entweder er baue an die bestehende Produktionshalle an und erweitere dadurch die Fertigungsstraße. Dann könnte er den Auftrag annehmen, die Firma wäre ausgelastet und die Arbeit über Jahre hinaus gesichert. Allerdings bräuchte er dazu das Feld, das an die Firma angrenzt, sonst ginge es nicht. »Oder er lehnt ab. Verstehst? Er sagt: Nein, kann ich nich machn.« Bertl wischte umständlich einen imaginären Malaien zur Seite. »Dann bleibt alles beim Alten. Der Betrieb läuft noch drei oder fünf Jahre, undannisschluß.«

Kurz überlegte Charly, ob er Bertl jetzt darüber belehren musste, dass er nichts sagen müsse, womit er sich selbst belasten könnte. Bertl brauchte noch mindestens für die nächsten zehn Jahre einen Arbeitsplatz und nach seiner Aussage von eben war der gefährdet. Was Bertls gesicherter Zukunft im Wege stand, war die Sturheit des Bichler-Bauern, der sein Feld nicht an Gessler verkaufen wollte. Aber als Motiv kam das natürlich für jeden Beschäftigten der Firma Gessler in Betracht, zumindest für die Älteren. Charly nahm sich vor, später noch einmal darüber nachzudenken.

Inzwischen hatten sich die letzten der Ebenhausener Spieler verabschiedet und somit auch seine Fahrgelegenheit, mit der er nach Haunwöhr angereist war. Aber egal, Charly wollte das Gespräch fortsetzen, solange er Bertl noch verstehen konnte.

»Kann der Gessler nicht woanders hingehen mit seiner Firma und was Neues aufbauen?«, fragte er den Verteidiger.

Dann würde sich der Auftrag nicht mehr rechnen, führte Bertl aus. Die Geschäftspartner mussten ihre Planungen abschließen und hatten Gessler eine Deadline für die Entscheidung gesetzt. Ende des Jahres wollten sie eine definitive Aussage. Soviel Bertl mitbekommen hatte, stünde für einen kompletten Neubau dann eh nicht mehr genug Zeit zur Verfügung.

»A Daedline, vaschdäsd! Diese …« Klonk, »mistigen Chinäs'n, blöder Bauer«, Prost.

Die Unterhaltung forderte inzwischen Charlys volle Konzentration. Da auch er schon beim dritten Weißbier war, konnte er Bertls Verbaleskapaden mitunter kaum noch folgen.

Nach einer kurzen Phase der Stille, die beide nutzten, um mit starren Blicken ihr Bier zu beobachten, brachte Charly das Gespräch auf das Thema Frauen. Er habe gehört, dass Gessler kein Kostverächter sei.

»Sssis mia wuascht, wer da mit wem schnaxelt, vaschdäst. Das interessiert mich nicht.« Den weiteren Ausführungen glaubte Charly entnehmen zu können, dass hin und wieder Gerüchte im Betrieb auftauchten. Man munkelte sogar etwas von einer Abtreibung, nachdem der Chef eine junge Arbeiterin geschwängert habe. Genaueres wusste Bertl aber nicht. Da müsse man schon die Berthold fragen, die sei der Feldwebel in der Firma. Angeblich habe auch sie selbst früher schon mal ein Verhältnis mit dem Chef gehabt. Ob das jedoch wirklich so war … Bertl zuckte mit den Schultern. »Da halt imiraus.«

Klonk, Prost! Jetzt reichte es Bertl. Kurz vor Mitternacht stand er auf, klopfte auf den Tisch und verabschiedete sich mit einem verwaschenen »Gut Nacht«. Auch Charly beglich bei der gähnenden Rosl seine Rechnung und verabschiedete sich von den zwei letzten verbliebenen Spielern, die dumpf in einer Ecke saßen und über das Vermögen von Michael Schumacher diskutierten.

Vor dem Vereinsheim sog Charly tief die kühle Nachtluft ein, die den verrauchten Bierdunst des Gastraumes aus seiner Lunge vertrieb. Während Bertl von seinem Bier jedes Mal getrunken hatte, als hätte er zuvor ohne Wasservorrat die Sahara durchquert, hatte Charly meist nur an seinem Glas genippt. Trotzdem waren es vier Weißbier geworden, die ihn jetzt leicht schwanken ließen. Mit vier Bier erreichte Charly schon unter normalen Umständen sein persönliches Limit. Nach den Anstrengungen eines Fußballspieles und nur mit einer halben Brotzeit im Bauch, wirkte das Grundnahrungsmittel besonders intensiv. Er fischte sein Handy aus der Jackentasche und wählte mit Mühe die Nummer der Taxizentrale auf den Tasten, die ihm an diesem Abend besonders klein vorkamen.

»Zur Polizei am Busbahnhof bitte«, wies er den Fahrer an, als nach zehn Minuten der bestellte Wagen aufgetaucht war.

Der Taxifahrer musterte Charly mit professionellem Blick. Wenn ein Angetrunkener mit einem blauen Auge um Mitternacht ein Taxi von einer dunklen Haunwöhrer Ecke zur Polizei brauchte, war er vermutlich ausgeraubt worden. Solche Fälle hatte er schon öfter erlebt und war dabei jedes Mal auf seinen Kosten sitzen geblieben. »Zeigen Sie mir erst mal Ihr Geld.«

Nachdem Charly ihm seine Barschaft gezeigt hatte, fuhr das Taxi los und der Fahrer begann über die Polizei zu schimpfen, die Autofahrer ständig mit Verkehrskontrollen piesackten, gegen derartiges Gesindel aber nichts unternahmen. Da sein Fahrgast noch im Besitz von Börse und Handy sei, handele es sich ja wohl nicht um einen Raub sondern um eine Schlägerei; wahrscheinlich aus purem Übermut habe wieder eine Bande

Jugendlicher auf einen wehrlosen Passanten eingeschlagen und sich einen Spaß daraus gemacht, ihn zu quälen. Charly könne froh sein, dass ihm nicht mehr passiert sei. Wenn er sich gewehrt hätte, hätten sie ihn bestimmt krankenhausreif geschlagen. Wahrscheinlich Ausländer, die sich nicht integrieren wollten. Betrunken und mit Drogen vollgepumpt. Flatrate-Party und so. »Aber die Polizei kassiert ja lieber bei Verkehrskontrollen ab.«

Der Kollege in der Wache sah Charly nur müde an, wunderte sich aber nicht weiter über den Typen von der Kripo, der um Mitternacht in die Dienststelle schlich. Im zweiten Stock war es dunkel und still. Gott sei Dank lag momentan offenbar kein Einsatz an, und der Bereitschaftsdienst schlief zu Hause in den Betten. Es war auch so schon ein sehr komisches und unangenehmes Gefühl, mit vier Weißbier in der Dienststelle herumzutappen. Charly setzte sich in sein Büro und schnappte sich sein Diktiergerät. Er wollte nicht bis Montag warten, sondern die neuen Erkenntnisse über Gessler und seine Firma in einem Gedächtnisprotokoll festhalten, solange die Erinnerung noch frisch war und er alles noch wusste, was ihm Bertl erzählt hatte.

Nach einer Stunde legte er die Kassette in die Kiste mit den Schreibaufträgen und rief sich vom Büro aus ein weiteres Taxi, auf das er unten vor dem Gebäude wartete. Sein Wunsch, es möge nicht derselbe Taxifahrer wie bei der Herfahrt kommen, wurde erhört. Allerdings ließ man ihn diesmal wissen, dass es kein Beinbruch sei, eine zeitlang ohne Führerschein auszukommen. Was sollte es denn auch sonst sein, wenn man nachts um eins einen Mann mit Fahne bei der Polizei abholen und nach Hause fahren mußte. Er solle sich nichts daraus machen.

Über die Mattscheibe flimmerten Sexclips, als Charly das Wohnzimmer betrat. Petra, bis zur Nasenspitze in ihre Decke eingewickelt, erwachte aus ihrem Tiefschlaf.

»Ah, Schorschi, bist wieder da vom Fußballspielen?«, murmlte sie.

Das hörte sich nachts um halb zwei nicht gut an. Charly brummte eine Bestätigung und zog sich rasch ins Bad zurück. Als er wieder herauskam, waren Fernseher und Licht aus, Petra lag im Bett und hatte ihren Schlaf wiederaufgenommen. Auch Charly legte sich hin und spürte, dass Knochen, Gelenke, Sehnen, Bänder Adduktoren und Muskelfasern langsam zu schmerzen begannen.

Montag, 27. Oktober

Wie üblich war Charly einer der Ersten auf der Dienststelle. Nur die Putzkolonne war schon fleißig. Die kleine freundliche Putzfrau, die sonst immer im zweiten Stock wischte, hatte anscheinend Urlaub, denn Charly traf auf ihre Vertretung, eine bulgarische Kugelstoßerin mit dem Gesichtsausdruck eines übermüdeten Pittbulls, die morgens um halb sieben kein »Guten Morgen« und schon gar kein Lächeln zustande brachte.

Die Begrüßung passte zu Charlys Stimmung, denn erholt war er nach diesem Wochenende nicht. Am Sonntagvormittag war Petra ein wenig sauer gewesen, nachdem er sich trotz unsäglicher Schmerzen aus dem Bett geschält hatte. Sie wollte ihm nicht glauben, dass sein Gaststättenaufenthalt nach dem Fußballspiel einer dienstlichen Notwendigkeit geschuldet war und dass er die vier Bier hatte trinken müssen, um so eine Art Vernehmung durchzuführen. Er hatte den Eindruck gehabt, sie fühlte sich sogar irgendwie verarscht, und darum erklärte er nichts mehr.

Gegen Mittag hatte sich Petras Laune gebessert und die beiden hatten beschlossen, einen geruhsamen Sonntag zu zweit mit Kaffeetrinken und Entspannen zu verbringen. Erst musste aber Julia zum Stall gefahren werden. Danach hatte Ludwig gemotzt, weil seine Schwester immer gefahren werde, während er immer selbst sehen müsse, wie er dorthin komme, wo er unbedingt hin musste. Also hatte Charly ihn in die Stadt gebracht, wo er mit irgendwem ins Kino ging. Kurz darauf war Charlys Schwager auf einen Sprung vorbeigekommen, weil er auf seinem Laptop immer eine unverständliche Fehlermeldung erhielt. Als das Problem nach einiger Zeit behoben war, tauchte Charlys Schwiegervater auf. Er hatte sich ein neues Handy bestellt und wollte Charly bitten, ihm sein Telefonbuch aus dem alten Handy einzugeben und ihm vielleicht nebenbei das neue Handy ein bisschen zu erklären. Als Charly anschließend Julia wieder vom Stall und Ludwig wieder aus der Stadt geholt hatte, war der geruhsame Sonntag vorbei, bevor er eigentlich angefangen hatte. Am Abend war Charly eine Dreiviertelstunde ganz langsam gejoggt, hauptsächlich um Zeit zum Nachdenken zu finden. Er hatte das Bedürfnis gehabt, seine wirren Gedanken im Fall Bichler zu ordnen, was ihm aber auch in den 45 Minuten nicht so recht gelungen war. Derart erholt saß Charly nun in seinem Büro und war gespannt, was der heutige Tag für ihn bereithalten würde.

Wie eine Flutwelle schwappte die Geschäftigkeit durch den Flur der Kripo, als kurz vor 07.00 Uhr die Kolleginnen und Kollegen eintrudelten. Sandra und Helmuth erschienen gut gelaunt im Büro. Helmuth hatte mit seiner Frau einen wunderbar ruhigen Sonntag verbracht und auch Sandra hatte am Sonntag ausgeschlafen, gelesen, Kaffee getrunken, gebadet, Musik gehört, ein Nickerchen gemacht und ein wenig im Internet gesurft. Es sei ihr beinahe langweilig geworden.

Charly stemmte seinen noch immer schmerzenden Körper in die Höhe und holte Kaffee für alle. Dann erzählte er ihnen von dem Gespräch mit Bertl Hack, wobei er die Begleitumstände allerdings nicht unnötig ausschmückte. »Unser Ignaz Gessler ist anscheinend so ein richtiger Frauenheld, der auch gegenüber seinen Angestellten im Betrieb keine Hemmungen kennt«, schloss er seinen Bericht.

Wie auf Stichwort betrat Margot das Büro und legte Charly das Gedächtnisprotokoll auf den Tisch, das er in der Nacht zum Sonntag diktiert hatte. Eine Süßigkeit war nicht dabei.

»Horch, Charly«, fränkelte Margot mit erhobenem Zeigefinger, »du musst amol die Badderien in dei'm Diggdiergeräd wechseln, des lallt ja so. Allmächt, ich hab's ja fast ned versteh könna.«

Charly hatte erst vor Kurzem neue Batterien ins Diktiergerät eingelegt. Trotzdem nahm er es sofort zur Hand, tauschte die Batterien aus und dankte Margöttchen für den Tipp. Ihr Angebot, die ›alten‹ gleich mitzunehmen, um sie im dafür vorgesehenen Sammelbehälter zu entsorgen, konnte er nicht ablehnen. Petra würde schimpfen wie ein Rohrspatz, wenn sie das wüsste.

Prüfend überflog er das Gedächtnisprotokoll. Entweder war er trotz der vier Weißbier in der Lage gewesen, einen sinnvollen und logisch aufgebauten Bericht zu diktieren, oder Margot hatte den Text wieder einmal umgestellt. Auf jeden Fall stand alles drin, was hineingehörte.

Während er mit Frau Gambrini-Steinmetz telefonierte, begann Sandra damit, sich in den alten Fall einzulesen. Helmuth hatte für sich die ersten 50 Seiten der Akten nochmals kopiert und fing ebenfalls an, den Schlussbericht durchzuarbeiten, um die Eckdaten in *STUPID* zu erfassen. Auch die Staatsanwältin hatte übers Wochenende ihre Hausaufgaben gemacht und den Altfall durchforstet.

»Jedenfalls wissen wir jetzt, wie's mit der Firma Gessler aussieht«, berichtete Charly und fasste die Aussagen von Bertl Hack für die Juristin zusammen. Gessler war zwar momentan die einzige Person, die man mit beiden Fällen in Verbindung bringen konnte. Aber für den Fall Bichler hatte er ein bombenfestes Alibi, das gerade von einem BKA-Beamten an der Deutschen Botschaft in Malaysia überprüft wurde.

Also verbrachten Charly, Sandra und Helmuth den weiteren Vormittag schweigend und lesend. Die konzentrierte Stille im Büro wurde nur vom Rascheln umgeblätterter Seiten, von Helmuths Tipp- und Klickgeräuschen und seinem gelegentlichen leisen Fluchen durchbrochen.

Stöbner und seine Kollegen hatten damals gründlich gearbeitet. Der 40-seitige, maschinengeschriebene Schlussbericht schilderte präzise den Ablauf der Ermittlungen und verwies für Detailauskünfte seitengenau auf die Vernehmungen und Vermerke in den folgenden Akten. Wie er es bereits im Gespräch erwähnt hatte, kam Stöbner nach allem Für und Wider in seinem Bericht zu dem Schluss, dass es sich um die Kurzschlusshandlung eines ertappten Einbrechers handelte. Für diese Variante sprachen nach Stöbners Darstellung vor allem die nur teilweise durchsuchte Wohnung, die entwendeten Wertgegenstände und die zweckentfremdete Tatwaffe. Auch die spärliche Spurenlage ließ sich damit erklären, dass der in Panik geratene Einbrecher vermutlich ohnehin Handschuhe getragen und zusätzlich nach der Tat alle relevanten Stellen abgewischt hatte. Tatsächlich hatte er der Spurensicherung, die damals noch nicht über die umfangreichen Methoden und Kenntnisse von heute verfügte, die wichtigste Grundlage entzogen. Schuhabdrücke waren aufgrund der trockenen Witterung nicht vorhanden. Eventuelle Faserspuren konnten nur einem Vergleich mit der Kleidung eines Tatverdächtigen dienen und auswertbare Fingerspuren konnten am Aschenbecher und am Wohnzimmerschrank nicht mehr gesichert werden. An verschiedenen Stellen im Wohnzimmer fanden sich Fingerspuren von Spachtholz, dessen Frau und auch von Gessler. Er hatte sich allerdings zuvor immer wieder berechtigt in der Wohnung des Ehepaares Spachtholz aufgehalten, wenn es kurzfristig betriebliche Details zu besprechen gab. Damit war die damalige Palette an Spurensicherungsmaßnahmen erschöpft.

In einem zweiten Ordner fanden sich kopierte Schwarzweißfotos und verblasste Tatortskizzen. Charly war seit 24 Jahren bei der Polizei und diese Akten waren zehn Jahre vor seinem Eintritt angelegt worden. Er stellte sich die Kollegen vor, wie sie mit einer *Rolleicord* Rollfilmkamera und Blitzwürfeln hantierten. Mit einer solchen Kamera hatte er ja selbst noch die ersten Unfälle fotografiert. Und dann Skizzen gezeichnet, die im Lichtpausverfahren mit ätzendem Ammoniak und einer Neonröhre sekundengenau belichtet wurden. Es hatte zu dieser Zeit und auch bei seinem Dienstantritt noch keinen Computer auf den Dienststellen gegeben, dafür einen Fernschreiber: einen Holzkasten von der Größe eines Klaviers, auf dem man zwischen Buchstaben und Zahlen oder Sonderzeichen jeweils hatte umschalten müssen, sonst kam nur unleserliches Kauderwelsch heraus. Dabei war ein Lochstreifen mitgetuckert, den man morgens um vier zerschnitten und wieder zusammengeklebt hatte, um daraus einen Lagebericht zu basteln. Außerdem musste man das halbe Funker-Codebuch auswendig kennen, um eine Gutquittung zu erzwingen und so sein Fernschreiben endlich abzusetzen. Im Zeitalter von E-Mail und Internet, von elektronischem Fernschreibversand, Kopieren und Einfügen, Suchen und Ersetzen, nicht mehr vorstellbar. Es war irgendwie ein anheimelndes Gefühl, diese alten Akten zu lesen. Man konnte den Kopien förmlich ansehen, dass die Originale nach Carbon und Stempelfarbe rochen. Damals musste man sich noch vor dem Schreiben überlegen, wie viele Durchschläge man benötigte, ob man hinter dem Original sieben oder acht butterbrotpapierähnliche Seiten mit Kohlepapier in die Maschine quetschte. Einfach einen Ausdruck mehr oder eine Kopie zusätzlich hat es damals noch nicht gegeben.

»Hallo, Erde an Charly!« Helmuth fuchtelte mit beiden Armen vor Charly herum. Offenbar versuchte er schon seit geraumer Zeit, Charlys Aufmerksamkeit zu erregen. Aber Charly war so sehr in seine Gedanken an früher vertieft gewesen und so beeindruckt von der Vorstellung, welche Entwicklung er bei der Polizei schon mitgemacht hatte, dass er die Frage seines Kollegen nicht gehört hatte.

»Was denn?«

»Was mach ma denn heut Mittag?«

»Keine Ahnung, da hab ich noch nicht nachgedacht, mir wurscht.«

»Hey, diese Frau sagen, so Döner wär ned so schlecht, oder?« Helmuth deutete auf Sandra und die nickte zustimmend.

»Okay! Von mir aus.«

»Hey, voll gut, Mann. Du holst!« Es war jetzt 11.00 Uhr und Charly versprach, in einer halben Stunde Döner zu besorgen. Bis dahin studierte er weiter die Akten. Er las Gesslers damalige Vernehmung und auch die Aussagen der anderen Beteiligten. Gessler hatte angegeben, sich zur Tatzeit in der drei Kilometer entfernten Firma aufgehalten zu haben und dort in seinem Büro mit Plänen für neue Werkstücke beschäftigt gewesen zu sein. Aus einem Aktenvermerk ging hervor, dass derartige Pläne tatsächlich in Gesslers Büro auflagen und darauf mehrere handschriftliche Änderungsvermerke mit Datumsangaben des Tattages zu sehen waren. In weiteren Vernehmungen waren alle Betriebsangehörigen und die Witwe des Getöteten global nach allen möglichen Personen aus dem Umfeld von Johann Spachtholz befragt worden. Dabei war Gessler immer wieder als engagierter und fachkundiger Ingenieur beschrieben worden, dem das Wohl und Weh des Unternehmens persönlich am Herzen lag. Ein Mann, der trotz seiner leitenden Funktion ein offenes Ohr für die Sorgen und Nöte der Mitarbeiter hatte und mit dem man reden konnte. Aus zwei oder drei Aussagen war ersichtlich, dass Frauen offenbar seine Schwäche waren und er von Zeit zu Zeit einer hübschen Arbeiterin oder einer Angestellten unverhohlen schöne Augen gemacht hatte.

Um 11.30 Uhr pfiff Helmuth die Titelmelodie aus *High Noon* und tippte dazu im Takt. Also stand Charly auf und machte sich auf den Weg zu *Mehmets Dönerparadies* in der nahegelegenen Fußgängerzone. Kurz darauf betrat er den Laden direkt hinter einem Schüler, ausweislich eines verschmierten Aufklebers auf seinem Rucksack ein Angehöriger der Oberprima eines nahegelegenen Gymnasiums. Er trug eine Jeans, die Charly zur Gartenarbeit angezogen hätte, wenn nicht der Zwickel zwischen den Kniekehlen gebaumelt wäre. Auf den Nato-olivfarbenen Rucksack, dessen Riemen er über die hängenden Schultern gestreift hatte und der auf Höhe seines Hinterns hing, hatte er mit schwarzem Filzstift »Fuck the Army« und »Frei statt Bayern« gekritzelt.

»Hallo, susammen«, sagte Mehmet.

»Mahlzeit!«, sagte Charly.

Der bayerische Schüler sagte nichts.

»Was darf's denn sein?«, fragte Mehmet den Gymnasiasten.

»Schülerdöner«, nuschelte der Oberschüler in seinen Flaum.

Mehmet bereitete den Schülerdöner zu, mit viel Fleisch, viel Soße und viel Salat zu einem billigeren Preis. Damit hoffte er offenbar, die heranwachsende Kundschaft dem schädigenden Einfluss der Leberkäs-Semmeln zu entreißen.

»Gute Appetit, servus«, sagte Mehmet.

»Tschüss«, sagte der bayerische Schüler, und Charly spürte einen Stich in seinem dialektalen Herzen.

»Was darf ich Ihnen geben?«, fragte ihn der Dönerverkäufer dann.

»Drei Döner, bitte«, bestellte Charly. »Einmal mit ohne scharf und ohne Zwiebel«, der war für Sandra, »einen ganz normal mit allem und scharf«, der war für Helmuth, »und einen mit viel scharf, extra Soße und viel Zwiebel, bitte.« Der war für Charly.

Der Döner war ein Gedicht. Auch wenn Charly ständig darauf achten musste, den gefüllten Brotfladen in der durchweichten Papierserviette über dem Teller zu halten, damit die Extra-Soße nicht wieder auf seiner Jeans landete. Das Büro roch wie ein türkisches Spezialitätenrestaurant. Mehmet war für seine knoblauchhaltige Soße über die Stadtgrenzen hinaus bekannt und beliebt, und Charly war froh, dass heute nur noch Aktenstudium auf dem Plan stand, denn er hatte bestimmt einen Atem wie ein ostanatolischer Dorfältester. Als Sandra aufstand, um für alle Kaffee zu holen, flog die Tür auf und Barsch erschien im Türrahmen.

»Um 13.00 Uhr Besprechung für alle im Kaffeezimmer, okay?« Er rümpfte die Nase. »Und macht's mal 's Fenster auf, das ist ja furchtbar.«

Ihnen blieb gerade noch genug Zeit, die Teller und die Papierservietten aufzuräumen und die Extra-Soße von der Schreibtischplatte zu wischen.

In dem vollbesetzten Kaffeeraum fanden sie auf der Eckbank neben dem Kühlschrank Platz. Kurz nach ihnen betraten Barsch, Dienststellenleiter Garn und der Direktionsleiter, Polizeidirektor Rubin, das Zimmer. Garn nötigte Rubin unter krampfartigem Lächeln und unzähligen Bitteschön-Herr-Polizeidirektors auf einen Stuhl und nahm dann selbst am Kopfende des Tisches Platz. Barsch setzte sich links neben ihn.

»Sehr geehrter Herr Polizeidirektor«, begann Garn, »liebe Kolleginnen und Kollegen, ich darf Sie in unseren Räumen herzlich begrüßen. Wir haben diese Besprechung einberufen, weil wir in unserem Fall, der in der Öffentlichkeit und in den Medien großes Aufsehen erregt, einen Ermittlungserfolg zu vermelden haben. Näheres dazu sagt uns jetzt der verantwortliche Leiter der Ermittlungen, Kollege Barsch.«

Barsch räusperte sich und drückte das Kreuz durch. »Nun, gestern Nachmittag konnten Mitglieder unserer AG Kiara das Opfer, Kiara Bierschneider, allein sprechen, ohne dass ihr Vater oder ihre Mutter dabei waren. Bei diesem Gespräch hat Kiara aufgrund des hohen Ermittlungsdruckes, den wir aufbauen konnten, nach einiger Zeit zugegeben, dass die ganze Sache frei erfunden war.«

Gemurmel brandete auf, einige Kollegen klatschten in die Hände, andere schlugen auf den Tisch und wieder andere ließen hörbar die Luft ab und lehnten sich erleichtert zurück.

Barsch hob die Hände. »Kiara hat gegenüber den Mitgliedern unserer Arbeitsgruppe gestanden …« – Charly fragte sich, warum er die Namen der vernehmenden Beamten nicht nennen wollte. Vermutlich würde das von seinem eigenen Verdienst ablenken – »…, dass sie sich die Geschichte ausgedacht hat, um die Aufmerksamkeit ihrer Eltern zu erhalten. Die Briefe hat sie selbst geschrieben und auch die Schnitte hat sie sich selbst zugefügt.« Barsch lehnte sich mit einem zufriedenen Gesichtsausdruck ebenfalls zurück. »Ich bin sehr froh«, fuhr er getragen fort, »dass wir damit diesen arbeitsaufwendigen und ermittlungsintensiven Fall zum Abschluss bringen können. Es hat sich am Ende ausgezahlt, dass wir von Anfang an in jede Richtung ermittelt haben und wir uns nicht durch den Druck von Außen oder von den Medien beeinflussen ließen. Nur so konnten wir diesen schon erwähnten Ermittlungsdruck aufbauen, der schließlich dem angeblichen Opfer keine andere Wahl mehr ließ, als sein Lügengerüst einzugestehen.«

Wieder brandete zustimmendes Gemurmel auf und diesmal gebot Garn mit wedelnden Armen Ruhe.

»Ich habe bei der Direktion angeregt, allen Mitgliedern der AG Kiara eine Leistungsprämie zu gewähren«, verkündete er und sah dabei Polizeidirektor Rubin an wie ein Kaninchen die Schlange. Als der PD-Leiter verhalten nickte, sprach Garn weiter: »Ihr alle habt in letzter Zeit gute Arbeit abgeliefert, die schließlich zum Erfolg geführt hat. Das soll sich jetzt mal für euch auszahlen. Danke für das von euch gezeigte Engagement.« Das französische Fremdwort sprach er aus, als hätte er eine heiße Kartoffel im Mund.

Die Kollegen applaudierten und stimmten ihrem Dienststellenleiter zu.

An Rubin gewandt fragte Garn: »Ich weiß jetzt nicht, sollen wir eine Pressekonferenz abhalten? Wir könnten den Bierschneider so richtig auflaufen lassen.«

Der Direktionsleiter schüttelte den Kopf und ergriff das Wort: »Ich gratuliere Ihnen allen zu dieser Fallaufklärung und möchte Ihnen im Namen der Direktion für die geleistete Arbeit danken. Wir dort oben wissen natürlich, dass die Familie Polizei nichts wäre ohne die Ermittler und die Beamten an der Basis, die ihre kriminalistische Erfahrung, ihr ermittlungstechnisches Know-how, ihre Arbeitszeit, manchmal sogar ihre Freizeit, und vor allem ihr Herzblut einsetzen, um solche Erfolge zu erzielen. Natürlich steht die Direktion dem Antrag ihres Dienststellenleiters auf Gewährung einer Leistungsprämie sehr wohlwollend gegenüber.«

Garn war den Tränen nah und Barsch einige Zentimeter gewachsen.

»Eine Pressekonferenz werden wir jedoch nicht abhalten«, setzte Rubin seine Ansprache fort. »Diese ganze Aktion ist ja ein Hilferuf eines Teenagers und wir werden da jetzt nicht auch noch den Finger in die offenen Wunden legen. Da stehen wir doch drüber. Wir werden lediglich eine kurze Pressemeldung absetzen, vier oder fünf Zeilen an die Agenturen und die örtlichen Redaktionen. Was die dann draus machen, ist deren Sache. Für uns ist der Fall abgeschlossen.«

Garn nickte so entschlossen, als hätte sich der Direktionsleiter endlich in seinem Sinne geäußert. »Genau, Herr Polizeidirektor, richtig. G'rad wollt ich's sagen.«

»Wie geht es denn jetzt in dem anderen Fall weiter, im Fall Bichler?«, wollte Rubin wissen.

»Na ja«, meldete sich Barsch zu Wort, »da jetzt die Mitglieder der AG Kiara wieder frei sind, könnte der Kollege Paul …«

»Ich weiß ja, dass es mich eigentlich nichts angeht«, unterbrach ihn der Direktionsleiter, »aber ich hätte gern, dass der Kollege Valentin die Ermittlungen weiterführt. Er und sein

Team haben sich mittlerweile bestimmt so tief in die Fakten eingearbeitet, dass es vermutlich einen großen zeitlichen Verzug darstellen würde, wenn sich ein anderer das alles jetzt nachträglich anlesen müsste.«

»Genau, Herr Polizeidirektor«, pflichtete ihm Garn bei, »äh, dings ... Paul, du holst dann mal bitte diese Flip-Dings für den äh, den Charly aus dem AG-Raum.«

Rubin wandte sich an Charly: »Wie können wir Ihnen denn helfen, Kollege Valentin, und wie ist der Stand der Dinge?«

Charly war überrascht und nicht darauf vorbereitet, in dieser Runde das Wort zu erhalten. »Tja, ... ähh ... pff«, stotterte er. »Also, am meisten wäre uns geholfen, wenn wir vom Tagesgeschäft befreit wären und uns nur um unseren Mordfall kümmern könnten«, antwortete er. Als er zu sprechen begann, zogen Garn, Barsch und noch einige andere Kollegen die Nasen hoch.

»Das ist doch die Höhe!«, zischte Garn. Er schüttelte entrüstet den Kopf und wollte noch weiterschimpfen, als Charly zu einer Entschuldigung ansetzte.

»Verzeihung, Herr Rubin, aber wir wussten ja nicht, dass heute noch ...«

Mit einem Lächeln winkte Rubin ab: »Mehmets Spezial-Dönersoße, oder?« Er legte Daumen und Zeigefinger der rechten Hand aufeinander und küsste die Fingerspitzen. »Ab und zu muss es einfach sein.«

Dann forderte er Charly auf, weiterzumachen. Charly umriss so kurz wie möglich und so ausführlich wie nötig den aktuellen Stand der Ermittlungen. Als er über die DNA-Spur berichtete, die den Bogen zu dem früheren Fall spannte, unterbrach ein Tarzanschrei und ein dreimaliges kurzes Summen seinen Vortrag. Charly spürte, wie er rot wurde, murmelte erneut eine Entschuldigung und fischte sein Handy aus der Hosentasche. Er hatte eine SMS erhalten.

›Konnst du mi heit zum reitn fahn???‹ leuchtete auf dem Display und oben drüber stand ›Nachricht von Julia‹.

Er kannte seine Tochter; wenn er sich nicht meldete, würde sie es sofort noch einmal versuchen und noch einmal und noch einmal – und jedes Mal würde sie dafür zahlen. Während er sich unterbewusst Sorgen um die sprachliche und rechtschreibtechnische Zukunft der Handygeneration machte, tippte Charly so schnell er konnte eine Antwort: ›Jetzt nicht‹ – Senden.

Dann legte er das Handy auf den Tisch. »Und da taucht eben auch wieder die Firma Gess…«

Tarzanschrei. Nachricht von Julia: ›Naa, um fünfe.‹

Er schaltete das Handy aus und wollte seinen Bericht vollenden.

Garn schüttelte ungläubig den Kopf. Wie konnte man sich in Gegenwart des Herrn Polizeidirektor nur so aufführen! »Also, weißt, Charly, das ist eine Frechheit!«

»Entschuldigung, tut mir leid! Meine Tochter muss zum Reiten und sucht einen Chauffeur.«

Garn wurde bleich. Sein Mund öffnete sich und man konnte sehen, dass ihm Worte einer scharfen, missbilligenden Zurechtweisung im Kopf herumschwirrten und den Weg nach draußen suchten.

Doch bevor er etwas sagen konnte, lachte Rubin: »Ach ja, ich kenn das. Meine Tochter reitet auch. Da kommt man sich manchmal vor wie der Fahrdienst einer Prinzessin. Wo reitet denn Ihre Tochter?«

Es entwickelte sich ein kurzes Fachgespräch über reitende Töchter und fahrende Väter, dem die übrigen Beamten einschließlich Garn und Barsch zum Teil ungläubig, zum Teil leidenschaftslos folgten. Dann beendete Charly seine Fallschilderung und Rubin sicherte ihm die volle Unterstützung der Führung zu. Damit war die Besprechung beendet.

Zwei Kollegen der ehemaligen AG Kiara begleiteten auf Barschs Weisung hin Charly in sein Büro und er erklärte ihnen, was bei den liegengebliebenen Fällen bereits veranlasst war. Gerade als sie unter protestähnlichen Hinweisen auf die schlechte Luft das Zimmer mit dem Aktenstapel verließen, brachte Paul die Flip-Chart und stellte sie ab. Zu einem Danke kam Charly nicht, denn sein Telefon klingelte.

»Riederer, *DonauKurier*. Servus, Charly.«

Das gibt's doch nicht, dachte Charly. Gerade erst hatte er vom Ende des Falles Kiara erfahren, da wusste es der Lokalreporter auch schon.

»Na, wer hat denn jetzt Recht gehabt, Charly?«, fragte der Journalist. »Bei der Kiara, mein' ich. Du hast es doch gleich gesagt, oder?«

»Hör bloß auf, Hubert. Kein Wort bitte. Die Frau Dorothea zerreißt mich in der Luft, wenn ich dazu jetzt irgendeinen Kommentar abgebe.«

Doch Charly musste sich keine Sorgen machen. Er erfuhr von Riederer, dass ihm der verantwortliche Redakteur bereits mitgeteilt hatte, dass aufgrund der Vielzahl von anderen wichtigen Meldungen für die Nachricht im Fall Kiara kein Platz in der morgigen Ausgabe zur Verfügung stehen würde. Auch nicht in einer der nächsten Nummern und auch nicht am Wochenende. »Übrigens ein Schulfreund von Bierschneider, mein Redakteur.«

Obwohl Riederer mehrmals und auf verschiedenen Wegen nach Gessler, dessen Firma und dem alten Fall fragte, ließ sich Charly nicht zu irgendeiner Aussage bewegen. Tatsächlich hatte bisher niemand daran gedacht, die Presse offiziell über den Zusammenhang mit dem Raub von früher zu informieren. Aber das war eindeutig Sache der Staatsanwaltschaft, da wollte sich Charly völlig raushalten. Als Riederer endlich aufgab, beeilte sich Charly aufzubrechen, um seine Tochter zum Reiten zu bringen.

Zehn Minuten, nachdem er die Dienststelle verlassen hatte, traf ein Fax vom Schusswaffenerkennungsdienst des Bundeskriminalamtes ein. Helmuth überflog den kurzen Text, pfiff leise durch die Zähne und legte das Blatt in den Eingangskorb.

Dienstag, 28. Oktober

Es war empfindlich kühl an diesem Morgen und es regnete immer wieder. Charly fröstelte in seinem kurzärmligen Lieblingshemd, das er wohl zum letzten Mal tragen konnte, bevor er zu seinem langärmligen Lieblingshemd wechseln musste. Aber nicht nur deshalb war er an diesem Morgen schlecht gelaunt. Es hatte schon gestern Abend zu regnen begonnen und auf dem Schotterweg zum Reitstall mit den großen Pfützen und Löchern hatte er den frisch gewaschenen Wagen wieder völlig versaut. Zudem hatte Julia nach dem Reiten an ihren Stiefeln den Sand der halben Reithalle mit ins Auto gebracht und die fuchsbraunen Haare ihres Lieblingsreittieres auf dem Beifahrersitz verteilt. Im Auto roch es wie auf einer Ranch. Zum Abendessen hatte er dann Sojakeimlinge, Bambussprossen und Rohkost mit einem grobkörnigen *Vital-und-Gesund-*Dip und jeder Menge stillem Mineralwasser genießen dürfen. Zu guter Letzt war der romantische Ausklang, den er sich in Gedanken für den Abend ausgemalt hatte, am Knoblauchgeruch von Mehmets Döner gescheitert.

Kein Wunder also, dass er heute brummig und muffig war. Das Einzige, was Charly an diesem Morgen freute, war der leere Platz auf seinem Schreibtisch, wo gestern noch der Stapel von Alltagsfällen auf sein Sachbearbeitergewissen gedrückte hatte. Stattdessen stand jetzt eine Flip-Chart im Büro. Sandra hatte auf das erste Blatt zwei Kreise gemalt und den einen mit ›Fall Bichler‹, den anderen mit ›Fall Spachtholz‹ bezeichnet. Drum herum hatte sie die Namen von Personen und Spuren drapiert, die in den Fällen auftauchten und diese mit den jeweiligen Fällen durch Linien verbunden. Einen dritten Kreis, oder so etwas ähnliches wie einen Kreis, hatte sie mit ›unbekannte DNA‹ beschriftet und mit beiden Fällen verbunden, wobei auf der Linie zum Fall Bichler das Wort ›Waffe‹ stand, auf die Verbindung zum Fall Spachtholz hatte sie ›Fingernägel‹ geschrieben. Die einzige Person, von der aus Striche zu beiden Fällen führten, war Gessler, dessen Name unten auf dem Blatt stand. Ganz unten in die Ecke hatte Helmuth geschrieben: ›Wer das liest, ist *STUPID*‹.

»Ist gestern noch gekommen, nachdem du weg warst«, brummte Helmuth und reichte Charly das Fax des BKA. Es handelte sich um das vorläufige Ergebnis der Historie der Tatwaffe. Die Browning war 1982 in Belgien hergestellt und in den asiatischen Raum exportiert worden. Rechtmäßiger Besitzer war zuletzt ein Hoteleigentümer in Kuala Lumpur, dem die Waffe 1995 bei einem Einbruch in seine Villa gestohlen worden war. Seitdem fehlte von der Pistole jede Spur.

»Aha«, sagte Charly tonlos, als hätte er einen Auszug aus der letzten Regierungserklärung gelesen.

»Kuala Lumpur ist die Hauptstadt von Malaysia«, erklärte Helmuth.

»Aha«, sagte Charly noch einmal, wobei er diesmal das hintere »a« betonte und in die Länge zog. Mit hochgezogenen Augenbrauen las er das Fax nochmals durch.

»Das ist ja ... ein Mosaiksteinchen!«, stellte er fest und ging zur Flip-Chart. Zwischen die beiden Fälle zeichnete er einen weiteren, recht unvollkommenen Kreis, in den er ›Malaysia‹ schrieb. Dann zog er einen Strich zu dem Wort ›Waffe‹ und einen zweiten Strich zum Namen ›Gessler‹.

»Okay, sehr interessant«, resümierte Charly beim Betrachten seines Werkes. »Doch zuerst müssen wir unsere Hausaufgaben fertig machen, dann schauen wir weiter.«

Jeder vertiefte sich also schweigend noch einmal in die Akten des alten Falles, um letzte Vernehmungen und Vermerke zu lesen, und eine Zeit lang wurde die konzentrierte Stille nur vom Surren der Neonröhren durchbrochen.

Nachdem er den Rest der Ermittlungsakten gelesen hatte, rief Charly bei Frau Gambrini-Steinmetz an. Er wollte die Staatsanwältin dazu bringen, einen Durchsuchungsbeschluss für die Wohnung und die Firma des Ignaz Gessler zu erwirken.

»Das ist aber sehr dürftig, was wir da haben«, nörgelte sie.

»Durch die DNA-Spur wissen wir, dass die beiden Fälle zusammengehören. Bis jetzt ist Gessler die einzige Person, die in beiden Verfahren auftaucht«, erwiderte Charly.

»Kann ein dummer Zufall sein.«

»Die DNA von der Waffe stammt nicht vom Bichler und in der ganzen Bichler-Wohnung findet sich kein Hinweis auf einen Lagerplatz für eine Pistole. Wir müssen also davon ausgehen, dass der Täter die Waffe mitgebracht hat.«

»Kann sein, muss aber nicht.«

»Die Pistole wurde 1995 in Malaysia gestohlen, und Gessler ist andauernd geschäftlich in Malaysia unterwegs.«

»Das sind 1000 andere Geschäftsleute auch.«

»Wenn der Gessler in dem Fall irgendwie drinhängt, dann gehen wir davon aus, dass die Waffe aus Gesslers Umfeld stammt und wir bei einer Durchsuchung Hinweise darauf finden, woher diese Waffe stammt.«

»Gessler hat ein Alibi.«

»Das erst noch überprüft werden muss. Außerdem sind auch Anstiftung und Beihilfe möglich.«

»Gewagte These!«

»Sind Sie schlecht drauf heute?« Die ständigen Gegenreden der Anklägerin nervten Charly.

»Entschuldigung, kann schon sein. Mich friert's und ich sitz hier mit der Robe in meinem Büro, weil ich keine Jacke dabei habe. Mich ärgert immer der Tag, an dem ich einsehen muss, dass ich meine kurzärmligen Lieblingsblusen gegen meine langärmligen Lieblingsblusen austauschen muss.«

Charly verbiss sich gerade noch die Frage, ob sich gestern Abend ihre romantischen Erwartungen auch nicht erfüllt hatten.

Da gab sich Frau Gambrini-Steinmetz einen Ruck: »Also gut, schreiben Sie mir das so zusammen, dass ich es einem Richter verklickern kann, dann versuche ich, einen Durchsuchungsbeschluss zu bekommen. DNA dürfte das kleinere Problem sein.«

Nach dem Telefonat saßen sie zu dritt vor Charlys Computer und feilten an einem verständlichen und logisch aufgebauten Text für einen Beschlussantrag. Wäre es nach Helmuth gegangen, wäre alles mit drei Sätzen erledigt gewesen. Charly hingegen wollte zu ausführlich formulieren. Bei all dem Für und Wider wurde klar, dass ein Durchsuchungsbeschluss tatsächlich auf sehr wackligen Beinen stand. Sandra war es, die den goldenen Mittelweg beschritt und aus Helmuths und Charlys Beiträgen die treffenden Formulierungen wählte. Nach einer Stunde hatten sie einen Beschlussantrag kreiert, den sie guten Gewissens der Staatsanwältin vorlegen konnten. Sandra schnappte sich einen Ausdruck, ließ Charly unterschreiben und machte sich auf den Weg zu Frau Gambrini-Steinmetz.

Durch einen Schlag mit der flachen Hand auf die leichte Wölbung seines karierten Hemdes zeigte Helmuth an, dass ein derartiges Maß an geistiger Arbeit hungrig machte. Nach kurzer Beratung zog er los und besorgte Leberkäs-Semmeln.

Nachdem sie ihr traditionelles Mahl abgeschlossen hatten, kehrte Sandra mit den ausgefertigten Beschlüssen für die Durchsuchungen und die DNA-Probe zurück. Sie aß zu Mittag nur einen mitgebrachten Apfel und erhielt daraufhin von Helmuth einen Vortrag über die Gefahren von Magersucht und Bulimie. Die Belehrung endete erst, als Sandra versprach, am Abend griechisch essen zu gehen.

Nach dem Apfel besprachen sie bei einer Tasse Kaffee das weitere Vorgehen. Vermutlich war Gessler um diese Zeit in der Firma anzutreffen. Darum wollte Charly zusammen mit Helmuth die Durchsuchung im Betrieb durchführen. Sandra und ein weiterer Kollege vom K1 sollten zur Wohnung fahren und mal sehen, was dort auszurichten sein würde.

Es hatte aufgehört zu regnen und zwischen den schnell ziehenden, grauen Wolkenfetzen blitzte immer öfter die Sonne hindurch. Helmuth hatte sich die Schlüssel geschnappt und sich hinters Steuer gesetzt. Schon bald wurde Charly klar, dass Helmuth zu dem Typ Autofahrer gehörte, der ihn regelmäßig auf die Palme brachte.

Gleich hinter der Dienststelle mussten sie in der Dreizehnerstraße an einer roten Ampel halten. Als sie auf Grün umschaltete, gab Helmuth Gas und bog noch vor dem Gegenverkehr und vor den Fußgängern nach links in die Harderstraße ab. Charlys Finger schlossen sich um den Türgriff. In der Harderstraße beschleunigte Helmuth, weil die nächste Ampel schon auf Gelb schaltete. Er fuhr knapp bei Rot durch. Einige Schüler, die gerade den Fußgängerweg gegenüber betraten, schreckten zurück, als der Audi durchschoss. Am Ende der Harderstraße überholte Helmuth einen Radfahrer, der dann abbremsen musste, um nicht gegen den Audi zu stoßen, der unmittelbar vor ihm nach rechts in die Kupferstraße einbog.

»Übrigens: Mei' Frau arbeitet doch im St.-Josefs-Altenheim in Gerolfing«, begann Helmuth während seiner Fahrmanöver zu plaudern. »Und von daher kennt sie die Sekretärin vom Gessler.«

Am Zebrastreifen in der Kupferstraße warteten die Passanten geduldig, bis der Audi durchgefahren war. Vermutlich hatten sie erkannt, dass der Wagen bei der leicht überhöhten Geschwindigkeit auf dem nassen Kopfsteinpflaster gar nicht mehr rechtzeitig anhalten konnte. Nur ein älterer Herr mit einer braunen Aktentasche reckte die Faust in den Himmel und schimpfte dem Dienstwagen hinterher.

»Diese Frau Berthold kommt jeden Samstag ins Heim und beschäftigt sich mit den alten Leuten.«

Charlys Finger begannen zu schmerzen.

Nach der neuen Donaubrücke hatte sich ein Stau auf der Rechtsabbiegerspur gebildet. Helmuth fuhr links daran vorbei und hielt vorne an der roten Ampel an. Als sie auf Grün schaltete, zwängte er sich nach rechts in eine viel zu kleine Lücke und bog ab. Der Hintermann hupte und Charly musste sich zwingen, mit dem Zähneknirschen aufzuhören, um keinen Gebissschaden zu erleiden.

»Sie liest ihnen aus der Zeitung vor, spielt mit ihnen Mensch-ärger-Dich-nicht oder hört ihnen einfach zu.«

Ein zustimmendes Brummen war alles, was sich Charly zu äußern traute, ohne Gefahr zu laufen, die Beherrschung zu verlieren. Stattdessen versuchte er, sich auf die bevorstehende Durchsuchung zu konzentrieren.

»Ehrenamtlich. Die ist bei den Alten richtig beliebt. Die warten schon immer auf sie.« Helmuth überholte noch einen Kleinwagen, der zwar selbst schon deutlich schneller fuhr als erlaubt, dessen Geschwindigkeit aber Helmuth offenbar für die breite Ausfallstraße zu niedrig erschien. Dann erreichten sie, Gott sei Dank, die Firma. Einer der Kundenparkplätze vor dem Eingang war frei und Helmuth stellte den Audi dort ab. Seit geraumer Zeit hatte Charly die Lippen aufeinander gepresst, um nichts zu sagen, was er hinterher eventuell bereuen würde. Langsam löste er seine verkrampften Finger vom Türgriff und stieg erleichtert aus. In einer Pfütze neben dem Wagen stehend blinzelte er in die grelle Herbstsonne.

Frau Berthold trug diesmal ein elegantes, aber schlichtes Kostüm und Charly stellte fest, dass sie darin noch jünger und flotter aussah, als in dem Trachtenlook vom letzten Mal. Die Mitteilung über die bevorstehende Durchsuchung nahm sie mit einer kurzzeitig hochgezogenen Augenbraue, aber ansonsten ungerührt entgegen. Gessler war in der Firma unterwegs und nach drei Telefonaten hatte Frau Berthold ihn erreicht.

»Was liegt an, meine Herren? Grüß Gott«, rief er schon vom Flur aus, den er mit dynamischen Schritten durchmaß, während er unterm Gehen in sein Sakko schlüpfte. Er legte ein Paar Arbeitshandschuhe auf dem Schreibtisch seiner Sekretärin ab und reichte den Kriminalern die Hand. Charly übergab ihm eine Abschrift des Durchsuchungsbeschlusses, ließ ihm dann aber kaum Zeit zum Durchlesen, bevor er ihm die Situation erklärte.

»Wie ... äh ... was hoffen Sie denn zu finden?«, fragte Gessler verdattert.

»Haben Sie eine Schusswaffe?« Charly hatte sich für die direkte Konfrontation entschieden. Vielleicht konnte er den selbstsicheren Geschäftsmann aus der Reserve locken oder ihm zumindest die Möglichkeit nehmen, sich eine Story zurechtzulegen.

Und tatsächlich wurde Gessler bei der Frage zuerst bleich und dann rot. Nervös wanderte sein Blick von Charly zu Helmuth und wieder zurück, dann rang er sich zu einer Antwort durch. »Ja, ich habe eine.«

»Marke?«

»Browning, glaub ich.«

»Nach unseren Erkenntnissen haben Sie aber keine behördliche Erlaubnis dafür.«

Gessler ließ die Schultern sinken. »Sie haben recht, ich habe dafür keinen Waffenschein oder was ich auch immer dafür brauche.«

»Waffenbesitzkarte«, belehrte ihn Helmuth, der mit verschränkten Armen im Türrahmen lehnte.

Gessler sah ihn verständnislos an. Dann straffte er sich wieder. Und als hätte er für sich entschieden, dass der illegale Besitz einer Schusswaffe gar nicht so verwerflich war, begann er unaufgefordert die Herkunft der Pistole zu erklären. »Während einer Geschäftsreise in Malaysia ist mal das Gespräch auf das Thema Selbstschutz gekommen.« Er zuckte mit den Schultern. Seine Geschäftspartner wären sehr überrascht gewesen, dass er als international agierender Geschäftsreisender nicht im Besitz einer Waffe war. Sie vermittelten einen Kontakt, und er kaufte einem kleinen Asiaten in einem speckigen grünen Anzug die Pistole ab, die später mit der Geschäftspost, eingearbeitet in eine kleine Holzkiste, nach Deutschland geschickt worden war. »Ich habe vor Jahren zwei- oder dreimal in einem Steinbruch damit geschossen und sie seitdem nicht mehr benutzt.«

»Und wo is' jetz'?« Helmuth war mit der Frage schneller als Charly, der noch über eine subtilere Formulierung nachdachte, doch das Ergebnis war dasselbe. Gessler deutete in Richtung seines Büros und ging voraus.

Zu Charlys Überraschung öffnete er dort eine schmale Tür in der Holzvertäfelung, die sie beim ersten Besuch im Chefbüro gar nicht wahrgenommen hatten. Dahinter lag ein schmaler, länglicher Raum, der an ein altmodisches Pensionszimmer erinnerte. Durch ein Fensterchen an der Stirnseite des Zimmers ließ die Herbstsonne, wenn die Wolkenfetzen es zuließen, den weißen Spitzenvorhang aufleuchten und machte strahlenweise den Staub in der Raumluft sichtbar. Unter dem Fenster stand ein Nachttisch samt Reisewecker und daneben an der Wand ein schmales Bett, das mit einer bieder geblümten Tagesdecke verhüllt war. Ein nicht ganz mannshoher, dreitüriger Kleiderschrank im Stil der siebziger Jahre nahm den größten Teil der anderen Längsseite ein. Gessler öffnete die linke der drei Schranktüren. Er deutete auf einen flachen Karton mit dem Bild einer Südtiroler Bergkapelle und dem Aufdruck ›Ravensburger Puzzle – 2000 Teile‹. Ein handschriftliches Klebeetikett wies den Inhalt als ›Privat‹ aus.

Als er sich nach dem Karton bückte, hielt Charly ihn zurück. Er streifte sich blaue Einweghandschuhe über, nahm den

Karton selbst aus dem Schrank und öffnete den Deckel. Die Schachtel war leer. Das heißt, leer war nicht richtig, denn in der Schachtel befanden sich ein ölfleckiger Baumwolllappen, ein kleines Fläschchen mit Waffenöl, eine runde Reinigungsbürste und vier Patronen vom Kaliber 7,65mm. Eine Pistole aber lag nicht darin, in dieser Hinsicht war die Schachtel leer.

Gesslers Kinn klappte nach unten. Ungläubig stierte er in die Schachtel, die Charly ihm entgegenhielt. »Ich bin genauso überrascht wie Sie, meine Herren«, war das Erste, was ihm dazu einfiel. »Da hat wohl jemand mein Vertrauen missbraucht.«

»Oh, ich weiß, wie Sie sich jetzt fühlen müssen«, säuselte Helmuth im Stile eines Telenovela-Soziologen und erntete dafür einen höchst ärgerlichen Blick von Gessler und einen tadelnden von Charly.

»Wir haben Ihre Pistole gefunden. Sie lag in der Hand vom toten Bichler.«

Die Überraschung zwang Gessler in die Knie. Er ließ sich ächzend nach hinten aufs Bett plumpsen und sah Charly mit großen Augen an. »Aber ... das ist doch ...«

»Haben S' da irgendeine Erklärung dafür?«

»Nein! Wie denn? Ich war doch zu der Zeit gar nicht da, ... war in Malaysia.«

»Vielleicht haben S' die Waffe vorher jemand gegeben?«

»Nein!«

»Vielleicht mit dem Auftrag, den Bichler zu erschießen.«

»Quatsch!« Gessler sprang wieder auf, fuchtelte mit den Armen und wurde laut. »Was wollen Sie mir denn da unterstellen? Müssten Sie mir nicht jetzt meine Rechte vorlesen?«

»Sie schau'n zu viele amerikanische Krimis«, bemerkte Helmuth lapidar.

Charly erklärte, das seien alles nur Routinefragen, und man befinde sich immer noch bei einem so genannten informatorischen Gespräch. Wenn er allerdings genauer darüber nachdachte, hatte Gessler natürlich recht. Aber wenn ein Tatverdächtiger darauf hingewiesen wurde, dass er keine Aussage machen müsse und keine Fragen zu beantworten brauche, hatte das oft zur Folge, dass die Klienten wirklich nichts mehr sagten. Daher entschied Charly für sich, dass er aus rechtlicher Sicht mit der Belehrung noch ein wenig warten konnte. Stattdessen fragte er mit Blick auf die Patronen in der Schachtel, ob diese Gesslers gesamten Besitz an Munition darstellten.

»Ein paar Patronen waren beim Kauf dabei. Das meiste davon habe ich damals im Steinbruch verballert. Im Magazin waren noch ein paar Schuss und das hier ist der Rest. Ich hab nie Munition gekauft.«

»Das macht's auch nicht besser«, brummte Helmuth und Charly hätte ihn für diese unnötige Äußerung und die unprofessionelle Art, mit der er zeigte, wie sehr ihm Gessler zuwider war, am liebsten geohrfeigt.

»Ich glaub, ich ruf jetzt meinen Anwalt an.« Gessler war nicht mehr der sympathische, joviale Geschäftsmann. Er hatte sich in einen schwitzenden, wutschnaubenden Bluthochdruckpatienten verwandelt, der sich nunmehr weigerte, den Kriminalern weiter Auskunft zu geben. Zwar dachte er zunächst noch über eine Antwort nach, als Charly, der unterdessen die Puzzleschachtel in einen Plastikbeutel verpackte, ihn fragte, wer von den Arbeitern und Angestellten im Betrieb diesen Raum kenne. Dann schaltete er aber auf stur und verkündete trotzig, dass er sich hier in unzulässiger und vor allem ungerechter Weise als Verdächtiger behandelt fühle und daher jetzt gar nichts mehr sagen werde. Mit vorgeschobenem Kinn und durchgedrücktem Kreuz fragte er: »Bin ich jetzt verhaftet?«

Charly verneinte und wies darauf hin, dass lediglich der Beschluss zur Speichelprobe noch zum Vollzug anstehe und Gessler verpflichtet sei, diese Prozedur über sich ergehen zu lassen. Widerwillig reckte der Firmeninhaber den Hals, riss wie beim Zahnarzt den Mund auf, und Charly fuhrwerkte ihm mit der kleinen Wattebürste am Ende des Holzstäbchens in der Mundhöhle herum.

»Dann kann ich jetzt wohl gehen?«, fragte Gessler mit hochrotem Kopf, als die DNA-Probe gesichert war. »Ich werde in der Fertigung gebraucht.«

Charly fiel kein Grund ein, warum Gessler nicht hätte gehen können. Sie hatten gefunden, was sie zu finden gehofft hatten, und zu zweit die komplette Firma zu durchsuchen war von vorneherein utopisch. Also nickte er. Gessler drehte sich um und stapfte mit wehendem Jackett davon.

»Warum verhaft' ma'n ned?«, wollte Helmuth wissen.

»Weil wir bis jetzt noch gar nix beweisen können. Und für'n Bichler hat er wahrscheinlich ein Alibi.«

»Hätt ma ned wenigstens noch sein Büro und den Schreibtisch durchsuchen sollen?«, hakte Helmuth nach.

Doch Charly winkte ab. »Da finden wir nichts Interessantes. Dass er Kontakt mit dem Bichler g'habt hat, gibt er ja offen zu. Und wenn's wirklich was gibt, was keiner sehen darf, dann versteckt er's nicht hier. Der is' ja nicht blöd, der Gessler. Außerdem: Diese Schachtel«, er hob den Plastikbeutel mit der Puzzleschachtel in die Höhe, »die haben wir hier nur gefunden, weil er wahrscheinlich wirklich nicht g'wußt hat, dass die Pistole weg ist. Sonst hätt' er doch die Schachtel auch verschwinden lassen. Ich glaub, der hat gar nicht mehr dran gedacht, dass er eine Pistole im Schrank liegen hat – oder gehabt hat.«

Die Ermittler durchquerten das Chefbüro und traten ins Vorzimmer, wo Charly wieder der Lavendelduft seiner Kindheit entgegenschlug. Von Gessler war nichts mehr zu sehen, aber die Sekretärin saß hinter ihrem Schreibtisch und war sichtlich darum bemüht, die ob des theatralischen Abganges ihres Brötchengebers kurzzeitig verloren gegangene Contenance wiederzugewinnen.

»Frau ... äh ... Berthold, richtig? Sie kennen das Zimmer neben dem Büro vom Chef?«, fragte Charly.

»Natürlich!« War der Papst katholisch? Sie schaffte es, in der kurzen Antwort zum einen Verwunderung, zum anderen ein gerüttelt Maß an Empörung darüber, dass ihr als der zentralen Schaltstelle im Betrieb diese Frage gestellt wurde, mitklingen zu lassen.

»Was erfüllt denn dieses Zimmer für einen Zweck?«

Man konnte förmlich sehen, wie sich ihr Verstand mit der Abwägung aller Konsequenzen beschäftigte: Verriet sie Betriebsgeheimnisse? Bestanden arbeits- oder tarifvertragliche Hemmnisse, die der Beantwortung entgegenstanden? Konnte der Chef etwas dagegen haben? War sie aufgrund der betriebsinternen Hierarchie nicht zur Antwort befugt? Doch die blitzschnelle Analyse fiel zugunsten der Polizeibeamten aus.

»Oft arbeitet der Chef bis spät in die Nacht in seinem Büro oder in der Halle. Grad wenn's um neue Konstruktionspläne oder Umbauten für eine neue Produktionsreihe geht. Dann mag er nicht wegen ein paar Stunden heimfahren, b'sonders dann nicht, wenn's ganz früh wieder weiter geht. Dann schläft er in dem Zimmer. Ich kümmer mich drum, dass in dem Kleiderschrank immer zwei frische Anzüge hängen, dass Hemden, Krawatten, Socken und Schuhe da sind und am Waschbecken Zahnpasta und Rasierschaum.«

»Wer in der Firma kennt denn das Zimmer?

»Keine Ahnung, aber vermutlich wissen die meisten, dass es dieses Zimmer gibt.«

»Woher?«

Frau Berthold zuckte mit den Schultern: »Selber gesehen, gehört, was weiß ich.«

»Das Zimmer und das Büro vom Chef sind nach Feierabend versperrt, nehm ich an.«

»Das Zimmer kann man gar nicht zusperren und das Büro vom Herrn Gessler ist auf. Wir arbeiten in zwei Schichten bis um halb elf.«

Charly fiel auf, dass die Sekretärin ›wir‹ sagte, obwohl sie bestimmt nicht bis halb elf arbeitete. Aber sie war ein fester Teil der Firma und identifizierte sich damit.

»Da kommt es öfter mal vor, dass jemand aus der Spätschicht etwas auf einem Plan nachschauen muss, der beim Chef im Büro liegt«, erklärte Frau Berthold weiter. »Für Sachen, die niemand sehen soll, gibt's einen absperrbaren Aktenschrank und eine Schreibtischschublade.« Sie zupfte mit einem Ruck den Kragen ihres Kostüms zurecht, rollte ihren Stuhl ein wenig nach vorn und nahm einen Kugelschreiber und einen Geschäftsbrief zur Hand. Es war das unmissverständliche Zeichen, dass sie dieses Gespräch für beendet betrachtete. Übersetzt aus dem Nonverbalen hieß es in etwa: Sie finden den Weg hinaus ja alleine!

Beim Hinausgehen rief Helmuth über die Schulter nach hinten: »Da ist übrigens kein Rasierschaum mehr da.«

Während der Rückfahrt registrierte Charly Helmuths Verkehrseskapaden gar nicht. Zu sehr war er in Gedanken mit Gessler beschäftigt. Hätte er ihn doch festnehmen sollen? Aber dann müssten Staatsanwaltschaft und Gericht mitziehen. Ansonsten konnte er ihn nur eine Nacht lang in eine der Zellen im Erdgeschoss sperren, um ihm die Ernsthaftigkeit seiner Situation vor Augen zu führen. Aber blinder Aktionismus und Säbelrasseln waren nicht Charlys Stil. Lieber noch ohne Festnahme ermitteln und dann richtig zuschlagen. Wobei Charly aber schon fast überzeugt war, dass Gessler mit dem Tod vom Bichler nichts zu tun hatte. Es war zwar mit ziemlicher Sicherheit Gesslers Pistole, mit der Bichler erschossen worden war, jedoch wusste Gessler von diesem Umstand anscheinend nichts, sonst hätte er nicht die Schachtel mit dem Zubehör im Schrank gelassen. Außerdem war da immer noch sein Alibi, dessen Bestätigung aus Malaysia zwar noch ausstand, bei dem Charly aber nicht mit Überraschungen rechnete. Und der alte

Fall? Na ja, wie das alles zusammenhing, musste sich erst noch zeigen. Vielleicht gab es dafür eine Erklärung, die jetzt nur noch niemand in Betracht gezogen hatte. Und überhaupt war ja noch gar nicht bewiesen, dass es sich bei der DNA-Spur aus den beiden Fällen wirklich um Gesslers DNA handelte. Allerdings rückten die bisherigen Verdächtigen, die Bichler-Söhne, Frau Heuschreck, der Pferde-Gustl, der Bauernverband und der Gewerbeverband, deutlich in den Hintergrund.

Sandra war kurz vor ihnen auf die Dienststelle zurückgekehrt. Die Aktion in Gesslers Wohnhaus hatte wie erwartet keine entscheidenden Hinweise gebracht. Das Haus war eine kleine Villa, errichtet in der Zeit, als die Gessler GmbH ihren Höhepunkt erlebte. Seit der Scheidung vor acht Jahren bewohnte der Hausherr jedoch nur noch ein paar Räume des großzügigen Gebäudes. Die Durchsuchung des bewohnten Bereiches war schnell erledigt gewesen, denn Gessler war erkennbar kein Freund vom Horten privater Erinnerungen oder dem Sammeln unbedeutender Kleingeistigkeiten. Ein Arbeitszimmer gab es nicht, denn Gessler hielt sich offenbar mehr in seiner Firma auf als dort, in seinem Zuhause.

Am interessantesten hatte Sandra das Gespräch mit der Aufwartefrau gefunden. Offenbar schien sie erfreut über die Abwechslung. Ohne zu fragen, hatte sie Kaffee gekocht und die Beamten auf ein Schwätzchen in die Küche gebeten.

Was für ein Glück, dass sie zufällig da sei, denn sie komme ja nur dienstags und freitags. Früher sei sie jeden Tag gekommen. Aber das waren ja andere Zeiten gewesen, als die gnädige Frau noch hier wohnte. Die gnädige Frau sei schon eine vornehme Dame gewesen. Frau von Hocheitel habe größten Wert auf Anstand und Etikette gelegt. »Drum hat's auch immer ein bisschen gefunkt zwischen den beiden, weil der Herr Gessler ist ja so mehr der bodenständige Typ, der mit ihren Konzerten, ihren Partys und mit den ganzen durchgeknallten Künstlern und den ›überkandidelten Kunstsachverständigen‹, wie er ihre Gäste immer nannte, nichts anfangen konnte.« Sie rieb ihr Kinn und dachte nach. Es sei schon eine komische Ehe gewesen, recht ... kühl ... und auch kinderlos. Nur damals, als der gnädigen Frau ihr Vater, der Herr Regierungsdirektor, Gott hab ihn selig, starb und sie das ganze Geld erbte, da sei das Verhältnis ein wenig liebevoller geworden und der Herr Gessler habe mehr Zeit mit seiner Gemahlin verbracht, habe sich gemeinsam mit ihr die Konzerte angehört und auf ihren Partys die exaltierten Gäste begrüßt. Aber trotz der Erbschaft sei dann die Firma vom Herrn Gessler immer schlechter dagestanden, soweit man das eben als einfache Haushälterin beurteilen könne. Jedenfalls seien die gemeinsamen Konzertbesuche wieder weniger und die Streitereien mehr geworden und schließlich habe die gnädige Frau vor acht Jahren die Konsequenzen gezogen und sich von ihrem Mann getrennt.

Sandra fiel auf, dass sie eigentlich noch keine einzige Frage gestellt hatte und trotzdem die Beziehungsgeschichte des Herrn Gessler schon kannte. Die Zugehfrau war eine sehr praktische Zeugin. Als die Erzählung allerdings auf den verstorbenen Mann der Aufwartefrau ausuferte, hatte Sandra der guten Seele für den Kaffee gedankt und die polizeiliche Maßnahme beendet. Mit einer Frisbee-Bewegung warf sie jetzt einen Strafzettel auf Charlys Schreibtisch.

»Hast du deinen von der Observation schon erledigt? Nein? Gut. Dann können wir das miteinander machen. Vor der Villa Gessler ist nämlich auf beiden Seiten Halteverbot, aber das hab ich natürlich nicht gesehen.«

Charly legte den Strafzettel in seine Schreibtischschublade zu seinem eigenen. Helmuth sah ihm zu und grinste von einem Ohr bis zum anderen.

Bei den Spurensicherern herrschte dicke Luft. Garn hatte am Morgen angekündigt, ihnen zusätzliche Aufgaben zu übertragen, da er der Meinung war, sie seien zu wenig beschäftigt. Mit hängenden Schultern und finsteren Gesichtern lümmelten sie auf ihren Stühlen vor den Kaffeetassen und demonstrierten unmissverständlich die Enttäuschung darüber, dass ihre Arbeit und ihr Beitrag zum großen Ganzen offenbar nicht ausreichend erkannt und gewürdigt wurde. Trotzdem erhob sich Fischer sofort und nahm von Charly die Puzzleschachtel im Plastikbeutel entgegen. Er schob die zehn oder zwölf anderen Spurenfälle auf seinem Schreibtisch ein wenig zur Seite und legte die Schachtel auf dem freien Platz ab, mit dem Versprechen, sie bevorzugt zu bearbeiten. Nur war momentan das Labor von zwei anderen dringenden Fällen belegt. Aber all das wusste der Chef nicht, oder er wollte es nicht wissen.

Zurück im Büro überbrachte Barsch seinem Mitarbeiter ein Fernschreiben. »Hab ich für dich geholt, aus Wiesbaden.« Dann stutzte er und wedelte mit dem Blatt. »Also, das Fernschreiben ist aus Wiesbaden. Geholt hab ich es natürlich nur aus'm Geschäftszimmer.«

Charly, Sandra und Helmuth konnten sich einen spontanen Lacher nicht verkneifen. Der Kommissariatsleiter winkte beleidigt ab und verschwand.

Das Fernschreiben enthielt den Bericht des Verbindungsbeamten in Malaysia, der diesmal außerordentlich schnell reagiert hatte. Dem Aktenvermerk war zu entnehmen, dass wie erwartet die Geschäftsleute in Malaysia Gesslers Anwesenheit bestätigten. Man hatte am Samstagvormittag ein befreundetes Unternehmen besichtigt, hatte nachmittags ein Elefanten-Polospiel besucht und sich am Abend zu einem gemeinsamen Essen im *Sheraton* getroffen. Das Alibi war beinahe lückenlos, zumindest aber so dicht, dass Gessler definitiv nicht zur fraglichen Zeit in Knoglersfreude gewesen sein konnte.

»Und wie geht's jetzt weiter?«, wollte Sandra wissen.

Das war die Frage, die sich auch Charly gestern Abend beim Joggen gestellt hatte. Auf den letzten Metern seiner Laufstrecke hatte er dann seine Meinung gefasst. Aber er wollte die Fakten noch einmal mit Sandra und Helmuth durchsprechen und sehen, ob sie zu dem gleichen Ergebnis kämen.

»Also, was haben wir bis jetzt?«, begann er und zählte unter Zuhilfenahme seiner Finger auf: »Der Bichler wurde mit einer Pistole erschossen, die vermutlich – oder höchstwahrscheinlich, das wird sich noch rausstellen – dem Gessler gehört und aus dem Schrank in der Firma stammt.« Zwei Finger waren schon belegt. Dritter Finger: »Der Gessler war zur Tatzeit nicht in Deutschland und hat, so wie's ausschaut, auch gar nicht gewusst, dass seine Pistole weg ist.« Nächster Finger: »Wie das alles mit dem alten Fall zusammenhängt, wissen wir noch gar nicht.« Kleiner Finger: »Eine Verbindung von den ersten Verdächtigen, Bichler-Buben, Heuschreck und so weiter, zum Gessler haben wir noch nirgends festgestellt. Ich glaub also mittlerweile eher, dass der Täter mit der Firma Gessler zusammenhängt. Was können wir also als Nächstes tun?«

Sandra führte die Aufzählung an ihren Fingern weiter. »Einen Erben für seine Firma hat der Gessler nicht. Also ist jeder der Mitarbeiter in der Firma gleich verdächtig, denn jeder hat das gleiche Motiv: Wenn's die Firma nicht mehr gibt, gibt's auch seinen Arbeitsplatz nicht mehr. Das ist natürlich bei den jüngeren nicht ganz so schlimm und bei den über 60-Jährigen auch nicht. Aber trotzdem würde ich sagen, wir sollten alle Firmenangehörigen befragen. Alibi, Zugehörigkeit und so weiter.«

Helmuth kratzte sich am Kopf. »Das sind 40 oder 50 Personen. Wisst ihr, wie lang das dauert?«

»Egal«, wischte Charly den Einwand beiseite. »Sandra, du probierst bitte, ob du von deinem Säbelzahntiger eine Mitarbeiterliste bekommst. Und dann überlegt ihr euch einen Fragenkatalog für die Vernehmungen.« Das war genau das Ergebnis, auf das Charly auch am Ende seines Waldlaufes gekommen war. »Ich werd die Gambrini-Steinmetz informieren und den Klaus bitten, uns Leute für die Befragung zur Verfügung zu stellen.«

Doch bevor er die Staatsanwältin anrufen konnte, klingelte das Telefon und der Beamte aus dem Aquarium unten in der Wache teilte mit, dass ein gewisser Herr Gessler in eigener Sache mit Charly sprechen wolle. Er habe auch einen Anwalt dabei.

Der Firmenchef betrat das Büro hinter seinem Rechtsbeistand und begrüßte die Ermittler ausgesprochen kühl. Dann setzte er sich auf den Stuhl, den ihm sein Anwalt anmaßend und selbstgefällig zugewiesen hatte. Der Anwalt selbst hatte zunächst seinen Trenchcoat über Charlys Stuhllehne gehängt, seinen Aktenkoffer auf Charlys Schreibtisch geknallt, ihn geöffnet und daraus einen dünnen Aktendeckel und einen schwarzgoldenen Kugelschreiber entnommen. Anschließend setzte er sich auf den anderen freien Stuhl, schlug die Beine übereinander, klickte die Mine des Kugelschreibers heraus und sah Charly an.

»Herr Valentin, nehme ich an«, sagte Bierschneider, konfliktfreudiger Rechtsanwalt, umtriebiger Stadtrat und Kiaras pressewirksamer Vater.

Charly nickte und lehnte sich zurück, wobei er hoffte, möglichst viele Knitterfalten in Bierschneiders Trenchcoat zu bügeln.

»Hier ist meine anwaltschaftliche Vollmacht, die ich Sie bitte, zu den Akten zu nehmen«, fuhr Bierschneider fort. »Mein Mandant möchte eine Erklärung zu Protokoll geben. Er räumt ein, am Ableben des Johann Spachtholz im Jahr 1975 beteiligt gewesen zu sein. Wir haben jetzt eine Stunde

Zeit, Ihre Fragen zu beantworten, dann habe ich den nächsten Termin am Landgericht und mein Mandant wird nach Hause gehen.«

»Das wollen wir erst mal sehen«, protestierte Charly, »immerhin handelt's sich um ein Tötungsdelikt.«

»Die Sache ist verjährt.«

»Mord verjährt nicht.«

»Wir sprechen von Körperverletzung mit Todesfolge.«

»Das ist doch lächerlich.« Charly ahnte Übles.

Von Anfang an war Bierschneiders Ton anmaßend und arrogant gewesen, jetzt klang er noch herablassender: »Aus Ihrer beengten Perspektive mag es Ihnen durchaus lächerlich erscheinen, das kann und will ich jetzt auch gar nicht ändern. Auf jeden Fall ist der Vorgang mit der Staatsanwaltschaft – wie sie ja wissen, die Herrin des Ermittlungsverfahrens – erörtert und es besteht mit der Verfolgungsbehörde Konsens dahingehend, dass pro forma ein Verfahren wegen Körperverletzung mit Todesfolge gegen meinen Mandanten eingeleitet wird, das jedoch nach der Vernehmung aufgrund der Verjährung eingestellt werden wird. Ich bitte Sie also jetzt, diese Vernehmung durchzuführen. Wie ich bereits sagte, unsere Zeit ist begrenzt.«

Ganz tief in sich spürte Charly Aggression aufsteigen, die sich, nunmehr als solche erkannt und professionell unterdrückt, vorerst nur in einem kräftigen und beinahe schmerzhaften Aufeinanderpressen der Kieferknochen äußerte. ›Juristen-Aufguss‹, schoss es ihm durch den Kopf. Natürlich: gestern war Dienstag. Einen besseren Termin für die Aktion bei Gessler hätten sie gar nicht wählen können, denn alle 14 Tage am Dienstag trafen sich die lokalen Heroen der Justiz und der Rechtspflege in der Sauna des städtischen Hallenbades. Führende Köpfe der Staatsanwaltschaft, Richter, die Ingolstädter Anwaltsprominenz, Notare und dergleichen plauderten wie römische Senatoren, befreit von Roben und Talaren, von Hitze und Dampf beflügelt, über Lokalpolitik, städtische Skandale und Gerüchte, Kreuzfahrten, Golfplätze und Autos mit vier Ringen. Böse Zungen behaupteten ab und an, dass in derlei Schwitzorgien und danach bei süffigem Bier und edlem Wein auch durchaus die Chancen einer Klageerhebung in der einen oder anderen delikaten Angelegenheit ausgelotet wurden, dass gesprächsweise und unverbindlich die Bereitschaft zu Verhandlungen über das Strafmaß in diesem oder jenem Verfahren getestet wurde, dass verklausulierte Angebote vorgetragen oder die Grenzpflöcke für Kompromisse eingeschlagen wurden, oder dass ein Jurist aus der Praxis der täglichen Rechtsprechung um seine kompetente Begutachtung eines aktuellen Sachverhaltes gebeten wurde.

Auch Bierschneider war Saunafreund. Vermutlich hatte Gessler ihn gestern noch von der Durchsuchung und dem Vorwurf unterrichtet und ihm die Geschichte von früher offenbart, woraufhin der Rechtsanwalt beim abendlichen Saunagang das seine getan hatte, um die Sache in die rechten Bahnen zu lenken.

Bierschneider sah demonstrativ auf seine Rolex, und da Charly in der momentanen Situation nichts anderes übrig blieb, nahm er sein Diktiergerät zur Hand, belehrte Gessler pflichtgemäß darüber, dass er bei der Polizei keine Angaben zu machen brauche, und begann dann mit der Vernehmung. Stockend und mit unsicherer Stimme, was so gar nicht zu der Erscheinung des agilen Geschäftsmannes passte, begann Gessler, immer wieder unterbrochen von seinem Verteidiger, der jeweils die rechte Hand leicht anhob und daraufhin eine Passage selbst formulierte, über das Geschehen von damals zu berichten.

Er war als junger Ingenieur in das Unternehmen des Johann Spachtholz eingetreten und hatte die Verantwortung für den Produktivbereich übernommen. Die Firma Spachtholz war ein Traum für einen fähigen Techniker gewesen. Ausbaufähig in jede Richtung, von den Arbeitsabläufen, die optimiert werden mussten, über Arbeitsmethoden, die zur Steigerung der Produktivität modernisiert und effizienter gestaltet werden konnten, bis zur Erweiterung der Produktpalette und zur Spezialisierung. Und Gessler hatte damals die Ideen, das Knowhow und sogar die Verbindungen zu potenten Geschäftspartnern, um die Firma ganz gewaltig voranzubringen. Doch der alte Spachtholz war ein einfacher Handwerker, für den das höchste Glück war, einer täglichen Arbeit nachgehen zu können. Wenn er dabei genug Geld verdiente, um seinen einfachen, anspruchslosen Lebensunterhalt zu bestreiten, so war ihm das genug. Gessler hingegen wollte mehr.

»Schließlich ging es ja auch damals schon um Arbeitsplätze«, schob Bierschneider ein.

Spachtholz hatte Gesslers Ideen und Vorschläge in mehreren Diskussionen kategorisch abgelehnt. Zuletzt verbat er sich sogar weitere Gespräche zu diesem Thema. An jenem Samstagabend wollte Gessler einen letzten Anlauf wagen. Er hatte eine Mappe mit umfassenden Berechnungen unter den Arm geklemmt, als er das Haus seines Chefs betrat. Aus seinen Aufzeichnungen ging eindeutig hervor, dass der Betrieb problemlos und ohne unternehmerisches Risiko vergrößert werden konnte, bis zum zwei- oder sogar dreifachen des augenblicklichen Umsatzes. Er hatte alles genau durchgerechnet und wollte die Zahlen schwarz auf weiß vorlegen. Spachtholz kam ihm in der Diele entgegen, die Daumen hinter die Hosenträger geklemmt, und dirigierte ihn ins Wohnzimmer. Sie setzten sich an den gefliesten Tisch und Gessler öffnete seine Mappe. Schon als er Spachtholz den Grund für seinen Besuch eröffnete, zeigte dieser sich sehr gereizt. Dennoch ließ er seinen Angestellten mit der Zahlenparade beginnen. Mitten im Vortrag des Ingenieurs jedoch erhob sich Spachtholz und mit einer abfälligen Handbewegung wischte er die Blätter mit den Zahlenkolonnen vom Tisch. »Ein für alle Mal, Herr

Gessler: Ich bin hier der Chef und ich sage, in meiner Firma wird nichts verändert. Und das ist jetzt mein letztes Wort. Und wenn Ihnen das nicht passt, Herr Ingenieur, dann müssen Sie sich eben nach einer anderen Stelle umsehen. Ich werde Sie nicht aufhalten!« Gessler war verblüfft und überrascht und wusste nicht, was er noch sagen sollte. Diese Borniertheit, diese Sturheit, ja diese Dummheit – das konnte doch nicht wahr sein. »Bei mir gibt es diesen modernen Firlefanz nicht«, zeterte Spachtholz weiter. »Der Betrieb bleibt, wie er ist. Keine Veränderungen, sag ich. Nur über meine Leiche!« Dabei wendete er sich von Gessler ab.

»Da hab ich dann den Aschenbecher ...«, berichtete Gessler, doch Bierschneiders erhobene Hand gebot ihm Schweigen.

»Streichen Sie die letzte Bemerkung, das mit der Leiche mein ich«, korrigierte der Anwalt. »Mein Mandant verspürte in diesem Moment nur noch Frustration und Enttäuschung, da seine absolut realistische Geschäftsidee derart mit Füßen getreten wurde. Aus dieser extremen emotionalen Anspannung heraus entwickelte sich ein durch meinen Mandanten nicht mehr zu beherrschendes Maß an Aggression.«

Das konnte Charly nun gut nachvollziehen. Er schätzte, er stand selbst ganz kurz vor dieser emotionalen Anspannung.

»Mein Mandant griff nach dem Aschenbecher auf dem Wohnzimmertisch und wollte ihn eigentlich nur auf dem Boden zerschlagen, um seiner Aggression Luft zu machen. Aufgrund eines augenblicklichen Kontrollverlustes, sozusagen ein nicht steuerbarer Reflex, schlug mein Mandant mit dem Aschenbecher dann in Richtung des Herrn Spachtholz und traf ihn dabei unglücklich am Hinterkopf.«

Spachtholz drehte sich noch um und versuchte sich festzuhalten. Er war aber durch den Schlag so benommen, dass er nach hinten stürzte und mit der linken Schulter an den Wohnzimmertisch prallte. Auf dem Rücken kam er zwischen Tisch und Kanapee zum Liegen, keuchend und stöhnend.

Gessler machte zwei Schritte nach vorne und beugte sich über den alten Mann, der ihn aus trüben Augen ansah. Mit einem plötzlichen Ruck schnellten die knochigen Hände nach oben und umklammerten Gesslers Hals mit einer panischen, nur aus Todesgefahr erwachsenden Kraft. »Mörder«, keuchte er.

»Ich hatte den Aschenbecher noch ...«

Wieder unterbrach Bierschneider die Ausführungen. »Löschen Sie das mit dem Mörder. Mein Mandant befand sich natürlich immer noch in dieser emotionalen Ausnahmesituation. Zudem war er jetzt noch erschüttert von dem, was er selbst getan hatte, ohne es zu wollen. In dieser Lage, absolut unfähig, die Situation auch nur annähernd rational zu analysieren, sah er sich einem lebensbedrohendem Angriff des Herrn Spachtholz ausgesetzt, der ihm die Kehle zudrückte. Der reine Selbsterhaltungstrieb veranlasste meinen Mandanten, mit dem Aschenbecher, den er noch in der Hand hielt, erneut zuzuschlagen, um sich aus dieser Situation zu befreien. Er traf dabei Herrn Spachtholz wieder am Kopf.«

Charly war so fassungslos, dass er mit offenem Mund und großen Augen von Bierschneider zu Gessler blickte und dabei vergaß, die Aussage auf Band zu sprechen. Erst als der Verteidiger auf seine Rolex tippte und eine auffordernde Geste vollführte, drückte Charly den Aufnahmeknopf. Er überlegte kurz, ob er sich einfach weigern konnte, diese Aussage aufzunehmen. Aber schließlich war es eine offizielle Beschuldigtenvernehmung und der Sinn einer derartigen Aussage war ja, dem Tatverdächtigen Gelegenheit zu geben, seine Sicht der Dinge zu offenbaren. Auch wenn die Darstellung so unverschämt war wie Bierschneiders Erklärungen. Jeder Ladendieb oder Wirtshausschläger durfte in seiner Aussage den Vorwurf völlig verdrehen und anders herum darstellen. Warum sollte es bei Mord und Totschlag anders sein? Also brachte Charly in knappen Sätzen die Aussage Bierschneiders aufs Band.

»Und dann? Warum haben S' einen Diebstahl vorgetäuscht und die Spuren verwischt?«

»Ich ... «, begann Gessler. Doch diesmal stoppte ihn sein Verteidiger schon, bevor er irgend etwas Falsches sagen konnte.

»Dieses Verhalten kann nur mit grenzenloser Verwirrtheit und absoluter Panik erklärt werden. In der einschlägigen Literatur finden Sie unzählige Fälle, in denen die Handelnden nach derart unglücklichen Begebenheiten die verrücktesten Verhaltensweisen an den Tag legen, ohne dafür irgendeine vernünftige Erklärung abgeben zu können.«

Charly spürte, dass er langsam genug hatte von dem Gesülze des Anwalts. Er lief Gefahr, die professionelle Distanz zu verlieren und seinem Gegenüber seine persönliche Meinung zu dem ganzen Theater zu verkünden. Das würde ihm zwar gut tun, der Sache aber nicht dienen. Er legte sein Diktiergerät beiseite, ohne die letzten Ausführungen aufgenommen zu haben. »Für mich schaut's aber aus wie Spuren Verwischen nach einem Mord und eine falsche Spur Legen!«

»Blödsinn«, entrüstete sich Bierschneider. »Mein Mandant hatte nie die Absicht, Spachtholz zu töten. Das haben wir ja gerade dargelegt. Und mit dem Verwischen von Spuren hat das ganze wie gesagt nichts zu tun. Es ist eine rein panisch bedingte, nicht zu erklärende Nachtathandlung.«

»Sie hab'n zwei goldene Uhren, eine Münzsammlung und ein Sparbuch entwendet. Wo ist das Diebesgut?«, fragte Charly, an Gessler gewandt.

Bierschneider antwortete für seinen Schützling. »Ich verwahre mich gegen das Wort Diebesgut. Das Ganze ist Teil der zuvor erklärten Panikhandlung. Mein Mandant wollte sich nie persönlich bereichern. Das Sparbuch wurde verbrannt und die Uhren sowie die Münzen wurden einem Kinderheim in Malaysia gestiftet. Das können Sie dort sicher nachprüfen.«

»Kasperltheater, blödes«, brummte Helmuth von hinten, wo er bislang zusammen mit Sandra das Schauspiel schweigend und staunend verfolgt hatte.

Bierschneider würdigte ihn keines Blickes. Vermutlich war es unter seinem Niveau, mit polizeilichen Mitarbeitern zu sprechen.

Charlys Frage an Gessler, warum er sich in all den Jahren nicht bei der Polizei gestellt habe, nachdem seine unerklärliche Panik vielleicht einmal wieder abgeklungen sei, begründete Bierschneider mit der Verantwortung für die Firma und den damit verbundenen Arbeitsplätzen, den Existenzen all der Familien, die ohne Lohn und Brot dagestanden wären, wenn der Firmeninhaber sich in die Arme der Justiz überantwortet hätte und vorurteilsbeladene Polizisten eventuell vorschnell irgendwelche freiheitsentziehenden Maßnahmen ergriffen hätten, die dann, erst einmal als Tatsache geschaffen, ein zeitliches Ausmaß angenommen hätten, dessen unweigerliche Folge das Erlöschen des Betriebes, seines Lebenswerkes, gewesen wäre. Gessler habe übrigens genug gelitten während der langen Jahre seit dem Vorfall, wenn er des Nachts schweißgebadet aus Albträumen hochgeschreckt und um den Schlaf gebracht sei. Außerdem laste das Wissen um das Geschehene wie ein schwerer Druck auf seiner Seele und bereite ihm geradezu körperliche Schmerzen.

»Na, das wird ja jetzt dann, Gott sei Dank, besser«, stellte Charly fest. Er hatte die letzten Aussagen nicht mehr zu Protokoll genommen und bat Bierschneider, da er selbst sich nicht imstande sähe, diese ausgefeilten Formulierungen entsprechend wiederzugeben, im Namen seines Mandanten dessen Aussage zu erstellen und sie der Staatsanwaltschaft zu übersenden. Zum Telefonieren ging er hinaus.

Die Staatsanwältin war bereits informiert und stinksauer. Heute Morgen hatte die Behördenleitung die Linie in diesem Verfahren festgelegt. Ihr waren die Hände gebunden, denn die Sache war an höherer Stelle bereits entschieden. Sie konnte

Charly keinen anderen Rat geben, als den Fall abzuschließen und sich auf die aktuellen Ermittlungen zu konzentrieren. Charlys Frage nach einem Haftbefehl für Gessler musste sie verneinen, denn mit seinem bestätigten Alibi schied der Firmenboss als Tatverdächtiger zumindest vorerst aus. Beim Öffnen der Tür zu seinem Büro kam es Charly vor, als hätte er ein geknurrtes »Volldepp« von Helmuth vernommen. Helmuth starrte aus dem Fenster, Gessler starrte kreidebleich auf den Fußboden und Bierschneider mit geröteten Wangen auf die Nägel seiner ausgestreckten Finger.

»War was?«, fragte Charly.

»Nix«, brummte Helmuth.

»Smalltalk«, brummte Bierschneider.

Gessler brummte nichts.

Der Firmenbesitzer wurde ein zweites Mal vernommen, diesmal als Zeuge zum Mordfall Bichler. Er identifizierte die ihm vorgelegte Pistole als die seine – zumindest sehe sie genauso aus wie die Browning seines Mandanten, korrigierte Bierschneider – und blieb bei seiner Darstellung, dass ihm die Waffe aus dem unverschlossenen Schrank im Nebenzimmer seines Büros entwendet worden sei. Hinweise auf einen Einbruch in die Firma gab es nicht und wann er die Pistole zuletzt im Schrank gesehen hatte, konnte Gessler nicht sagen; es war Jahre her, dass er sie zuletzt heraus genommen hatte. Auch in Bezug auf ein mögliches Motiv blieb er bei seiner Darstellung, dass ihm der Fortbestand der Gessler GmbH in seinem Alter nicht so immens wichtig sei, denn er habe für den Lebensabend ausreichend vorgesorgt. An dieser Stelle unterbrach Bierschneider die Ausführungen seines Mandanten.

»Und«, knurrte Helmuth, »Lebenswerk, und so? Arbeitsplätze, Familien, Lohn und Brot, hä?«

Doch er erntete nur einen leeren Blick von Gessler. Bierschneider entzog ihm wieder die Ehre einer Erwiderung. Stattdessen blickte der Anwalt noch einmal auf seine Rolex, erhob sich und wuchtete seinen Aktenkoffer auf Charlys Schreibtisch. Er verstaute den Aktendeckel im Koffer und klickte die Mine des schwarzgoldenen Kugelschreibers zurück. Damit war die Vernehmung beendet. Missmutig betrachtete der Verteidiger seinen zerknitterten Trenchcoat und während Gessler das Büro bereits verlassen hatte, drehte Bierschneider sich noch einmal um und sagte zu Charly: »Übrigens: Das mit der DNA-Untersuchung, das kostet nur einen Haufen Geld. Wir haben ja so weit jetzt alles geklärt, also tun Sie dem Steuerzahler einen Gefallen und verzichten Sie darauf.« Und mit einem Seitenblick auf Helmuth fügte er hinzu: »Hier wird genug Geld für nix und wieder nix verschleudert. Das sieht übrigens der Herr Garn genauso.«

»Wer gibt mir denn jetzt den Tipp?«, wollte Charly wissen. »Der Anwalt, der aussichtslose Verfahren bis vor den BGH oder das Bundesverfassungsgericht treibt, nur um in der Zeitung zu stehen und künftigen, potenten Mandanten zu imponieren, oder der Stadtrat, der immer wieder demokratische Entscheidungen vors Verwaltungsgericht bringt, um irgendwie Aufmerksamkeit zu erhalten?«

Auch ihm verweigerte Bierschneider nun eine Erwiderung, ebenso wie einen Abschiedsgruß. Stattdessen drehte er sich schwungvoll um und schritt mit wehendem Trenchcoat aus der Dienststelle.

»War was zwischen euch?«, wollte Charly nun von Helmuth wissen.

»Hm, nix ... Gerede über früher, wir ham zusammen Fußball g'spielt. Der war damals schon ein Arschloch und hat ständig diskutiert und alles besser g'wusst.« Da Helmuth wieder begann, aus dem Fenster zu starren, drang Charly nicht weiter in ihn.

Sandra präsentierte ihnen die Mitarbeiterliste der Firma Gessler. 46 Namen standen, ergänzt durch die dazugehörigen Adressen und die Verwendung im Betrieb, säuberlich untereinander.

»Ja, ja, ich weiß schon«, maulte Helmuth, schnappte sich die Liste und startete *STUPID*. »Zefix.«

Charly suchte unterdessen seinen Kommissariatsleiter auf, um ihn von Gesslers Geständnis und dem Stand der Dinge zu unterrichten. Aber Barsch war nicht überrascht von der Entwicklung. Garn-X-Conny hatte ihn bereits über Bierschneiders »klugen, gekonnten Schachzug« informiert. »Direkt ein Avocado diabolis«, wie sich der gemüsekundliche Laienlateiner ausgedrückt hatte. Ob morgen Beamte für die Befragung der Mitarbeiter zur Verfügung stehen würden, konnte Barsch jetzt noch nicht sagen, es würde sich zeigen.

Schließlich versuchte Charly, den pensionierten Kollegen Stöbner zu erreichen, um ihm mitzuteilen, dass sein Fall von damals, wenn auch vermutlich nicht zu seiner Zufriedenheit, so doch aus statistischer Sicht, geklärt war. Er erreichte aber am Telefon nur Stöbners Sohn und erfuhr, dass seine Eltern kurzfristig eine Last-Minute-Reise gebucht hatten und sich derzeit und noch während der nächsten Woche in Kenia aufhielten. Die erneute Erkenntnis »die machen's richtig« gepaart mit ein wenig Neid keimte ganz kurz in Charly. Aber er vergönnte es den Stöbners. Er war ja selbst schuld, wenn es bei ihm nicht so lief, wie er es sich wünschte.

Genervt und enttäuscht von diesem Tag kam er nach Hause, wo ihn eine freudestrahlende Petra empfing. Im Supermarkt, wo man sonst in der Gemüseabteilung nur vitaminfreien Salat und geschmacksneutrale Tomaten aus Holland fand, war heute Aktionstag ›aktiver leben – gesünder ernähren‹ gewesen. Dort hatte sie herrlich frische Bambussprossen und frisch zubereitete Gemüsebratlinge erworben. Ein wahres Fest an gesunder Ernährung stand ihnen bevor. Charly rieb sich den Bauch und erklärte Petra, er sei noch so gesättigt von dem Grünkern-Risotto, das er mittags gegessen habe, dass er lieber zuerst eine Runde laufen würde.

»Ja, aber du warst doch gestern erst beim Laufen.«

»Macht nix, Schatz, so wild lauf ich ja nicht. Da kann man ruhig mal jeden Tag was tun, das schadet gar nix.«

Er schlüpfte in eine Adidas-Trainingshose, ausnahmsweise nicht in seine Laufhose, und streifte sich ein frisches Sweatshirt über. Dann schnappte er sich unbemerkt seine Geldbörse und mit dem Hinweis, er würde lieber im Wald laufen, setzte er sich ins Auto und fuhr aus dem Hof.

Es herrschte nicht viel Betrieb in der Pizzeria *Da Gina* im nahe gelegenen Winden. Der Name *Da Gina* war eigentlich nicht korrekt, denn Gina war schon lange nicht mehr da. Der von ihr verlassene Mario führte seitdem das Lokal alleine weiter; ein kleiner, breiter Italiener, der, wenn er mit einem Tablett voller Gläser durch den Gastraum watschelte, immer ein wenig an Charly Chaplin erinnerte. Charly kannte Mario seit 25 Jahren und genauso lange kannte er dessen Rigatoni della Casa, Rigatoni in Sahnesoße mit Schinken, Champignons und Erbsen. Dazu einen gemischten Salat, kräftig zubereitet mit Essig und Öl, und ein frisches Weißbier. Während Charly aß, setzte sich Mario zu ihm. Marios gebrochenes Deutsch hatte sich während der letzten 25 Jahre nicht erkennbar verbessert, wobei Charly den Verdacht hegte, dass der Italiener absichtlich so sprach, um ein Klischee aufrecht zu erhalten, das die deutschen Gäste in einer Pizzeria einfach erwarten durften. Und so redeten und radebrechten sie während des Essens über die Geschäfte, die Polizei, über Frauen, Kinder und Enkel, über Fußball und über Sizilien. Charly fühlte sich richtig wohl und als sein Teller leer war, braute Mario zwei kräftige Espressi, wie immer auf Kosten des Hauses.

Nach eineinhalb Stunden kam er vom Laufen zurück. Von den Bambussprossen und den Bratlingen war noch jede Menge übrig, denn Julia hatte nur ihren Pflichtanteil verdrückt und Ludwig hatte verweigert, da er ja noch in die Stadt ginge und bestimmt beim *Mäcki* vorbei käme.

Charly, der während der Rückfahrt die Heizung im Auto voll aufgedreht hatte, um ein wenig Schweiß zu produzieren, ließ sich neben Petra aufs Sofa fallen und streckte alle viere von sich. »Puh, bin ich jetz' kaputt. Ich glaub, ich will vorerst gar nix essen.«

»Na, macht ja nix, Schorschi,« erwiderte Petra und kuschelte sich an seine Seite. »Du hast da übrigens noch ein bisschen Sahnesoße am Pulli.«

Donnerstag, 30. Oktober

Natürlich stellte Barsch keine zusätzlichen Beamten für die Befragung der Betriebsangehörigen zur Verfügung. Charly hatte den Eindruck, der Kommissariatsleiter nahm ihm irgendetwas übel. Entweder, dass er der Sache mit der AG Kiara von Anfang an nicht den nötigen Ernst entgegengebracht und am Schluss auch noch recht behalten hatte, oder dass der Direktionsleiter ihn vor versammelter Mannschaft herausgehoben und Barsch zu seinem Zuarbeiter degradierte hatte. Oder einfach beides. Und jetzt war wieder Bierschneider involviert. Da hielt man sich wohl am besten ein wenig zurück.

Barsch begründete seine Weigerung, Personal für die Befragung abzustellen, mit einem augenblicklich sehr hohen Arbeitsanfall. Und damit hatte er nicht einmal gelogen, denn es lagen zwar im Moment keine spektakulären Fälle an, aber stetig tropften die Routinefälle auf die Schreibtische der Kollegen. Und das nasskalte Wetter, das einen ekelhaften November ankündigte, tat das Seine dazu und streckte drei Kollegen mit Grippe in die Betten. Auch Helmuth hatte sich für heute und morgen krank gemeldet. Also fuhren Charly und Sandra allein zur Firma Gessler, um mit der Befragung zu beginnen.

Schon gleich, nachdem sie den Dienstwagen auf dem Firmenparkplatz abgestellt hatten, bemerkten sie ein ungewöhnlich reges Treiben. Ein kleiner Mann in einem blauen

Arbeitsanzug, dem Anschein nach ein Rentner auf 400-Euro-Basis, war mit der Beseitigung des Unkrautes am Einfahrtstor und am Werkszaun beschäftigt. Auf dem Hof sortierten mehrere Leute die unzähligen, mit Schrott, Ausschuss und ungebrauchten Werkstücken gefüllten Gitterboxen. Es stapelten sich schon deutlich weniger Behälter, und der Firmenhof wirkte merklich größer.

Die Sekretärin, in einem roten Kleid mit weißer Strickweste, empfing sie kühl. Ihr Kölnisch-Wasser-Aroma wurde heute vom Vanilleduft eines Dahliensträußes auf ihrem Schreibtisch überdeckt. Geschäftsmäßig teilte sie ihnen mit, dass Herr Gessler sich nicht im Hause befinde. Dann besann sie sich, dass sie mit zwei Kripobeamten in einer Mordermittlung sprach und nicht mit einem Geschäftskunden, der einen Garantiefall vorbringen oder einen völlig unrealistischen Rabatt aushandeln wollte, und fügte hinzu, der Chef sei heute Morgen nach Malaysia geflogen und werde, je nachdem, wie die Verhandlungen verliefen, nicht vor Ende nächster Woche zurück erwartet. Als sie Charlys überraschtes Gesicht sah, erklärte sie, dass es nun eine neue Grundlage für Verhandlungen gebe. Bezüglich des Grundstückes neben der Firma habe bereits ein erstes Gespräch zwischen den Erben und Herrn Gessler stattgefunden, und dieses Gespräch sei sehr zufriedenstellend verlaufen.

Charly nickte ein verständnisvolles »Aha«. Der Alte war noch gar nicht richtig unter der Erde, da verschacherten die Jungs schon Haus und Hof. Die hatten das Geld wirklich sehr nötig. Dann erklärte er Frau Berthold, dass sie gerne alle Firmenangehörigen anhand eines kurzen Fragenkataloges vernehmen würden, einzeln und der Reihe nach. Jetzt war es die Sekretärin, die einen überraschten Ausdruck im Gesicht trug.

»Ich verstehe zwar den Sinn nicht ganz«, sagte sie nach kurzer Überlegung, »aber Herr Gessler hat heute Morgen noch gesagt, für den Fall, dass die Polizei irgendetwas brauche, solle ich alles tun, was möglich ist, um Sie zu unterstützen. Im Zweifelsfall soll ich zwar den Herrn Bierschneider anrufen; aber ich denke, das geht schon so in Ordnung. Wenn Sie meinen, dass es notwendig ist ...« Sie nahm eine Kopie der Mitarbeiterliste zur Hand, die sie gestern zur KPI gefaxt hatte. »Sie könnten den Brotzeitraum im Erdgeschoss benutzen, das wäre vermutlich am geschicktesten.« Dann studierte sie die Namen auf dem Blatt. »Mal sehen, also drei sind diese Woche krank gemeldet, zwei Damen befindet sich im Mutterschutz und zwei Arbeiter haben die Woche Urlaub.« Sie schrieb die entsprechenden Vermerke zu den Namen auf die Liste. »In der Verwaltung sind heute fünf unserer Mädchen da, die arbeiten bis 16.00 Uhr. Unten in der Halle haben wir im Moment 23 oder 24. Davon arbeiten 12 den ganzen Tag, also bis 16.30 Uhr. Der Rest geht um 14.00 Uhr heim; dann kommt die Spätschicht, das sind wieder elf oder zwölf.«

»Na bravo!«, stellte Charly fest, und Sandra ergänzte: »Es gibt viel zu tun, pack ma's.«

Die Sekretärin führte sie nach unten in den Brotzeitraum und klebte ein Blatt an die Tür, auf das sie »Nicht stören, Polizeiaktion« geschrieben hatte. Beginnend mit der Frühschicht, die um 14.00 Uhr nach Hause wollte, erschien ein Mitarbeiter nach dem anderen in dem schmalen Raum mit dem langen Tisch und den alten Holzstühlen zu beiden Seiten. Eine kleine Einbauküche mit Herd, Geschirrspüler, Kühlschrank und ein von Zeit zu Zeit laut kühlender Getränkeautomat bildeten den Rest der Einrichtung. An den Wänden hingen Poster von Südseestränden und Playmates. Sandra und Charly saßen an einer Seite des langen Tisches und ließen die Angestellten und Arbeiter jeweils gegenüber Platz nehmen. Anhand ihres Fragenkataloges führten sie die Vernehmungen durch, die je nach der Person des Befragten zwischen zehn und 30 Minuten dauerten.

Die meisten waren einfach nur neugierig und froh über die Abwechslung, die sich in ihrem Arbeitsalltag bot. Oft stellten sie ihrerseits Fragen und hofften, Einblicke in die polizeilichen Ermittlungen zu erhalten, die der normale *Bild*-Leser sonst nur mittelbar erfährt. Nebenbei fand Charly die Geruchsvielfalt interessant. Der Brotzeitraum selbst war ein wenig modrig. Jedem Beschäftigten aber haftete, entsprechend seiner Aufgabe im Betrieb, ein gewisses Grundaroma an. So rochen die Männer aus der Produktion nach Öl und irgendeiner Chemikalie. Die Jungs aus dem Werkzeugbau hatten das Aroma von Schleif- und Flexstaub an sich und die Damen aus der Verwaltung dufteten nach Kaffee und Druckertoner.

Daneben hatte aber jede Person ihren individuellen Duft, sei es der nach ihrem Shampoo, nach Rasierwasser und Deo oder einfach nur nach Schweiß und kaltem Rauch. Der eine oder andere roch auch nach Bier oder Schnaps, wobei man nicht zu sagen vermochte, ob die Fahne noch von gestern oder schon von heute stammte.

Manche der Befragten schienen ein wenig schwer von Begriff oder gaben sich zumindest so. Andere wiederum verstanden zwar die Fragen sofort, antworteten jedoch niemals konkret, sondern verloren sich in weitschweifigen Erklärungen und abwegigen Vermutungen. Wieder anderen stand das Misstrauen gegenüber der Polizei ins Gesicht geschrieben und sie äußerten sich auf die Fragen nur mit einem knappen »Ja« oder »Nein«. Der schlimmste war ein junger Russlanddeutscher, der mehr auf dem Stuhl lag, als dass er saß. Er verweigerte die Antwort auf alle Fragen, die nicht mit Ja oder Nein zu beantworten waren, und vertrat die Meinung, es gehe die Polizei gar nichts an, wo er an dem betreffenden Samstag gewesen sei. Charly bewunderte Sandra, die ruhig und höflich blieb.

Einigen war unzweifelhaft ihr schlechtes Gewissen anzusehen, so als befürchteten sie, bei der Befragung könnte irgendeine frühere Verfehlung, quasi eine Leiche im Keller ausgegraben werden. Ein älterer Herr gab sogar ungefragt mit zitternder Stimme und flehenden Augen zu, sich vor einiger

Zeit zwei oder drei Schraubenschlüssel aus der Firma geliehen zu haben und er hätte bis heute vergessen, sie wieder zurückzubringen; vielleicht warn's auch fünf.

Die Befragung verlief zügig und reibungslos. Die Meister und Vorarbeiter waren von Frau Berthold instruiert und schickten ihre Mitarbeiter generalstabsmäßig in den Brotzeitraum, so dass weder im Produktionsablauf der Firma noch bei der Befragung größere Lücken entstanden. Kurz nach 17.00 Uhr nahm Charly das Bitte-nicht-stören-Schild von der Tür und warf es in den Papierkorb. Der Großteil der Mitarbeiterliste war abgearbeitet. Zumindest waren alle befragt worden, die heute im Betrieb erreichbar waren. Den großen Durchbruch hatte die Aktion jedoch nicht gebracht. Die wenigsten der Befragten hatten Bichler persönlich gekannt. Überrascht mussten Charly und Sandra feststellen, dass es sogar einige Personen gab, die nichts von dem Mord in unmittelbarer Nachbarschaft der Firma wussten. Sie gehörten einer Daily-Soap-Generation an, deren Informationsbedürfnis sich auf Musikvideos, Vorabendserien, Castingshows und abendfüllende Wettstreite zwischen selbstgefälligen Freizeitsportlern und einem breitgrinsenden Moderator beschränkte.

Nur Meister und Vorarbeiter sowie einige langjährige Mitarbeiter kannten den Zusammenhang zwischen dem Namen Bichler und der künftigen Entwicklung der Firma. Die Deadline zum Ende des Jahres war jedoch nicht einmal in diesem Personenkreis allen bekannt. Charly hatte festgestellt, dass der Altersschnitt der Firma Gessler relativ hoch lag. Es würde wohl für die meisten der Mitarbeiter ein Problem darstellen, beim Verlust ihres Arbeitsplatzes eine neue Stelle zu finden. Der Großteil der Belegschaft sah aber seinen Job nicht gefährdet.

Ansonsten brachte die Aktion eine Flut von Gerüchten an den Tag. Vorwiegend – aber nicht ausschließlich – die Arbeiterinnen drucksten herum, wenn ihnen die Frage gestellt wurde, ob sie sonst noch irgendetwas wüssten, was den Ermittlungen dienen könnte. Sie machten dann Andeutungen, zierten sich, hörten nach halben Sätzen auf zu sprechen, senkten den Blick und erst nach der Zusicherung, alle Informationen vertraulich zu behandeln, gaben sie ihre Geheimnisse preis. Dann war zu erfahren, wer gerade aktuell mit wem liiert war, wer früher ein Techtelmechtel hatte, wer während der Arbeitszeit ab und zu gemeinsam verschwand oder wer ein Verhältnis mit wem anstrebte und dazu die Angebetete bei der Erstellung von Schicht- und Arbeitsplänen bevorzugte. Immer wieder wurde in diesem Zusammenhang auch der Name Ignaz Gessler genannt, von dem man anscheinend annehmen durfte, dass er dem weiblichen Teil seiner Belegschaft ein starkes Interesse entgegenbrachte. Am Ende der Aktion hatte Charly den Eindruck, in der Firma Gessler habe jede mit jedem schon ein Affäre gehabt und der Chef reihe sich dabei ohne Standesdünkel zwischen seinen Mitarbeitern ein. In Bezug auf Gessler wurde sogar von einer Abtreibung vor einigen Jahren gesprochen, die damals eine junge Kroatin hatte vornehmen müssen, nachdem sie verhängnisvoll in das Beuteschema des Firmenbesitzers gefallen war. Gessler habe bezahlt und die Kroatin habe danach die Firma verlassen. Das Ganze sei jedoch ein Tabuthema und wenn man Näheres wissen wolle, müsse man die Chefsekretärin fragen.

Obwohl der kleine Raum neben dem Büro des Herrn Gessler in den Gerüchten eine nicht unwichtige Rolle spielte, gaben nur wenige zu, das Zimmer bereits selbst gesehen zu haben. Einer davon war Bertl Hack. Der AH-Fußballer war Vorarbeiter in der Fertigung, und wenn er zusammen mit Gessler an einer Maschine herumschraubte und dem Chef anschließend in dessen Büro folgte, um einen Plan einzusehen oder einen Arbeitsablauf durchzusprechen, dann nutzte Gessler das Waschbecken in dem Nebenraum zum Händewaschen. Aus diesem Grund kannte jeder Vorarbeiter und jeder Meister das Nebenzimmer. Wer sonst noch wusste, dass man neben dem

Büro ein Zimmer mit Bett finden konnte, vermochte Bertl nicht zu sagen.

Der Fußballer erfüllte alle Kriterien eines Tatverdächtigen in dieser Sache. Er kannte Bichler und wusste von den Abhängigkeiten und den Zusammenhängen zwischen Bichler und Gessler. Er kannte die mögliche Zukunft der Firma Gessler und gehörte aufgrund seines Alters zu der Gruppe, für die sich der Verlust des Arbeitsplatzes existenzbedrohend ausgewirkt hätte. Er würde so schnell nichts Neues finden, stotterte aber immer noch Kredite für sein Häuschen ab. Das Zimmer, in dem die Tatwaffe aufbewahrt worden war, war ihm bekannt; außerdem aber konnte er auf Anhieb nicht sagen, wo er sich am betreffenden Samstag aufgehalten hatte.

»Denk noch mal nach, Bertl«, forderte ihn Charly auf. »Bei dir passt viel z'am.«

Doch Hack antwortete nicht sofort. Er sah Charly mit verschränkten Armen an, und der Kommissar glaubte, irgendetwas Verschlagenes in dem Blick zu erkennen. »Ham ma's dann?«, fragte der Vorarbeiter schließlich.

»Bis aufs Alibi, ja.«

Hack stand auf, versetzte dem Stuhl einen Stoß und stapfte zur Tür.

»Hey, Bertl, was is' los?«

Statt einer Antwort knallte Hack die Tür zu.

Auf dem Weg zum Parkplatz stellten sie fest, dass das wuchernde Unkraut am Werkstor und am Zaun vollständig verschwunden war. Zudem hatte jemand begonnen, das verrostete Tor abzuschleifen und es frisch zu streichen.

»Na ja, wenigstens haben wir unsere Hausaufgabe erledigt und alle befragt«, versuchte Charly dem Tag etwas Positives abzugewinnen, als er sich müde in den Beifahrersitz fallen ließ.

»Fast alle«, konterte Sandra und startete den Wagen.

»Ach, ja! Die Kranken und Urlauber. Das reicht nächste Woche auch noch.«

»Und den Säbelzahntiger!«

Charly schlug sich mit der flachen Hand an die Stirn. »Klar, die Berthold, die haben wir jetzt ganz vergessen. Aber brauchen wir die überhaupt?«

Sandra zuckte mit den Schultern. »Wenn wir sagen alle …« Dann fuhr sie aus dem Parkplatz heraus.

Da hatte die Kollegin recht. Wenn auch im Fall der Sekretärin die meisten Fragen schon beantwortet waren. Außerdem hatte sie ein Alibi, denn Helmuths Frau hatte ja mitgeteilt, dass sie ihre Samstagnachmittage immer im Pflegeheim verbrachte. Dennoch, um die Aufgabe ordnungsgemäß abzuarbeiten, musste auch die Sekretärin offiziell befragt werden. »Nur für den Bericht, wegen meinem Chef«, hätte Columbo wohl jetzt gesagt und sich die Zigarre an die Schläfe gehalten.

Charly konnte sich zwar nicht vorstellen, dass die Abtreibung von damals mit dem Mord an Bichler zusammenhing, aber das Ganze abzuklären konnte ja nicht schaden. Außerdem versprach er sich nach dem Tag in dem modrigen Brotzeitraum einen angenehmen Kontrast beim Besuch einer 4711-Lavendel-Wohnung.

»Wir können ja schnell noch bei ihr vorbeifahren«, sagte er nach einem Blick auf die Mitarbeiterliste, in der auch die Anschrift vermerkt war. »Liegt ja eh fast auf'm Weg.«

Sandra nickte und bog nach rechts ab, um zur Blücherstraße zu gelangen. Viele Autofahrer nutzten um diese Tageszeit die Parallelstraßen durch die Wohnviertel, um dem zähflüssigen Verkehr auf der stadtauswärts führenden Münchener Straße zu entgehen. Nachdem sie einen passenden Abstellplatz für den Dienstwagen erst 100 Meter nach ihrem Ziel gefunden hatten, gingen sie durch die belebte Straße zurück. Hier fanden sich die Rückseiten einiger großer Geschäfte und die dazugehörigen Parkplätze, aber auch kleine Handwerksbetriebe, die im Laufe der Zeit für die vorhandenen Grundstücke viel zu groß geworden waren und mit Fahrzeugen, Maschinen und Werkstücken geschickt auf dem vorhandenen Platz jonglierten. Dazwischen standen stolze Stadthäuser hinter dichten Hecken in großzügigen Gärten und daneben neue Wohngebäude in allen Breiten und Höhen, zum Teil auf Grundstücken, deren Grenzen sich unter der massiven Bebauung zu biegen schienen. Auch bei der Adresse von Frau Berthold handelte es sich um einen solchen Dreispänner, der Charly unweigerlich an einen Hasenstall erinnerte. Die Sekretärin bewohnte die mittlere der drei Wohneinheiten und die räumliche Enge hatte sie nicht gehindert, zumindest den Vorgarten liebevoll zu gestalten. Ein Weg aus hellen Steinen bog sich elegant zur Haustür. Daneben leuchtete eine kniehohe Solarlaterne in einem Beet mit Herbstblumen. In einer Raute aus großen Flusskieseln thronte eine mächtige Granitkugel. Die restliche Fläche war mit Rindenmulch bedeckt und ein tönerner Gärtnerjunge blickte einem frech lächelnd und eine Schubkarre schiebend entgegen. Auf einem geschwungenen Messingschild unter dem Klingelknopf war »A. Berthold« eingraviert.

Charly betätigte die Klingel und fragte Sandra: »Ist der Säbelzahntiger ledig?«

Sandra zuckte mit den Schultern. »Wahrscheinlich, sonst wär'n doch da zwei Vornamen abgekürzt oder gar keiner.«

Frau Berthold öffnete die Tür und war sichtlich überrascht, als sie die zwei Kripobeamten erkannte. Sie musste sogar kurz schlucken. Ihre elegante Sekretärinnenkluft hatte sie gegen einen grauen Hausanzug getauscht, wirkte darin aber nicht weniger gepflegt.

»Guten Abend, Frau Sä … ähm, Frau Berthold. Entschuldigen S', dass wir Sie noch mal belästigen, aber wir haben ganz vergessen, dass wir Sie der Vollständigkeit halber auch befragen müssen. Stör'n wir?«

»Ja, äh ... nein ... 'tschuldigung ... bitte.« Sie öffnete die Tür ein Stück weiter und beschrieb mit der freien Hand einen einladenden Halbkreis.

Charly war sofort das Kölnisch-Wasser-Aroma aufgefallen. Jetzt, als sie in die Diele traten, mischte es sich mit dem Geruch von scharf angebratenem Fleisch, Bratkartoffeln mit Kümmel und der säuerlichen Note von klassisch angemachtem Salat. Charly merkte, dass er gewaltigen Hunger hatte. Die Mittags-Wurstsemmeln lagen jetzt auch schon wieder sechs Stunden zurück.

»Sind Sie gerade beim Abendessen?«, fragte Charly und ließ es entschuldigend klingen. Aber Frau Berthold verneinte. Abendessen sei schon vorbei und sie könne leider nichts mehr anbieten. Obwohl Charly niemals bei Frau Berthold gegessen hätte, war er spontan ein wenig enttäuscht.

Die Wohnung sah auf den ersten Blick – zumindest im Flur – so aus, wie Charly es erwartet hatte. Nach dem Eintreten standen sie auf einem flauschigen rotorangefarbenen Teppich, der den größten Teil des Laminatbodens bedeckte. An den weißen Reibeputzwänden hingen gestickte Obst-Stillleben und ein Toskana-Aquarell in fröhlichen Farben.

In der Küche, die sich vermutlich am Ende der Diele befand, klapperte Geschirr. Dann trat von dort ein junger Mann in den Flur. Er war schlank und sportlich gekleidet. Seine kurzen blonden Haare hatte er stylisch nach oben gegelt. Er wischte sich mit dem Handrücken über den Mund und sah die Fremden im Flur aus auffallend blauen Augen überrascht an. Mit einem gemurmelten »'n Abend« schob er sich schließlich an den Kripobeamten vorbei in Richtung der Sekretärin. Bei ihr blieb er stehen und küsste sie auf die Wange.

»Danke für's Essen, Ma. Ich muss los, Treffen mit den Engländern. Ich meld mich bei dir, tschüss.« Während dieses Abschiedes tippte er auf seine Armbanduhr und dann war er durch die immer noch offene Tür verschwunden.

»Flo, mein Sohn«, erklärte Frau Berthold. »Er studiert in Regensburg und kommt nur noch ab und zu auf Besuch zu mir.« Sie führte die Beamten in die Küche und räumte Pfannen und Salatschüsseln vom Tisch.

»Fährt er in Urlaub? Nach England?«, fragte Charly, während Frau Berthold den Tisch abwischte.

»Nein, Urlaub nicht. Er kann ein paar Semester in England studieren.« Frau Berthold räumte Teller und Besteck in den Spüler.

»Was studiert er denn?«, fragte Sandra.

»BWL und irgendwie Management. Er hat jetzt an der Uni in ... ach, ich kann mir diesen Namen nie merken, irgendwo in der Nähe von London, so einen Austauschplatz bekommen, ab Februar.« Sie war sichtlich stolz auf ihren Sohn.

»Und da trifft er sich jetzt schon mit Engländern? Kommilitonen?«

»Nein, die Verantwortlichen von einem Golfclub dort drüben. Die sind zufällig in München.« Sie ließ heißes Wasser und Spülmittel in die fettigen Pfannen laufen und stellte sie zum Einweichen in die Spüle. »Golf ist seine große Leidenschaft. Er spielt auch in Regensburg, wo er eigentlich studiert. Und wenn er hier bei mir ist, dann fährt er oft zum Golfplatz nach Neuburg.« Mit einem Spüllappen säuberte sie die Arbeitsplatte. »Wenn's gut geht, bekommt er einen Nebenjob als Caddy, dort in ... Dings. Das wär für ihn natürlich optimal.« Schließlich trocknete sie ihre Hände an einem Geschirrtuch ab. »Aber Sie sind ja nicht wegen meinem Sohn gekommen«, sagte sie, als sie mit ihrer Küche fertig war, und setzte sich mit an den Tisch.

Wegen meines Sohnes, dachte Charly, hielt aber seine Klappe.

»Natürlich«, meldete sich stattdessen Sandra. »Wir müssen auch Ihnen unsere Routinefragen stellen. Das meiste ist uns ja sowieso schon bekannt. Aber interessieren würden uns zum Beispiel noch die Sache mit der Abtreibung.«

Frau Berthold stand wieder auf und begann, an der Kaffeemaschine herum zu nesteln. »Oh Gott, der Firmenfunk.« Sie füllte Wasser in den Tank der Maschine und Charly hoffte schon, zumindest eine Tasse Kaffee, eventuell mit einem Stückchen Kuchen, angeboten zu bekommen.

»Hat Ihnen unser Nachrichtendienst alles erzählt, was es an Pikantem und Geheimnisvollem in unserer Firma gibt?« Sie streute Entkalkerpulver in den Tank und schaltete die Maschine an. »Ja, es gab tatsächlich eine Abtreibung vor ein paar Jahren. Ein junges Ding aus Kroatien, total naiv. Sie hat noch nicht lang bei uns gearbeitet, da kam sie eines Tages ins Büro und erzählte völlig aufgelöst, dass sie schwanger sei. Wer der Vater war, konnte sie nicht sagen, oder sie wollte nicht. Auf jeden Fall wusste sie nicht mehr weiter, sie hatte ja niemanden in Deutschland und Geld besaß sie auch keins. Also hat Herr Gessler, sozusagen aus einer sozialen Verantwortung als Arbeitgeber heraus, die Kosten für eine Abtreibung übernommen und mich gebeten, mich darum zu kümmern.«

Sie machte eine Pause, in der sie den Geschirrspüler einschaltete. Ungläubig sah Charly sie an. Die Kaffeemaschine röchelte und dampfte.

»Jedenfalls ging alles reibungslos über die Bühne«, fuhr die Sekretärin fort. »Aber die bösen Zungen haben sich die Gelegenheit natürlich nicht entgehen lassen und das Kind Herrn Gessler angehängt. Das Mädchen war übrigens nicht sehr dankbar. Sie ist gleich darauf zurückgegangen nach Kroatien.«

»Die bösen Zungen behaupten auch, Sie und Herr Gessler würden sich sehr nahe stehen.«

Auf diese Frage von Sandra antwortete Frau Berthold, indem sie über die Schulter zu Sandra sah und mit einseitig hochgezogener Oberlippe so etwas wie ein »Tss...« ausspie.

In der folgenden Gesprächspause war nur noch das Fauchen der entkalkten Maschine und das kraftvolle Tosen des

Geschirrspülers zu hören. Da Charly nicht davon ausging, hier noch einen Kaffee angeboten zu bekommen, beendete er die Befragung.

»Jetzt ham mer s' ned nach ihr'm Alibi g'fragt«, stellte Sandra fest, als sie in ihren Dienstwagen einstiegen.

Charly winkte ab. »Wir wissen doch, wo s' war. Und sie war's doch eh nicht.«

Als er kurz darauf die Haustür öffnete, hoffte er sehr auf den Geruch von scharf angebratenem Fleisch, Bratkartoffeln mit Kümmel und die säuerliche Note von klassisch angemachtem Salat. Aber es roch nicht nach warmem Essen. Es roch nach überhaupt nichts.

Essen, das nicht riecht, kann doch gar nicht gut sein, dachte er und betrachtete die Reste des familiären Abendessens, bestehend aus Polenta mit Tofu. Der Kühlschrank bot keine Alternativen, es war kein Bier mehr im Haus. Und Mario hatte heute Ruhetag.

Samstag, 01. November

Nachts war zum ersten Mal Schnee gefallen, der aber nur für Puderzucker-Design auf Dächern und Bäumen reichte. Dazu hatte ein schneidender Nordwind die letzten Blätter von den Zweigen gerissen. Zu allererst kontrollierte Charly an diesem Morgen, ob das Hoftor noch in den Angeln hing, die Fassade noch durchgehend weiß war und ob nicht tonnenweise Klopapier im Vorgarten herumlag. Gestern war Halloween gewesen. Einige Kinder hatten geläutet und nach Süßem verlangt. Es gab aber auch marodierende Cliquen, die ihren Spaß daran hatten, in dieser Nacht nur Saures zu verteilen. Familie Valentin war zum Glück verschont geblieben.

Zum Frühstück schnitten sie einen Zellerspitz an, den Julias Taufpatin gestern gebracht hatte. Dazu liefen im Radio getragene Balladen. Saukalt, ungemütlich, fad – es war alles so, wie es sein musste: Die katholische Welt feierte wieder Allerheiligen.

Charly wusste aus seiner Kindheit, dass es dabei um saubere Fingernägel, geleckte Frisuren, geputzte Nasen und ordentliche Kleidung ging. Manche Frauen bekamen jedes Jahr zu diesem Feiertag neue Mäntel und trugen neue Hüte auf sündteuren Frisuren. Vielen ging es an diesem Tag nicht darum, der Verstorbenen zu gedenken oder die Heiligen zu ehren, sondern vielmehr darum, am Friedhof in einem adäquaten Outfit gesehen zu werden und andere zu sehen, die – themengebend für die nachfolgenden Tage – vielleicht den Hut vom letzten Jahr trugen.

Charly musste sich, wenn er tief in sich hineinhorchte, eingestehen, dass sich ihm der tiefere Sinn dieses Feiertages nicht so richtig erschloss. Aber er wahrte die Tradition, warf sich in Anzug und Mantel, achtete darauf, dass Ludwig und Julia ordentlich gekleidet und gekämmt waren, und ging mit seiner Familie zum Friedhof. Nicht zu spät und nicht zu kurz, zur Begrüßung andächtig nach links und rechts nickend und darauf bedacht, ja niemanden zu übersehen. Wenn sich dann der Weihrauchnebel wieder verzog und die knarrende Stimme des Pfarrers aus den krächzenden Lautsprechern verstummte, dann verweilte man noch eine Vaterunser-Länge mit gesenktem Blick am Grab oder man wartete einfach, bis das gedämpfte Gemurmel zur normalen Gesprächslautstärke anschwoll. Ab da durfte man sich wieder bewegen, der Pflicht war Genüge getan und man konnte die eisigen Zehen und Finger in die vorgeheizten Stuben bringen, wo man mit Kaffee und Torten für den Rest des Nachmittags, bis zur gemeinsamen Brotzeit am Abend, die gesamte Heiligenschar ehrte.

Aber Tage wie Allerheiligen und Weihnachten hatten noch eine andere Bedeutung; das hatte Charly zu Beginn seiner Kripolaufbahn von einem erfahrenen Kollegen gelernt. »Flüchtige, deren Aufenthalt du ums Verrecken nicht ermitteln kannst, tauchen an Weihnachten plötzlich bei ihren Familien auf oder stehen wie die Chorknaben an der Familiengruft«, hatte ein erfahrener Kollege erklärt. »Und wenn in einem Fall ein Grab im Spiel ist, dann zieht das magisch an. Allerheiligen ist hervorragend geeignet für alle möglichen Gestalten, um unauffällig um ein Grab herumzuschleichen; aus welchen Gründen auch immer.«

Diesen Lehrsatz beherzigte Charly heute. Unter dem Vorwand, nach dem üppigen Mittagessen und der Schwarzwälder-Kirsch-Torte dringend Bewegung zu brauchen, verließ er die Tafel im Haus der Schwiegereltern nach der ersten Tasse Kaffee. Er fuhr zum Friedhof nach Seehof, wo einige Tage zuvor Bichlers Beerdigung in aller Stille über die Bühne gegangen war, ohne Musik, ohne Ansprachen. Nur die beiden Söhne, Frau Kornburg und der Pferdenachbar hatten ihm die letzte Ehre erwiesen. Charly hätte seine Hand nicht dafür ins Feuer gelegt, dass sich heute jemand am Grab hatte blicken lassen.

Noch immer lag der inzwischen verwelkte Kranz des Bauernverbandes als einziger Schmuck auf dem Erdhügel, an dessen Ende das einfache Holzkreuz mit dem schwarzen Band steckte. Es war bereits spät am Nachmittag, und nur noch vereinzelt hielten sich die Friedhofsbesucher an den Gräbern auf oder schlenderten zwischen den Grabreihen umher. Charly hatte sich an der hinteren Ecke der Aussegnungshalle postiert und machte ein andächtiges Gesicht. Verdeckt von einer schmalen Thujenhecke konnte er Bichlers Grab gut einsehen, ohne genau zu wissen, was er eigentlich entdecken wollte. Nach einiger Zeit, als das Tageslicht schon schwächer wurde, schlurfte eine gebeugte alte Frau auf ihn zu und blieb direkt vor ihm stehen. Sie sah ihn an, und da er nicht erraten konnte, was sie von ihm wollte, lächelte er. Aber nur so lange, bis sie ihm ihre grüne Plastikgießkanne an den Oberschenkel schlug. Da erst merkte er, dass er genau vor dem Hahn fürs Gießwasser stand. Er trat zur Seite und während die Alte mit einem unwirschen Murren ihre Kanne füllte, sah er sich, eine Entschuldigung stammelnd, nach einem anderen Standplatz um. Dadurch hätte er beinahe Manfred Bichler übersehen.

Der jüngere Sohn des toten Bauern war nicht feiertäglich gekleidet, er trug nur eine Jeans und eine Lederjacke. Ohne Kreuzzeichen trat er an das Grab heran. Auch seine Haltung konnte man nicht als andächtig bezeichnen. Vielmehr stand er leicht schräg davor, so als wäre er bereit, sich notfalls zu verteidigen. Manfred Bichler sah nicht aus. als würde er beten. Er erweckte eher den Eindruck, als führe er einen tonlosen Monolog, in dessen Verlauf er sich immer wieder durch leichtes Nicken seine Ausführungen selbst bestätigte. Plötzlich spuckte er zur Seite aus, drehte sich um und stapfte Richtung Ausgang durch den Kies.

Charly folgte ihm in sicherem Abstand und riskierte einen Blick über die Friedhofsmauer. Auf dem Parkplatz vor dem Friedhof stieg Bichler in einen verbeulten, an mehreren Stellen nachlackierten 5er BMW. Im Schein der Innenbeleuchtung erkannte Charly eine Frau, die er auf Mitte 30 schätzte, mit kurzen roten Haaren und einem Piercingstecker an der Augenbraue. Sie saß rauchend hinterm Steuer. Als Bichler eingestiegen war, startete sie den Wagen und die beiden fuhren Richtung Stadtmitte davon.

Charly notierte sich das Kennzeichen auf eine Baumarktrechnung, das einzig Brauchbare, das er auf der Suche nach einem Notizzettel in seiner Geldbörse fand. Er schlenderte zurück zur Aussegnungshalle, während er über Manfred Bichlers Auftritt und die gepiercte Rothaarige nachdachte. Was hatte das zu bedeuten? Hatte Bichler seinem Vater noch mal erklärt, warum er ihn getötet hatte? Hatte er sich entschuldigt? Gerechtfertigt? Sich versichert, dass er nicht wieder auferstanden war? Oder entsprach es eben seiner rustikalen Art, sich in Kung-Fu-Stellung vor dem Grab seines Vaters zu platzieren und zum Abschied auszuspucken? Und wer war die Rothaarige? Seit wann war er mit der zusammen? Hatte sie etwas mit dem Mord an seinem Vater zu tun? Hatte sie den Entschluss geweckt? Hatten sie gemeinsame Zukunftspläne, in die der Alte nicht gepasst hätte? Denn die Lady entsprach bestimmt nicht dem Idealbild einer Schwiegertochter, besonders nicht dem, das dem Bichler-Bauern vorschwebte, sofern ihm überhaupt eines vorschwebte.

Manchmal sind Bullen ganz schön dämlich, dachte Charly. Wenn man tief in den Ermittlungen zu einem Fall steckt, dann traut man irgendwann jedem alles zu, dichtet allen möglichen Leuten irgendwelche Motive an und spinnt die aberwitzigsten Theorien. Manchmal führten natürlich solche verschrobenen Gedanken zum Erfolg. Aber meistens müsste man sich eigentlich nach Abschluss der Ermittlungen bei einer Vielzahl der Beteiligten entschuldigen für alles, was man ihnen zugetraut hat.

Mit derlei berufsethischen Gedanken war Charly beschäftigt, als er eine Dame bemerkte, die in Lodenmantel und Fasanenfederhut den Friedhof betreten hatte. Er achtete nicht weiter auf sie, bis sie an ihm vorbei war und ihm ein Hauch von Eau de Cologne in die Nase stieg. Der Säbelzahntiger. Es war schon beinahe dunkel und es zog Nebel auf, darum hatte Frau Berthold ihn nicht bemerkt. Er konnte beobachten, wie sie an Bichlers Ruhestätte vorbeiging, ohne sie eines Blickes zu würdigen. Weiter hinten blieb sie an einem Grab in der zweiten Reihe stehen. Im schummrigen, gelben Licht, das die nahe Straßenbeleuchtung in den Friedhof streute, konnte er einen massiven schwarzen Grabstein mit einer reliefartigen Heiligenfigur erkennen. Die Sekretärin stand regungslos mit gesenktem Kopf und ineinander gelegten Händen davor. Bestimmt 20 oder 30 Minuten verharrte sie so, bevor sie andächtig drei Kreuzzeichen schlug, Weihwasser auf die schwarze Erde spritzte und den Friedhof so zielstrebig verließ, wie sie gekommen war.

Charly glaubte ein leises Schluchzen zu hören, als sie an der Thujenhecke vorbeiging. Nachdem das schmiedeeiserne Tor ins Schloss gefallen und Frau Berthold im Nebel verschwunden war, trat Charly aus seiner Deckung hervor und ging zu dem Grab. Bei dem Heiligen handelte es sich um Christophorus, der grau abgesetzt den Stein mit dem Kopf überragte. Den schwarzen Marmor beherrschte ein in die Mitte gemeißeltes, goldenes Kreuz. Links und rechts davon standen die Namen derer, die in diesem Flecken Erde die letzte Ruhe gefunden hatten oder derer man hier gedachte. Aus der Inschrift war zu erfahren, dass der Stabsunteroffizier Korbinian Schwarzmüller im Januar 1943 fern der Heimat in Stalingrad sein Leben verloren hatte. Hier in Seehof lag dagegen ein Franz-Josef Schwarzmüller begraben, geboren 1903, gestorben 1982. Neben ihm stand der Name seiner Frau: Agnes Schwarzmüller, geborene Berthold, 1905 bis 1986. Dann zog Charly die Augenbrauen hoch, denn auf der anderen Seite des Kreuzes, unter dem Stabsunteroffizier, bildeten goldene Lettern den Namen Rosa Bichler, geborene Schwarzmüller. Sie war 1944 geboren und im Alter von nur 26 Jahren anno 1970 hier beerdigt worden.

Montag, 03. November

Gott sei Dank hatte Charly wieder Appetit. Er konnte die resche Butterbreze zum Frühstückskaffee so richtig genießen. Gestern Abend noch hätte er nicht einmal ein Pfefferminzblättchen hinuntergebracht. Am Morgen hatte er Petra zum Sonntags-Brunch eingeladen, Es war die Entschädigung für die ausgefallene Shopping-Tour am vorletzten Samstag. Charly opferte sich, obwohl er eigentlich der Frühstück-und-fertig-Typ war.

»Schorschi, des is' lieb von dir. Ich liebe Brunch«, hatte Petra seine Offerte quittiert. Und sie hatte es ausgekostet, stundenlang, mit Müsli, Tee, Honigmelonen, Fruchtsaft,

Quark und Gebäckteilchen. Er hatte die Zeit mit Kaffee, Rühreiern, Speckstreifen, Salamisemmeln, zwei Schokocroissants, drei Weißwürsten, Brezen, einem kleinen Schweinsbraten mit Knödeln, zwei Weizen und einem Stück Prinzregententorte totgeschlagen. Danach war er den ganzen Sonntag über zu keiner Bewegung mehr fähig gewesen. Auch als Petra abends um zehn einen Bio-Joghurt löffelte, hatte er noch nicht an Essen denken können.

Charly war froh, nach diesem Wochenende wieder in die Arbeit gehen zu können. Auch, weil er dringend mit Helmuth sprechen musste. Noch viel mehr aber brannte ihm die Frage nach dem Seehofer Grab auf den Nägeln, für deren Beantwortung es nur eine kompetente Quelle zu geben schien.

Zuerst jedoch ging der halbe Montag für Verwaltungstätigkeiten drauf. Er sollte auf Garns Weisung möglichst schnell bisher geleistete Mannstunden im Fall Bichler auflisten, die Außendienststunden zusammenzählen, die Anzahl der befragten und überprüften Personen nennen und eine Zahl für die abgearbeiteten Hinweise angeben. Nebenbei sollte er den Fall Bichler im polizeilichen EDV-System statistisch aufbereiten und mit vorgegebenen Katalogwerten in den unterschiedlichsten Feldern befüllen, damit später jemand im Rechenzentrum mit einem Knopfdruck feststellen konnte, dass die KPI Ingolstadt im Oktober im Deliktsbereich Mord einen Zuwachs von 100 Prozent gegenüber dem Vorjahresmonat aufwies, denn im Jahr zuvor hatte es im Oktober einfach keinen Mord gegeben.

Sandra war am Morgen zu einer der Gessler-Angestellten im Mutterschutz gefahren und Charly nutzte die Gelegenheit, um mit Helmuth unter vier Augen über eine Entwicklung zu sprechen, von der er zufällig vor dem Wochenende erfahren hatte. Helmuth war am Freitag immer noch krank gewesen und Charly hatte am Freitagmorgen einige der Gessler-Mitarbeiter, die sich im Urlaub oder Krankenstand befanden, telefonisch befragt. Danach hatte er die Toilette aufgesucht. Zum dritten Mal an diesem Tag, denn zweimal war jeweils ein Kollege dagewesen, und Charly konnte es absolut nicht leiden, in eine Toilettenkabine zu gehen, wenn andere ihm beim Hineingehen zusahen, oder sich hinzusetzen, wenn eine der drei Kabinen bereits besetzt war. Beim dritten Versuch war der Raum endlich leer. Charly setzte sich in die hinterste Kabine, um in aller Ruhe das unvermeidbar Natürliche zu erledigen. Nach kurzer Zeit aber betrat eine weitere Person den Toilettenraum. Eine Kabinentür flog krachend ins Schloss, eine Gürtelschnalle klimperte, Stoff rauschte und der Klodeckel schlug gegen den Spülkasten. Gleich darauf war ein erleichtertes Seufzen zu vernehmen, das sich schon bald mit anderen, nicht aus der Kehle stammenden Tönen mischte. Mitten in dieser keramisch verzerrten Kakophonie schwoll das tonleiterartige Geläut eines Telefon-Mobilteils an.

»Fix«, knurrte die bis dahin seufzende Stimme.

Scheiße, wenns'd wichtig bist, dachte sich Charly.

Ein kurzes Piep signalisierte, dass der Seufzer das Gespräch angenommen hatte.

»Garn!«, meldete sich der Gerufene. Nach kurzem Schweigen stotterte er weiter: »Oh, ah, grüß Gott, Herr Polizeidirektor ... Das ist jetzt ... Nein, nein, aber ich bin g'rad ... Bitte? ... Ja, genau, hab ich auch schon drüber nachgedacht ... ach? ... so, so, will ihn zurück ... aha, offene Rechnung, verstehe ... äh, wie Sie wollen ... ach so, ich! ... also, weiß nicht ... doch, natürlich kann ich das beurteilen ... nein, äh, wir legen keinen Wert auf den Mann ... ungeeignet für die Kripo ... glaub ich, oder? ... nein, nein, ... genau, zurück zur PI ... g'rad wollt ich's sagen ... ja, teil ich ihm mit ... bitte, äh, danke, Herr Rubin, äh, Herr Polizeidirektor, auf Wiedersehen ... äh, -hören«. Es piepte. »Fix!«

Danach raschelte Papier, dann wieder der Stoff und schließlich klimperte die Gürtelschnalle. Wasser rauschte und Garn hatte die Toilette verlassen.

Später, als Charly im Gang mit Garn zusammengetroffen war, hatte dieser ihm en passant mitgeteilt, dass er entschieden habe, Helmuth demnächst wieder zurück zur Inspektion zu schicken.

Charly sah die Enttäuschung im Gesicht des Kollegen, als er ihm die Nachricht überbrachte.

»Also zurück in die Höhle des Löwen.« Helmuth lächelte sarkastisch.

»Die sitzen doch immer am längeren Hebel, das weißt doch«, klugscheißerte Charly. Gleich danach rügte er sich selbst: auch kein großer Trost.

Mit hängenden Schultern drehte Helmuth sich um und schweigend begann er, die Angaben der Gessler-Belegschaft in *STUPID* zu erfassen. Charly widmete sich wieder der Statistik.

Als Sandra zurückkam, versuchten sie gemeinsam, Licht in die Beziehungen Schwarzmüller – Berthold – Bichler zu bringen, die Charly auf dem Friedhof entdeckt hatte. Aber weder die polizeilichen EDV-Systeme noch die Daten des Einwohnermeldeamtes brachten sie weiter. Das Nachvollziehen von Verwandtschaftsstrukturen war nicht Charlys Stärke. Er war meistens froh, wenn er seine eigenen Onkel, Tanten, Nichten und Neffen fehlerfrei aufzählen konnte. Helmuth war genealogisch nicht viel besser – und nach der Hiobsbotschaft ein wenig demotiviert – und Sandra wollte sich heute Morgen anscheinend auch nicht auf alte Familiengeschichten konzentrieren. Sie war aus irgendeinem nicht ersichtlichen Grund gereizt, und nicht nur sie war froh, als sie die Dienststelle verlassen konnte, um die nächste Gessler-Arbeiterin im Mutterschutz zu besuchen.

»Prä- oder postmenstruell?«, fragte Helmuth.

»Prä«, sagte Charly, »post sieht ganz anders aus.«

Der Verwaltungskram war noch nicht ganz erledigt, doch er konnte sich nicht mehr darauf konzentrieren. Er wollte jetzt endlich die familiären Zusammenhänge aufklären. Höchste Zeit, dass er jemanden fragte, der sich mit so was auskannte.

Während Frau Kornburg duftenden Kaffee in die Tassen goss, erzählte Charly von dem Christophorus-Grab und erklärte, dass er gerne etwas über die Beziehung zwischen Annemarie Berthold und Rosa Bichler erfahren würde. Mehr Aufforderung brauchte Frau Kornburg nicht.

»Die Annemarie und die Rosa waren Cousinen«, begann sie, während sie nachdenklich ihren Kaffee umrührte. Den Blick in die Kaffeetasse gesenkt, schien sie sich weit in die Vergangenheit zu versetzen. »Beim Guisl warn's damals drei Kinder. Der Korbinian, der Vitus und die Agnes.«

Jetz' wird's schwierig, dachte Charly, denn er vermutete, dass Frau Kornburg jetzt mit Hausnamen operierte.

»Guisl ist ...?«, fragte er.

»Die Familie Berthold. Der Älteste, der Korbi, ist aus'm Krieg nicht mehr zurückgekommen. Der Vitus hat geheiratet und ist der Vater von der Annemarie und die Agnes hat beim Irxner eingeheiratet, also beim Schwarzmüller. Sie ist die Mutter von der Rosa. Die Annemarie und die Rosa waren von klein auf immer z'amm, wie Pech und Schwefel. Zwei so liebe Mädel waren das. Und dann hat die Rosa den Bichler g'heirat – oder heiraten müssen, so genau weiß man des nicht. Jedenfalls hat's kurz drauf ihren ersten Sohn geboren.«

»Und wie is' sie dann gestorben?«, wollte Charly wissen.

»Offiziell war's ein Unfall, beim Schwimmen in der Donau ertrunken.«

»Ah, darum der Christophorus, irgendwie! Und warum offiziell?« Charly nahm sich ein Stück von dem angebotenen Marmorkuchen.

»Na ja, es gibt auch das Gerücht, dass sie sich 's Leben genommen hat, freiwillig ins Wasser gegangen ist.«

»Aus welchem Grund? Sie hat zu der Zeit doch zwei kleine Söhne gehabt. Da geht man doch nicht einfach so ins Wasser.«

»Der Bichler war ein böser Mensch. Bei dem hat sie nix Schönes gehabt. Nur arbeiten, von früh bis spät, nix konnte sie recht machen, und verprügelt hat er sie auch. Und als sie den zweiten Sohn geboren hatte, war ihre Aufgabe erfüllt und sie hat gar nix mehr gegolten. Er hat sie behandelt wie ein Stück Vieh. Nein! Stimmt nicht, seine Viecher hat er besser behandelt. Und eines Tages war sie dann weg. Man hat ihre Kleider am Donauufer gefunden und sie selbst erst ein paar Tage später.«

»Was hat der Bichler dazu gesagt?«

»Pff, der … gar nix. Für den ist es weitergegangen, als ob nix gewesen wär.« Frau Kornburg schenkte Kaffee nach.

»Und die Buben?«

»Keine Ahnung, die hat man danach nicht oft gesehen. Sie durften eine Zeit lang nicht zur Schule und auf'n Hof hat er niemanden gelassen. Irgendwann ging's einfach so weiter, dann halt ohne Mutter.«

»Und die Annemarie, also die Frau Berthold?«

»Die hat sich die Seele aus dem Leib geheult. War damals völlig aufgelöst und fassungslos über den Tod ihrer Cousine. War ja auch noch ihre beste Freundin. Sie war es auch, die als Erste von Selbstmord gesprochen hat. Und ich glaub, die Sache von damals war auch der Grund, warum sie selber nie geheiratet hat.«

»Warum liegt die Rosa im Grab ihrer Familie und nicht im Grab der Bichlers?«

»Erstens hätt' das niemand zugelassen, dass sie auch nach ihrem Tod noch bei dem Scheusal liegt, und zweitens gibt's gar kein Grab der Bichlers. Ein paar Jahre, nachdem seine Eltern gestorben sind, hat der Geizkragen nämlich das Familiengrab aufgelöst. ›Kost' nur Geld und macht Arbeit‹, hat er damals gesagt. Den Flecken wo er jetzt liegt haben seine Söhne neu angemietet. Und ich soll mich drum kümmern. Aber ich weiß noch nicht, ob ich das machen will.«

»Warum macht man denn dann keine Feuerbestattung?«

»Das hab ich auch gefragt. Und wissen S', was der Manfred geantwortet hat?« Frau Kornburg bekreuzigte sich und flüsterte: »Der soll verfaulen, der Hund.«

Dienstag, 04. November

»Na endlich kommt Bewegung in die Sache«, stellte Helmuth fest. »Gott sei Dank hilft uns jetzt Kommissar Zufall.« Er hatte seine Depression überwunden und war wieder mit Eifer bei der Sache.

»Typischer Blödsinn«, konterte Charly. »Dein so genannter Kommissar Zufall hilft dir nur, wenn du vorher deine Hausaufgaben gründlich erledigt hast. Sonst pfeift er dir nämlich was, dein Kommissar Zufall.« Charly war stets leicht reizbar, wenn wochenlange akribische Ermittlungen mit der Floskel vom Kommissar Zufall übertüncht wurden. Natürlich führten ab und an Zufälle zur Aufklärung von Verbrechen. Aber nichtsdestotrotz musste man diese Zufälle erkennen und sie vor allem richtig bewerten. Ohne die nötige Vorarbeit verpufften solche Zufälle allzu leicht im luftleeren Raum.

Helmuth allerdings bezog sich nicht auf Charlys Friedhof-Erkenntnisse, sondern auf einen Anruf aus der Einsatzzentrale. Bruce hatte angerufen und mitgeteilt, ein wichtiger Zeuge habe sich bei ihm am Notruf gemeldet. Ein gewisser Herr Bracke aus Oberstimm habe mitgeteilt, er sei beinahe mit einem Fahrzeug zusammengestoßen, das zur fraglichen Tatzeit aus dem Hof des Bichlers kam. Mehr konnte Bruce am Notruf nicht erfragen.

Charly und Helmuth fuhren unverzüglich zur angegebenen Adresse. Ein großzügig – Helmuth hatte es großkotzig genannt – geschnittenes Einfamilienhaus am südlichen Ortsrand von Oberstimm stand lieblos mitten in einem riesigen Garten. Der bemerkenswerte Distel- und Brennnesselbewuchs sowie zahlreiche Spinnweben und das verdorrte Laub von mehreren Jahren zeigten deutlich, welches Gewicht die Bewohner den kleinbürgerlichen Obliegenheiten beimaßen. Wahrscheinlich pflegten sie höherwertigere, geistige Interessen.

Ein hageres Männchen in einem zu großen, groben Strickpullover öffnete ihnen die Tür und führte sie, nachdem sie sich vorgestellt und ausgewiesen hatten, in eine Art Atrium mit Sichtbalken und offenem Kamin. Das Innere des Hauses bestätigte den Eindruck, den die Ermittler schon außen von den Lebensinteressen der Bewohner gewonnen hatten. Sie setzten sich und Charly legte seine Schreibmappe widerwillig auf den mit Rotweinrändern und Mateteeflecken verklebten Couchtisch.

»Nun, Herr Bracke«, eröffnete Charly das Gespräch, »erlauben Sie mir als Erstes die Frage, warum Sie sich erst jetzt melden, mehr als drei Wochen nach dem Vorfall.«

»Sehen Sie, meine Herren«, antwortete das Männchen und kraulte seinen grauen Kinnbart. »Ich bekleide eine Leader-Position bei der Audi AG.« Er stand auf und fischte seine Geldbörse aus der Gesäßtasche seiner schlabbrigen Cordhose. Dann überreichte er Charly eine Visitenkarte: Thilo Bracke, Entwicklungsingenieur, stellv. Leiter Abt. E/III/127-14.

»Meine Stellung macht es erforderlich, dass ich mich regelmäßig an unseren Standort in China,« – er sagte nicht ›Kina‹, wie es in hiesigen Breiten üblich war und auch nicht ›Schiena‹, wie unheilbar sprachbehinderte Preußen das Wort immer wieder prononcieren, nein, er sagte ›Tschaina‹ – »in Changchun, begebe, um dort den Workflow für die Q5-Reihe ...«, er winkte gelangweilt ab. »Aber das führt zu weit, Sie würden es ohnehin nicht verstehen. Jedenfalls fliege ich regelmäßig, jeweils in Zeitfenstern von zwei bis drei Wochen, nach China.

Der letzte Flight ging am Sonntag, 12. Oktober, rüber und vorgestern kam ich wieder zurück.« Charly und Helmuth nickten. Charly machte sich Notizen und Helmuth schluckte die Frage nach den Gehaltszulagen hinunter.

»Was jetzt Ihren Fall angeht«, fuhr Thilo Bracke fort. »Ich lese während meines Aufenthaltes in China über die Weltpolitik in den großen Papers, in denen Ihr Fall natürlich nicht auftaucht.« Dabei hob er die Schultern und schob ihnen mit einem mitleidigen Lächeln die Handflächen entgegen. »Meine Edelgard hebt mir darum immer den *DonauKurier* auf, während ich drüben bin. Wenn ich zurückkomme, lese ich dann nachträglich chronologisch, was in Ingolstadt und Bayern während der letzten Wochen geschehen ist. Und dabei bin ich gestern auf das Event gestoßen, das Sie zu bearbeiten haben.«

»Genau, und was können Sie uns jetzt zu diesem, äh, Event sagen, Herr Bracke?«

»Es ist so, dass ich in China derart eingespannt bin, dass an Freizeit oder Ausgleichssport nicht zu denken ist. Darum nutze ich die Zeit, während ich hier bin, um zu trainieren. Ich fahre Rad. So auch an jenem Samstag. Ich habe nämlich so meine Strecken und meine Points. Und samstags trinke ich immer einen Cappuccino im *Donau-Cafe* am Stausee. Danach fahre ich über den Staudamm, dann donauaufwärts und schließlich eine größere Runde zurück nach Hause.«

»Und was ist an jenem Samstag passiert?«

»Ich fuhr an dem Hof vorbei, dem ersten von der Donau aus. Da ist es doch passiert, oder? Und aus der Ausfahrt schoss dieser Wagen auf die Straße. High speed und ohne zu schauen. Es hätte nicht viel gefehlt und er hätte mich voll gecrasht. Steine flogen und Staub wirbelte, es ging gerade noch mal gut.«

»Was war es denn für ein Wagen?«

»Ein roter Golf, eine alte Kiste mit einem riesigen Rostfleck hinten links.«

»Sind Sie sich mit dem Golf sicher?«, hakte Charly nach.

»Meine Herren, ich bin aus der Automobilbranche, also bitte.«

Das Kennzeichen des Wagens konnte Herr Bracke allerdings nicht nennen, auch den Fahrer konnte er nicht beschreiben. »Bei dem rasanten Ablauf des Geschehens ...« Er betonte nochmals, dass es nur seiner Geistesgegenwart zu verdanken gewesen sei, dass es zu keinem Zusammenstoß gekommen war.

»Dann hätt' ma wenigstens a Lackspur«, brummte Helmuth, aber Bracke hörte ihn nicht.

»Und wann war das Ganze?«, wollte Charly noch wissen.

»Es war auf jeden Fall noch hell.«

»Sundown war um 18.11 Uhr«, stellte Helmuth nüchtern fest.

»Na ja, dürfte so gegen 17.00 Uhr gewesen sein. Es war die ganze Zeit noch hell, bis ich zu Hause war.«

Charly fasste die Aussage noch einmal zusammen und diktierte sie auf Band, während Herr Bracke von Zeit zu Zeit zur Bestätigung nickte.

»Was sagst du dazu?«, fragte Charly, nachdem sie den Ingenieur verlassen hatten.

»Nachmittags trinkt man keinen Cappuccino, sondern einen Espresso«, antwortete Helmuth.

Mittwoch, 05. November

»Und?«, fragte Sandra neugierig, als Charly ihr von Thilo Bracke erzählt hatte. Helmuth nahm einen Ausdruck zur Hand und zählte sieben rote VW Golf auf, die er in *STUPID* erfasst hatte. Zwei davon gehörten Personen, die früher in den Fall Spachtholz verwickelt waren. Die konnte man vorerst vernachlässigen. Ein roter Golf war auf den Vorsitzenden des Bauernverbandes zugelassen. Ein weiterer wurde von Bichlers

Pferdenachbarn benutzt. Der fünfte Golf gehörte dem ortsansässigen Bauern, der sich nach Bichlers Tod um dessen Kühe gekümmert hatte, und zwei rote Golf waren auf Mitarbeiter der Firma Gessler zugelassen: eine Irina Lubic und Bertl Hack. Über die Zulassungsjahre der jeweiligen Fahrzeuge sagte die Liste nichts aus.

Zunächst entschieden sich die Ermittler allerdings, die Aussage des Ingenieurs zu überprüfen und das *Donau-Cafe* am Stausee aufzusuchen. Bevor sie allerdings das Büro verließen, kam Kriminalrat Garn herein.

»Na, da hat uns ja Kommissar Zufall schön weitergeholfen. Haben wir schon was Konkretes?«

Charly verlor unwillkürlich die Körperspannung, aber Aufklärung hatte in dem Fall wohl keinen Sinn.

»Es gibt sieben rote Golf, die wir überprüfen müssen«, antwortete er stattdessen, »aber zuerst wollten wir zwei grad zum *Donau-Cafe.*«

»Warum? Weil der Ingenieur aussagt, dass er dort war? Dort hat ihn doch das Auto nicht g'streift, oder?« Garn vermutete offenbar, die Herren Ermittler würden eine unnötige Überprüfung als Gelegenheit für ein gemütliches Kaffeekränzchen im Dienst nutzen.

Charly war sprachlos. Aber Helmuth, der Hauptmeister von der Inspektion, antwortete dem Leiter der Kripo: »Die Aussage verifizieren! War er wirklich da? Wann ist er gegangen? War's wirklich der Samstag? Wie war er bei'nand?«

»Aha, ... ja! So, so. Charly, hast du die Statistik fertig?«

Das kleine Café lag direkt am Ufer des Stausees und war für Besucher mit dem Auto nicht zu erreichen. Gute 300 Meter mussten sie den Uferdamm entlang marschieren, bis sie zu dem Flachbau kamen. In einer windgeschützten Ecke der Terrasse waren Tische, Stühle und Sonnenschirme zusammengestellt, aufeinander gestapelt und unter einer großen Plane verzurrt. An schönen Sonnentagen bot sich von hier eine malerische Aussicht auf den glitzernden Stausee, Segelboote und Kanus. Um diese Jahreszeit, ohne die Spaziergänger und Ausflugsgäste, trug sich das Lokal eigentlich nicht. Um aber eine kleine Schar von Stammgästen nicht zu enttäuschen, war das Café auch an so einem ungemütlichen, nasskalten Tag wie heute geöffnet.

Drinnen roch es nach dem kalten Rauch von gestern und es herrschte die kühle, ungastliche Atmosphäre, die immer am Morgen die Lokale erfüllte, die man am Abend noch als urig und heimelig empfunden hatte. Eine blonde Fünfzigerin, an der alles dran war, was zu einer Frau gehörte, wischte einen der sechs Tische ab, als die Ermittler eintraten. Sie war die Wirtin, wie sich herausstellte, und sie kannte Thilo Bracke.

»Ah, der China-Ingenieur«, sagte sie, nachdem ihr Charly den Sachverhalt erklärt hatte. Und sie sagte ›Kina‹. »Ja, der kommt alle paar Wochen mal am Samstagnachmittag vorbei. An welchem Samstag er zuletzt da war, kann ich Ihnen aber beim besten Willen nicht sagen. Es läuft bei ihm nämlich immer gleich ab.« Sie lächelte wissend. »Er kommt ja immer mit'm Rennradl. Dann trinkt er zuerst einen Cappuccino. Danach ein Weizen. Und dann kommen immer die gleichen Sprüch: weil er ja ein Jägermeister-Trikot anhätt, und auf einem Bein könnt man nicht stehen, und so jung kämen wir nicht mehr zusammen. Na ja, er ist immer so zwei oder drei Stunden da. Und wenn er dann wieder auf sein Radl steigt, dann bin ich jedes Mal froh, wenn er über die Staumauer auf die andere Seite kommt, ohne dass er in die Donau fällt.«

Diese Erkenntnis stellte die Aussage des Entwicklungsingenieurs in einem anderen Licht dar. Durchaus möglich, dass es gar nicht der Bichler-Hof war, an dem er in seinem Zustand vorbeigeschaukelt war. Vielleicht eine Einfahrt weiter, und es war der Golf des Pferdehofbesitzers. Vielleicht war es auch gar kein Beinahe-Unfall, sondern der Golf war ganz normal aus dem

Grundstück herausgefahren. »Wenn's denn überhaupt ein Golf war«, gab Helmuth zu bedenken. »Vielleicht irrt sich der Herr Ingenieur aus der Autobranche ja dann auch bei der Marke.«

Sie beschlossen, die Möglichkeit mit dem Pferdenachbarn sofort abzuklären. Also überquerten sie die Donau auf der Glacisbrücke und fuhren wieder stadtauswärts zu dem Pferdehof an der Roßlettenstraße. Vom Gutsherrn, der mit hochrotem Kopf dem Schmied beim Beschlagen seines Friesen half, erfuhren sie, dass der rote Golf, der erst zwei Jahre alt war, von seiner Tochter gefahren wurde. Sie studierte in Freiburg und war schon Monate nicht mehr zu Hause gewesen. Damit war diese Option schon mal vom Tisch.

Viel interessanter als der Golf des Pferdewirts waren zwei Fahrzeuge, die sie schon bei der Hinfahrt vor dem Bichler-Hof auf dem Weg stehen sahen: ein dunkler Audi A6 Avant – »Werkswagen«, registrierte Helmuth mit Blick aufs Kennzeichen – und ein silberfarbener S-Klasse-Mercedes. Während Charly und Helmuth zu den Fahrzeugen hinüberstierten, kamen die Fahrer plaudernd aus dem Bauernhof.

»Ach, der Bichler-Christian kümmert sich um sein Erbe«, stellte Charly fest.

»Und der andere is' der Aumiller, der größte Bauträger von Ingolstadt.«

Im Büro startete Helmuth eine neue Recherche in *STUPID*. Diesmal ließen sie sich alle roten Fahrzeuge, ohne die Einschränkung auf den Typ Golf, anzeigen. Das Programm warf eine ungleich längere Liste aus. Obwohl sein Fluchen während der Datenerfassung mittlerweile zu den Grundgeräuschen im Büro gehörte wie das immer wieder einsetzende Brummen eines Kühlschranks in der Küche, hatte Helmuth seine Aufgabe von Anfang an wirklich sehr gründlich erledigt. Zu jeder Person, die in dem Verfahren auftauchte, hatte er die zugelassenen Fahrzeuge festgestellt und eingegeben.

Helmuth druckte die Liste aus. Mit einem dicken Rotstift strich Charly alle Autos, die man beim besten Willen nicht als klein bezeichnen konnte, und diejenigen, die auch im angetrunkenen Zustand nicht mit einem Golf verwechselt werden konnten. Von ursprünglich 43 Pkw blieben danach noch 28 über. Darunter befanden sich die sieben roten Golf, die schon durch die erste Abfrage bekannt waren. Dazu kamen 21 Fahrzeuge der unterschiedlichsten Hersteller: Peugeot, Daihatsu, Fiat, Skoda, Toyota. Charly stutzte.

»Da schau her, Frau Berthold fährt einen roten Skoda. IN-AB 310.«

»Den haben wir gesehen!« Sandras Zeigefinger deutete auf Charly. »Das ist der vorm Gessler mit dem Yoga-Aufkleber. Das Kennzeichen ist mir aufgefallen, weil ich am dritten zehnten Geburtstag hab.«

Auch Charly erinnerte sich jetzt an den Wagen, über dessen Aufkleber er gelacht hatte. »Ja, der hat ja fast ausg'schaut wie ein Golf, oder? War aber doch ziemlich neu. Der Bracke sagt, es war ein verrost'er, alter Hund.«

»Aber den braunen Aufkleber hinten links könnt man schon mit einem Rostfleck verwechseln, wenn man nicht mehr so scharf sieht und wenn's dazu noch so schnell geht.«

Charly kam eine Idee. Er stand auf und verließ das Büro. Es war lange nach Dienstschluss und beim Erkennungsdienst war niemand mehr da. Aber Charly kannte das Ablagesystem seines Kollegen. Schnell fand er die Schachtel im Regal hinter Fischers Schreibtisch. Dort bewahrte der Spurensicherer alle Asservate aus dem Fall Bichler auf, säuberlich einzeln in Plastikbeutel verpackt und übersichtlich mit Klebeetiketten beschriftet. Charly musste nicht lange suchen, bis er die Tüte mit dem Seidenschal fand. Er öffnete den Druckverschluss, der den Plastikbeutel seit der Sicherstellung des Schals luftdicht verschlossen hatte, und sofort schlug ihm der Duft seiner Kindheit entgegen: Kölnisch Wasser mit Lavendel in konzentrierter Form.

Donnerstag, 06. November

Schneeregen hatte in den Morgenstunden die Stadt überzogen und fror jetzt bei knackigen Minusgraden auf den Straßen fest. Sandra musste sich konzentrieren, um nicht zu viel Gas zu geben. Aber außer dem PS-starken 5er BMW, dem wohl ungeeignetsten Fahrzeug bei derartigen Witterungsverhältnissen, war kein anderer Dienstwagen mehr verfügbar gewesen. Sie waren unterwegs zur Firma Gessler, um Erkundigungen einzuholen. Denn Frau Berthold war – gemäß dem offiziellen polizeilichen Sprachgebrauch – flüchtig. Sie war gestern Abend weder zu Hause noch sonst wo anzutreffen gewesen. Nach Charlys nasaler Erkenntnis, wer den orange-grünen Seidenschal in Bichlers Haus vergessen hatte, fügte sich alles zu einem schlüssigen Bild zusammen.

»Also Rache nach fast 40 Jahren für den Tod der geliebten Cousine«, hatte Charly als Tatmotiv in den Raum gestellt.

»Vielleicht zusammen mit der Angst um den Arbeitsplatz«, hatte Sandra ergänzt. »Denn die Berthold kennt natürlich die Zusammenhänge zwischen Bichlers Feld und der Zukunft der Firma.«

»Nicht nur!«, hatte sich Helmuth eingeschaltet und schon wieder mit einem Computerausdruck gewedelt. »Die Sandra hat doch einen Strafzettel bekommen, als sie für die Durchsuchung vor dem Haus vom Gessler geparkt hat.«

Genervt hatte Sandra die Augen verdreht.

»Da ist nämlich in der ganzen Straße Parkverbot«, hatte Helmuth weiter erklärt, »links und rechts. Darum hab ich mal die Strafzettel-Datenbank durchforstet, wer in letzter Zeit so alles beim Gessler geparkt hat. Und siehe da, im letzten halben Jahr wurde zweimal der Skoda von der Berthold in der Straße aufgeschrieben. Und zwar zu Zeiten, zu denen der Chef seiner Sekretärin keinen Geschäftsbrief mehr diktiert: einmal abends um 20.00 Uhr und einmal um 11.00.« Er hatte Sandra zugezwinkerte. »Die nächste Möglichkeit, wo man sein Auto abstellen darf ist ein kleiner Parkplatz 100 Meter weiter. Dort wurde der Skoda mal im Juli nachts um 01.00 Uhr aufgeschrieben, weil der TÜV abgelaufen war.«

»Dann hat sie wirklich ein Verhältnis mit ihrem Chef und nicht nur ihren Arbeitsplatz gerettet, sondern auch die Firma von ihrem Schatz«, hatte Charly resümiert und auf Sandras Oberschenkel geschlagen. »Auf geht's, Schatz, fahr'n wir zum Säbelzahntiger.«

Doch die Wohnung war verwaist gewesen. Der Nachbar zur Linken war ebenfalls nicht zu Hause gewesen und der Nachbar rechts sprach nur rumänisch. Daraufhin hatte Charly die zivile Fahndungseinheit informiert und eine Funkfahndung für Frau Berthold und deren Pkw veranlasst. Eine knappe Stunde später hatte der Leiter der Fahndungstruppe ihm mitgeteilt: »Die Grenzen sind dicht.«

Natürlich waren die Grenzen nicht dicht. Es handelte sich dabei um eine polizeiliche Floskel aus der Zeit, als rund um Deutschland noch die Grenzübergänge überwacht wurden. Der Ausspruch beschrieb damals kurz und bündig die Situation, dass alle Grenzübergänge über die Fahndung informiert waren und die höchste Stufe der Fahndungsmaßnahmen erreicht war. Ein beruhigendes Gefühl für den Sachbearbeiter.

Am Morgen hatte Charly auf Nachfrage vom Fahndungsleiter erfahren, dass diese Frau Bertram – so viel zum Thema intensive Fahndung – nirgends aufgelaufen sei und nicht festgenommen werden konnte. Darum wollten sie nun ihr Glück in der Firma versuchen. Vielleicht wusste man dort etwas über ihren Aufenthalt. Charly erinnerte sich an den Fall eines Buchhalters, der wegen der Unterschlagung einer Millionensumme festgenommen werden sollte, sich aber ins Ausland abgesetzt hatte. Allerdings hatte er zuvor gewohnheitsmäßig und pflichtbewusst in der Firma hinterlassen, wo er zu erreichen sei, falls etwas Dringendes wäre.

Sie bogen auf den Firmenparkplatz ein und Sandra trat so abrupt auf die Bremse, dass der BMW auf dem schmierigen Boden ein kurzes Stück schlitterte. Dort stand Frau Bertholds Skoda, mit abgekratzten Scheiben.

Hinter ihrem Schreibtisch empfing sie die Sekretärin wieder mit dem geschäftsmäßigen Lächeln und teilte ungefragt mit, dass sich Herr Gessler immer noch in Malaysia aufhielte und erst morgen zurück erwartet werde.

»Wir wollen gar nicht zu Herrn Gessler, Frau Berthold. Wir wollen zu Ihnen. Wo waren Sie denn gestern Abend?

»Gestern war Mittwoch. Mittwochs ist immer Yoga-Abend.« Frau Berthold blickte nervös zwischen Charly und Sandra hin und her. »Und danach war ich mit den Damen beim Pizzaessen, so bis gegen Mitternacht. Dann bin ich nach Hause gefahren. Warum?«

Charly und Sandra sahen sich achselzuckend an. Sandra schloss kurz die Augen und presste die Lippen zusammen. Wie blöd konnte man denn sein? Natürlich, der Yoga-Aufkleber, daran hatten sie nicht gedacht, total vergessen. Und der Fahndungstrupp? Den Kollegen war wohl die Chance auf die Festnahme eines Kiffers am Autobahnrastplatz lieber gewesen, als stundenlang und am Ende vielleicht ohne zählbares Ergebnis auf eine Wohnungstür zu starren.

Mit steinerner Miene hörte Frau Berthold die Erklärung, es gebe Hinweise, dass sie etwas mit dem Tod des Josef Bichler zu tun habe. Alles Weitere wolle man ihr auf der Dienststelle erläutern. Die Sekretärin musste schlucken. Kurz sah es so aus, als würde sie protestieren, dann besann sie sich, rief eine der Damen aus der Buchhaltung, teilte ihr mit, dass sie die Herrschaften von der Polizei begleiten müsse, und übergab ihr die Geschäfte sowie den Tresorschlüssel.

»Sieht gar nicht aus wie eine Mörderin«, stellte Helmuth fest. Frau Berthold war adrett gekleidet wie immer. Sie trug einen schwarzen Rock und eine rote Bluse mit einer langen Perlenkette. Steif und aufrecht saß sie am Tisch im Vernehmungszimmer. Die Unterarme hatte sie auf dem Tisch aufgelegt und die Finger ineinander verzahnt. Nur gelegentlich strich sie sich mit einer grazilen Bewegung eine widerspenstige Strähne hinters Ohr. Ansonsten harrte sie bewegungslos der Dinge, die da auf sie zukommen würden.

Auch Frau Gambrini-Steinmetz war zur KPI gekommen, um bei der Befragung dabei zu sein. Sie war bewaffnet mit Block und Kugelschreiber, bat aber Charly, die Vernehmung zu führen, da er die größere Erfahrung habe.

»Frau Berthold, Sie waren beim Bichler am Hof«, begann Charly. »Das da«, er hob den Plastikbeutel hoch, »ist doch Ihr Schal. Das wird zwar eine DNA-Analyse noch beweisen, aber ich bin mir trotzdem sicher.«

Er machte eine Pause und sah die Sekretärin an. Nur die Augen bewegten sich in ihrem kreidebleichen Gesicht, als sie den Schal fixierte. Aber sie schwieg.

»Sie haben gewusst, wo die Pistole liegt und haben jederzeit Zugriff drauf gehabt. Wann haben S' die Pistole aus'm Schrank genommen«?

Wieder antwortete sie nicht auf die Frage. Sie starrte immer noch in Richtung des Beutels mit dem Schal, ihr Blick war allerdings leer.

»Sie wissen, wie's mit der Firma weitergeht, wenn Ihr Chef das Feld nicht haben kann. Dann is' eher heut als morgen vorbei mit dem Betrieb.«

Noch immer reagierte sie nicht. Aber Charly hatte den Eindruck, ihre Unterlippe hätte leicht zu zittern begonnen.

»Sie ham ein Verhältnis mit'm Herrn Gessler, gell?«

Jetzt sah sie Charly an. Aber nicht erschrocken, sondern eher fragend. Pure Verständnislosigkeit lag in ihrem Blick. Was geht es die Polizei an, wenn ich mich mit Ignaz Gessler gut verstehe und wir uns gegenseitig geben, was wir brauchen, schienen ihre hübschen braunen Augen zu sagen, in die wieder Leben zurückkehrte. Aber ihr Mund sagte nach wie vor nichts und da Charly ihre ungestellte Frage nicht beantwortete, wanderte ihr Blick zurück zu dem Plastikbeutel.

»Oder war's wegen der Rosa? Wollten S' endlich Rache? Nach fast vierzig Jahren?«

»Die Drecksau.« Dann herrschte Grabesstille. Der Ausdruck war aus Frau Berthold herausgekrochen, ohne dass sie die Lippen bewegt hatte, wie in einem dieser Exorzistenfilme, als ob ein fremdes Wesen durch Frau Bertholds Mund sprach. Vor allem auch, weil dieser grobe Kraftausdruck so überhaupt nicht zur Erscheinung der gepflegten Frau passte. Und auch die leidenschaftliche Betonung, die jetzt noch in der Stille des Raumes nachklang, war bemerkenswert. Wie viel Hass musste jemand auf sich konzentriert haben, der es fertig brachte, von dieser distinguierten Person derart derb betitelt zu werden! Jedenfalls war der Kraftausdruck offenbar der Pfropfen gewesen, der bis dahin verhindert hatte, dass sich Frau Berthold zu den Vorhaltungen äußerte, der Verschluss, der nun aufgebrochen war und es ermöglichte, die bis dahin nur gedachten Worte zu artikulieren.

Den Blick wieder auf den Seidenschal gerichtet, begann sie langsam und leise zu sprechen: »Der hat schon mal ein Leben ausgelöscht; auf dem Gewissen.« Dann sah sie Charly an und ihr Blick war nicht mehr leer. Ihre Augen glühten. »Wissen S' wie das ist, wenn man einen geliebten Menschen verliert und man schon lange vorher gesehen hat, dass es passieren wird? Wissen S' wie das ist, wenn man sich danach immer wieder sagt, ich hab's doch gewusst, warum hab ich nichts getan, warum hab ich nicht rechtzeitig reagiert? Man gibt sich selber die Schuld für das, was passiert ist. Obwohl man genau weiß, schuld ist ein anderer, der durch seine Sturheit, seine Menschenverachtung, seine Ignoranz das Ganze so weit getrieben hat. Aber die Zweifel bleiben. Und du machst dir

Vorwürfe. Und irgendwann schwörst du dir: nie wieder! Nie wieder schau ich nur zu, ohne wenigstens zu versuchen, das Ganze zu ändern.« Ihre Finger hatten sich voneinander gelöst und sich zu Fäusten geballt, die sie jetzt auf den Tisch schlug, dass die Anhänger ihres Armreifs klimperten. »Ja, ich war bei diesem Menschen auf dem Hof. Ich wollt mit ihm reden, ihn zur Vernunft bringen.«

»Dann waren S' also nicht wegen der Rosa bei ihm, sondern wegen der Sache mit dem Gessler?«, fragte Sandra, die inzwischen für alle Kaffee geholt hatte.

»Das ist doch das Gleiche«, antwortete Frau Berthold und strich sich wieder die Strähne hinters Ohr. »Die Rosa und ich, wir waren junge Frauen. Wir hatten unsere Träume und unsere Pläne, unsere Vorstellungen von der Zukunft. Die Rosa wollt in ihrem Leben nichts anderes, als was alle jungen Frauen wollen – wenigstens zur damaligen Zeit: heiraten, eine Familie gründen, ihr Auskommen haben. Einfach ein bisserl glücklich sein, ganz bescheiden, ganz im Kleinen. Aber dieser Sadist, dieses Schwein hat ihr das nicht vergönnt. Systematisch hat er alles getan, damit sie unglücklich wurde. Bis sie keine Zukunft mehr gesehen hat und ins Wasser gegangen ist.«

»Offiziell war's ein Badeunfall«, warf Charly ein.

Frau Berthold antwortete gar nicht darauf, sie winkte nur ab. »Und genauso ist es beim Ignaz, also beim Herrn Gessler. Die Firma ist sein Leben, da hängt sein Herzblut drin.«

Charly verkniff sich eine Bemerkung über den Zusammenhang von Blut, Gessler und der Firmenübernahme.

»Und er hat's dem Bichler erklärt«, fuhr Frau Berthold fort. »Der hat genau g'wusst, um was es für den Ignaz geht. Nur darum wollt er ihm das Feld nicht verkaufen. Aus reiner Bosheit, nur damit der andere nicht zufrieden und glücklich werden kann.«

»Aber der Gessler sagt, die Firma sei ihm gar nicht so wichtig. Er könnt damit auch aufhören, hat genug Geld für den

Lebensabend. Und ehrlich gesagt, er hat ja auch ein Alter, wo man schon mal an den Ruhestand denken darf«, warf Charly ein.

»Natürlich sagt er das. Er würde nie zugeben, dass ihm irgendwas nahe geht. Erst recht nicht gegenüber Fremden und schon gleich gar nicht bei der Polizei, ist doch klar. Aber glauben Sie mir, die Firma ist sein Ein und Alles. Die betreibt er, bis sie ihn mit den Füßen voraus raustragen. Wenn der Betrieb vorher Pleite macht, dann bricht für ihn seine Welt zusammen.«

»Was war dann an dem Samstag?« Charly kam wieder zum Grund der Vernehmung zurück.

»Ja, ich war dort, bin hingefahren und wollt mit ihm reden. Hab mir alles so schön ausgedacht g'habt, aber ich hätt's besser wissen müssen. Mit dem hast nicht reden können. Der hat mich nur ausg'lacht.«

»Und da haben Sie ihn erschossen!«

»Ich hab ihn nicht erschossen. Ich bin wieder gefahren. Enttäuscht und verzweifelt, aber ich bin wieder gefahren.«

»Wenn nichts passiert ist, warum haben Sie uns dann nicht gesagt, dass Sie beim Bichler waren, als wir in der Firma aufgetaucht sind?«, hakte Charly nach.

Frau Berthold zuckte mit den Schultern. »Weiß nicht, so halt.«

»Und der Schal?«

»Ach, irgendwas hab ich abgewischt, wie ich mich in der schmuddligen Küche von dem Unmenschen hingesetzt hab.«

»In der Küche? Wo waren S' denn noch überall während des Gesprächs?«

»Nur in der Küche.«

»Wie lange hat das Gespräch gedauert?«

»Nicht länger als eine Viertelstunde, dann hab ich's aufgegeben und bin wieder gefahren.«

»Zeugen dafür gibt's nicht zufällig?«

»Keine Ahnung, ob mich wer geseh'n hat. Daneben auf dem Pferdehof war jede Menge Betrieb. Autos auf dem Weg und Pferde sind hin und her geführt worden. Ich wär' mit meinem Radl fast nicht durchgekommen.«

Charly und Sandra sahen sich überrascht an. »Mit Ihrem Radl? Sie waren mit dem Rad da? Wann war denn dieses Gespräch, um welche Uhrzeit?«

»Weiß ich nicht, vormittags halt.«

Charly atmete tief durch. »Frau Berthold, Ihr Auto wurde gesehen, als es gegen 17.00 Uhr, also ungefähr zu der Zeit, als Bichler erschossen wurde, mit hoher Geschwindigkeit vom Tatort wegfuhr.«

Das war hoch gepokert. Die Staatsanwältin räusperte sich und warf Charly einen fragenden Blick zu. Vor Gericht hätte dieser Vorwurf sofort den Einspruch eines Verteidigers provoziert. Denn es stand keinesfalls fest, dass es sich um den Skoda von Frau Berthold gehandelt hatte. Immerhin hatte Thilo Bracke, Ingenieur aus der Automobilbranche, anhand ihm vorgelegter Prospektfotos eingeräumt, dass man dieses Skodamodell durchaus mit einem Golf verwechseln konnte. Auch als Fachmann, insbesondere in einer derartigen Situation, wo alles so schnell ging. Ferner bestand natürlich auch die Möglichkeit, so hatte Herr Bracke nach einer intensiven Erinnerungsphase zugegeben, dass man in einer solchen Gefahrensituation einen großen braunen Aufkleber als Rostfleck wahrnehme. Seine Beschreibung »alter Hund« für den Zustand des Fahrzeuges habe er aus diesem Rostfleck abgeleitet. »Wissen Sie«, hatte er gesagt, »wenn man es nur immer mit hochwertigsten und nagelneuen Fahrzeugen zu tun hat, dann ist alles ein alter Hund, was nicht direkt vom Band läuft, ha ha.«

Mit der Reaktion, die seine Aussage bei Frau Berthold auslöste, hatte allerdings keiner gerechnet. Zunächst sah sie ihn einige zähe Augenblicke lang ungläubig an. Dann sackte sie nach vorne und schlug die Hände vors Gesicht. Ihre Schultern bebten. Nachdem sie eine Weile in ihre Handflächen geschluchzt hatte, ging ein Ruck durch ihren Körper. Sie richtete sich auf und gleichzeitig fuhr sie mit den Handflächen nach oben und strich die Haare nach hinten. Mit geröteten Augen sah sie Charly an und zusammen mit dem kurz angehaltenem Atem presste sie die Worte »Ich war's« hervor, wodurch ihre Schultern wieder ein Stück nach vorne fielen. Mit dem Handrücken wischte sie sich die Nase ab und wiederholte: »Ich hab ihn erschossen.«

»Jetz' doch?«, kommentierte Sandra.

»Wie? Erzählen Sie's uns genauer«, forderte Charly sie auf.

»Ich bin am Nachmittag noch mal hingefahren und hab ihn erschossen.«

»Um die Zeit waren Sie aber im Caritas-Heim in Gerolfing.«

»Ist ein Katzensprung nach Knoglersfreude.«

»Wo haben Sie ihn denn erschossen?«

»Im Kuhstall.« Es hörte sich mehr an wie eine Frage, nicht wie eine Aussage. Sie sah Charly an wie bei einer mündlichen Prüfung, wenn man sich vorsichtig vortastet, Schlüsselwörter nennt und auf das zustimmende Nicken des Prüfers hofft.

Und so, als Frage-und-Antwort-Spiel, setzte sich die Vernehmung fort. Frau Berthold erzählte, dass sie die Pistole vor langer Zeit im Schrank entdeckt und sie vor einigen Wochen mit nach Hause genommen habe, nur aus einer Laune heraus, ohne einen bestimmten Plan. Nachdem sie am Vormittag das fruchtlose Gespräch mit Bichler geführt habe, sei sie nachmittags mit dem Auto noch einmal zum Hof hinausgefahren, habe Bichler im Kuhstall angetroffen und ihn erschossen.

»Wo im Kuhstall war er denn, der Bichler, als Sie geschossen haben?«, fragte Charly.

»Ich weiß nicht mehr. Mittendrin?«

»Und wie haben Sie ihn erschossen, wo haben Sie ihn getroffen?«

»In den Kopf.« Wieder ein fragender Blick.

»Wo genau? Links, rechts, Mitte, vorne, hinten?«

Sie hob die rechte Hand, streckte den Zeigefinger und stellte einen Selbstmord nach. »Äh, hier, rechte Seite.«

»Und dann?«

»Dann hab ich die Pistole abgewischt und sie ihm in die Hand gelegt.«

»In die linke oder in die rechte?«

»Ich weiß es nicht mehr.« Frau Berthold war fertig. Ihre Haltung war dahin. Von dem Ruck zu Beginn des Geständnisses war nichts mehr übrig. Sie saß zusammengesackt mit hängenden Schultern auf dem Stuhl und wischte sich immer wieder Tränen aus den Augen.

Charly beschloss, die Vernehmung für heute zu beenden, und Sandra brachte die Sekretärin nach unten in die Arrestzelle, wo sie auf Frau Gambrini-Steinmetz' Anordnung heute bleiben sollte, bis sie morgen dem Haftrichter vorzuführen wäre.

Helmuth war bei der Vernehmung nicht dabei, darum berichtete ihm Charly in allen Einzelheiten.

»Die hat zwar jetzt gestanden, aber das ist nicht rund«, sinnierte Charly. »Das passt ned. Natürlich ist das eine Extremsituation, die man wahrscheinlich zu verdrängen versucht, aber die weiß gar nix. Die weiß nicht, wo der Bauer erschossen wurde – der war hinten, fast im letzten Eck, nicht mittendrin – und die weiß nicht, dass er zurückgeschleift wurde an die Wand. Den Rest hat's aus der Zeitung oder hat's einfach erraten.«

Diesen Eindruck hatte auch Frau Gambrini-Steinmetz gewonnen. Doch bevor man jetzt weitere Schritte unternahm, solle man bis morgen abwarten. Eine Nacht im Polizeigewahrsam habe schon manchem Ruhe zum Nachdenken beschert und zu ganz anderen Aussagen am nächsten Tag geführt.

Charly bat Helmuth, seine Frau anzurufen und sie noch einmal zu dem Nachmittag im Seniorenheim zu befragen.

Also setzte der sich ans Telefon und wählte die Nummer von zu Hause. »Hallo Sternchen, ... nein, dauert noch ein bisschen ... ja, ich dich auch ...«

Sandra und Charly trauten ihren Ohren nicht. Die flucherprobte Stimme klang plötzlich wie das Surren eines Sechszylinders auf der Autobahn. Beide mussten ein spontanes Lachen unterdrücken und grinsten nur in sich hinein.

»Ja, das glaub ich dir ... bei mir auch ... Du, ich ruf an wegen ... wie, heute? ... ja, ich freu mich auch ... Mäuschen, warum ich anr ... doch, doch, sehr gern ...«

Das Gespräch zog sich ein wenig in die Länge. Am Schluss stand jedoch fest, dass Frau Berthold ehrenamtlich jeden Samstagnachmittag die Heimbewohner umsorgte und daher natürlich niemand kontrollierte, wann und wie lange sie da war. Und auch wenn sie dazwischen mal eine halbe oder dreiviertel Stunde fehlte, fiel das niemandem auf, wenn sie nicht gerade mitten in einer Mensch-ärger-Dich-nicht-Partie verschwand. Das Einzige, was Frau Reithl mit Bestimmtheit sagen konnte, war, dass Frau Berthold an dem betreffenden Samstag wie immer mit dem Rad gekommen war.

Gerade, als Helmuth seinen Bericht beendete, polterte Garn ins Büro.

»Und, wie schaut's aus?« Charly erhob sich und setzte zu einer umfassenden Erklärung an.

»Die Berthold, also die Sekretärin, hat zwar gestanden, aber ...«

»Prima«, unterbrach ihn Garn, »dann ham wir den Fall ja geklärt.« Ohne weiter auf Charlys Einwürfe zu achten, machte er auf dem Absatz kehrt, tippte auf seinem Mobilteil herum und riss es sich ans Ohr.

»Grüß Gott, Herr Polizeidirektor, Garn hier. Gute Nachrichten ...« Dann war er am Gang verschwunden und nicht mehr zu hören.

»Na super, warum erfahr ich das erst nach Redaktionsschluss?« Hubert Riederer war stinksauer. In einem überregionalen Boulevardblatt hatte der Lokalreporter die Überschrift ›Sekretärin rächt tote Freundin nach 40 Jahren‹ und einen Bericht zu dem Ingolstädter Fall gefunden.

»Beruhig dich, Hubert«, versuchte Charly zu beschwichtigen, »dann musst du wenigstens keinen Widerruf schreiben. Das ist nämlich alles Quatsch. Ich weiß nicht, warum die Pressestelle das gestern Abend noch rausgegeben hat. Von mir kam's jedenfalls nicht.«

»Aber sie hat doch gestanden.«

»Ja, aber das hinkt hinten und vorne. Ich versprech dir, du erfährst es, wenn ich was Genaues weiß.«

»Okay, Charly, ich verlass mich auf dich. Ciao!«

Kaum hatte Charly aufgelegt, rief Polizeidirektor Rubin an, um ihm zu dem schönen Ermittlungserfolg zu gratulieren. Aber Charly stellte klar, dass der Fall noch nicht aufgeklärt sei.

»Wie kommt denn dann diese Meldung zustande?«, wollte der Vorgesetzte wissen.

»Das können Sie sich doch denken, Herr Rubin.«

»Mhh ... gar nix konn i!«

Vormittags wurde Frau Berthold noch einmal in den Vernehmungsraum geführt. Sie sah nun aus wie alle, die eine Nacht in den Zellen der Inspektion verbracht hatten: zerknittert, zerzaust, unausgeschlafen, eingefallen. Mit hängendem Kopf schlurfte sie über den Gang, ohne nach links und rechts zu blicken. Und genauso apathisch saß sie auf dem hölzernen Stuhl im Vernehmungszimmer, die Schultern nach vorne geschoben und die Hände auf den Oberschenkeln. Allerdings schien sich während der Nacht ihr Entschluss gefestigt zu haben, die Tat zu gestehen. Einsilbig antwortete sie auf Charlys und Sandras Fragen und beschrieb den Ablauf so wie gestern auch. Sie sei nachmittags noch einmal zum Hof hinausgefahren, habe Bichler im Kuhstall angetroffen und ihn dort erschossen. Dann habe sie ihm die Pistole in die Hand gedrückt und sei in ihrem Auto mit hoher Geschwindigkeit davongefahren. Den Vorhalt, sie sei zur Tatzeit mit dem Rad am Caritas-Heim in Gerolfing gewesen, stellte sie einfach als falsch hin, und behauptete, an diesem Samstag mit dem Auto am Seniorenheim gewesen und von dort zum Hof und wieder zurückgefahren zu sein. Auf weitere Widersprüche in ihrer Aussage reagierte sie nur mit Achselzucken und auch Fragen nach Details beantwortete sie mit einem »Ich weiß nicht mehr. Es war so schrecklich. Ich kann mich nicht erinnern«. Einen Anwalt wollte sie nach wie vor nicht konsultieren. Sie brauche keinen, sagte sie, jetzt noch nicht. Später in einer Verhandlung vielleicht, aber jetzt wolle sie die Sache allein und schnell über die Bühne bringen.

Jedenfalls blieb sie dabei, den Bichler-Bauern erschossen zu haben. Ihr Motiv sei der Tod ihrer Cousine Rosa gewesen, aber auch die Sache mit Gessler und dem Acker. Sie habe es für Gesslers Glück, für seinen Lebenstraum getan. Sie räumte nun sogar ein, die Pistole bereits mit diesem Hintergedanken aus der Firma mit nach Hause genommen zu haben. Als sie am Vormittag zu Bichler gefahren war, habe sie die Pistole schon dabei gehabt. Sie habe Bichler sogar damit bedroht, aber er habe sie nur ausgelacht. In diesem Moment habe sie es nicht fertiggebracht, den Abzug durchzuziehen. Sie habe Skrupel gehabt und keinen Menschen töten wollen. Erst als sie zu Hause über die ganze Situation nachgedacht habe, sei der unbändige Hass wieder erwacht und sie habe für sich beschlossen, dass sie keinen Menschen töte, sondern einen Teufel, eine Kreatur der Hölle.

Das war ihre Aussage und dabei blieb sie, auch als Charly ihr nach mehreren Stunden ins Gesicht sagte, dass er ihr nicht glaube.

Am Telefon stellte die Staatsanwältin fest, dass in diesem Fall keine andere Wahl blieb: Auch wenn erhebliche Zweifel an der Glaubwürdigkeit des Geständnisses bestanden, man würde sie heute noch dem Ermittlungsrichter vorführen müssen. Und der würde höchstwahrscheinlich die Untersuchungshaft anordnen. Frau Berthold wurde wieder in die Arrestzelle geführt.

»Aber wenn sie's nicht war, wer war's dann?«, stellte Sandra in den Raum.

»Und warum deckt sie denjenigen?«, fragte Helmuth und kratzte sich am Kinn.

Charly sprach seinen Gedanken laut aus: »Vielleicht doch der Gessler?«

»Aber der hat doch ein nachweisbares Alibi. Der war in Malaysia.«

»Das Alibi wird da drüben von den Schlitzaugen bestätigt«, spann Charly seinen Gedanken weiter. »Die haben aber doch auch ein Interesse, dass es mit ihrem langjährigen Zulieferer und persönlichen Freund weitergeht. Nix leichter als das. Wenn die da drüben dem Gessler seinen Aufenthalt bestätigen, dann hat er alle Zeit der Welt ...«

»Na, na, na! Jetz' fantasierst aber«, bremste ihn Helmuth ein. »Das ist schon sehr weit hergeholt. Da könnt's genauso gut der Bertl Hack sein. Auf den passt auch einiges und vielleicht hat sie ja mit dem auch ein Verhältnis.«

Nun widersprach Sandra: »Jetz' geht euch aber der Gaul durch, oder! Die Berthold hat zwar was mit ihrem Chef, aber deswegen ist sie doch noch nicht die Firmenmatratze.«

Mitten in dieser hitziger werdenden Diskussion klopfte jemand an den Türrahmen.

»Darf ich kurz stören?« Kollege Nager vom Betrug sah in drei überraschte Gesichter.

»Äh ... Charly, die Sache mit den Kaffeetassen am Tatort,

also mal unter vier ...«, er zählte nach, »unter acht Augen: Das wurmt mich immer noch. War ein blöder Fehler, ich wollt mich noch mal entschuldigen.«

Charly winkte ab: »Schon okay, Franz.« Er wollte die Diskussion wieder aufnehmen, doch Nager war noch nicht fertig.

»Ich glaub aber, ich kann die Sache wieder gut machen. Du hast doch in deinem Fall eine Frau Berthold eingesperrt.«

Charly wurde hellhörig und nickte.

»Und diese Namenskombination Gessler – Berthold kam mir irgendwie bekannt vor. Ich hab ein bisserl recherchiert. Manchmal schon ganz praktisch, dieser blöde Computer. Wir haben nämlich damals einen *STUPID*-Fall angelegt.«

Helmuth stöhnte und Nager erzählte weiter, dass er vor einiger Zeit ein Großverfahren gegen einen Ingolstädter Anlageberater betrieben hatte, der mehrere hundert Kunden über den Tisch gezogen hatte. Es ging um Geldanlagen mit unglaublichen Renditeversprechen, Anteilsscheine, Gewinnobligationen, Containerschiffanteile und Lebensversicherungen. Eigentlich Angebote, bei denen der gesunde Menschenverstand sagte, dass etwas nicht stimmen konnte. Aber wie immer, wenn die Dollarzeichen in den Augen die Wahrnehmung trüben und die Aussicht auf schnelles, unversteuertes Geld das Gehirn ausschaltet, waren zahlreiche Anleger darauf hereingefallen. Unter anderem der Gessler, und übrigens auch Bierschneider.

»Ich hab also in meinen alten Unterlagen gekramt. Der Gessler hat damals Optionsscheine gekauft und eine Risikolebensversicherung mit einer irrsinnigen Verzinsung abgeschlossen.« Nager wedelte mit der Kopie einer Versicherungspolice.

»Was glaubt ihr, wen der Gessler als Bezugsberechtigten im Versicherungsfall eingetragen hat?«

Alle drei zuckten mit den Schultern.

»Florian Berthold!«

Charly stand auf und riss ihm die Kopie aus der Hand. Tatsächlich, schwarz auf weiß.

»Der Flo! Aber warum sollte denn der Gessler den Florian Berthold …«, während er sprach, versuchte sein Verstand die formulierte Frage selbst zu beantworten.

»Wer is' der Vater vom Florian?«, fragte er Sandra und Helmuth.

»Keine Ahnung, die ist doch ledig!«

»Is' die Berthold noch da?«

Helmuth rief in der Wache an, wo das Haftbuch für die Arresträume auflag. »Nein, ist schon unterwegs zum Richter.«

»Scheiße«, entfuhr es Charly. Was konnte man als Nächstes tun? »Geburtsurkunde, Standesamt.« Dabei sah er Helmuth an. Der sah auf seine Armbanduhr.

»Freitag um halb vier, da kannst dich brausen mit Standesamt.«

Charly produzierte ein schmatzendes Geräusch und ließ resignierend die Arme fallen.

»Aber ich kenn eine, die arbeitet im Standesamt«, fiel Helmuth ein. »Von früher.«

Er konnte seine Bekannte zu Hause am Telefon erreichen und nachdem er ihr die Dringlichkeit seines Anliegens erläutert und man einige angenehme Erinnerungen ausgetauscht hatte, versprach die Dame, sofort noch einmal in ihr Büro zu fahren und die Geburtsurkunde von Florian Berthold herauszusuchen. 20 Minuten später schob sich eine Kopie der Urkunde aus dem Faxgerät.

»Interessant«, verkündete Charly, nachdem er die Abschrift des Dokumentes durchgelesen hatte. Das Papier beurkundete, dass die ledige Büroangestellte Annemarie Berthold am 14. März 1984 in Ingolstadt einen Knaben mit den Namen Florian Ignaz zur Welt gebracht hatte. Ein handschriftlicher Vermerk am Rand des Blattes gab Auskunft darüber, dass Ignaz Gessler im Mai 1992 die Vaterschaft anerkannt hatte.

»Also ist der Gessler der Vater von der Berthold ihr'm Sohn«, stellte Charly zusammenfassend fest.

»Seine eigene Ehe ist kinderlos geblieben«, dachte Sandra weiter. »Und wenn der Gessler nicht noch mehr Kinder irgendwo adoptiert hat, dann ist dieser Florian der Alleinerbe – auch von der Firma.«

Helmuth stellte daraufhin lapidar fest: »Na also, Motiv vorhanden.«

Charly war auffällig ruhig. Ihn hatte während der letzten Momente anscheinend irgendetwas anderes beschäftigt. Plötzlich stand er auf und ging zu seinem Schrank. Dort hing immer noch die Jeansjacke, die er seit der Tatortarbeit am Bichler-Hof nicht mehr getragen hatte. Er griff in die Jackentasche und fischte den gelben Plastiknagel heraus, den er an jenem Abend eingesteckt hatte.

»Was ist das?«, fragte er in die Runde, während er den Nagel hoch hob.

»Sieht aus wie ein Tee«, meldete sich Nager, der immer noch im Türrahmen lehnte und sich in seiner Freizeit mit adäquaten Partnern dem Golfsport widmete. »Wir Golfer benutzen es beim ersten Abschlag.«

»Der golfverrückte Florian!« Charly drehte das Tee zwischen den Fingern. »Motiv, Gelegenheit und seine Ma besorgt ihm die Waffe.«

»Und wo finden wir den jetz'? Der studiert in Regensburg, oder?«

»Erstens könnten wir mal eine Abfrage in der Meldedatei von Regensburg machen«, schlug Charly mit Blick auf Helmuth vor, »und zweitens könnten wir in die Handtasche von der Berthold schauen. Die haben wir doch sichergestellt, zur späteren Auswertung. Sandra, schaust du mal nach, die ist bestimmt beim Bernd vorne in der Kiste.«

Die Computerabfrage ergab eine Anschrift in der Regensburger Innenstadt und Helmuth bat die zuständigen Kollegen, an der Adresse nachzusehen, ob sie Florian Berthold antreffen konnten.

Sandra kam mit der Handtasche zurück und öffnete sie.

»Aha, ihr Handy!« Charly nahm das Mobiltelefon heraus, aber es war keines der Modelle, die er gewohnt war. Er drückte einige der sehr kleinen und abgegriffenen Tasten und schon erklang ein harmonischer Akkord, das Display leuchtete auf, zeigte den Gruß »Auf Wiedersehen« und wurde wieder schwarz.

»Ich glaub, jetz' hab ich's ausg'schalten.« Mit Mühe konnte er eine Taste identifizieren, auf der sich ein kaum mehr sichtbarer Strich in einem verwaschenen Kreis befand. Er drückte darauf und es erklang ein anderer Akkord. Das Display wurde hell und zeigte die Aufforderung Bitte PIN eingeben.

»Scheiße!«

»Vierzehn Null Drei«, schlug Helmuth vor.

Charly tippte und das Handy schaltete sich ein. Verblüfft sah er Helmuth an.

»Florians Geburtsdatum, typisch Mutter«, erklärte er.

Das Menü des Telefons zeigte fünf entgangene Anrufe von ›Flo Handy‹ seit gestern Nachmittag. Die letzte Nachricht war eine SMS: »Ma, kann dich nicht erreichen, melde mich von unterwegs, abfl. in 2 Std. Lg flo.« Die Mitteilung war vor etwa einer Stunde abgeschickt worden.

Schon als er sich am Telefon meldete, wirkte der Kollege von der Flughafeninspektion gereizt und genervt. Charly erklärte ihm, dass es um die Festnahme eines Tatverdächtigen in einer Mordermittlung gehe, der vermutlich in circa einer Stunde nach London abfliegen werde. Der Beamte lachte kurz und gepresst, was sich am Telefon jedoch wie ein Grunzen anhörte.

»Kollege, der Jahrestag der Reichspogromnacht steht bevor. Das heißt, es landen jede Mengen Maschinen aus Israel mit der höchsten Sicherheitsstufe. In und um München laufen derzeit zwei Messen und eine Speedway-Weltmeisterschaft. Dazu noch heute und morgen ein politischer Arbeitsgipfel auf Ministerebene. Wir haben aktuell einen Unfall mit vier Fahrzeugen auf dem Zubringer und eine Maschine im Anflug, die Probleme mit dem Bugfahrwerk meldet. Hey, sorry: keine Chance. Aber wir haben mit England ein Rechtshilfeabkommen. Lass ihn rüberfliegen und drüben festnehmen, dann ist er in 14 Tagen wieder da. Wir können dir leider nicht weiterhelfen.«

»Fix!« Charly knallte den Hörer auf die Gabel. Dann sprang er auf und griff sich seine Jacke.

»Auf geht's! Helmuth, du fährst!«

Helmuth entschied sich für den 5er BMW. Sie hatten keine Stunde mehr für die 70 Kilometer von Ingolstadt bis zum Flughafen, und das bei dieser Witterung im Berufs- und Reiseverkehr am Freitagnachmittag. Und außerdem hatten sie noch keine Ahnung, wie es am Flughafen weitergehen sollte.

Im Hof sperrte der junge Kommissar, den Charly vor drei Wochen im Bichler-Hof zum ersten Mal gesehen hatte, gerade seinen Streifenwagen ab.

»Wir müssen in einer Dreiviertelstunde am Flughafen sein, sonst fliegt unser Mörder nach England und ist weg«, rief ihm Charly entgegen. Verblüfft stellte er fest, dass der junge Kollege weder irgendwelche Fragen stellte noch Bedenken äußerte. Er sperrte den Dienstwagen sofort wieder auf, warf sich hinters Steuer und startete den Motor. Charly hatte den rechten Fuß noch draußen, als der Audi losfuhr. Auch Helmuth und Sandra hatten ihren BMW erreicht und fuhren los. Während sie vor dem großen Metalltor warten mussten, bis sie den Sicherheitsbereich verlassen konnten, setzte Sandra das Blaulicht mit Magnethalter auf das Dach des Zivilwagens. Dann begann eine abenteuerliche Fahrt durch den Berufsverkehr der Stadt, über rote Ampeln, auf Radwegen vorbei an kleinen Staus, auf der Gegenspur großer, leicht überfrorener Ausfallstraßen vorbei an zockelnden, verunsicherten Autofahrern, die sich vermutlich eben in diesem Moment entschlossen, jetzt dann doch die Winterreifen zu montieren. Auf der Autobahn herrschte auf allen drei Fahrstreifen dichter Verkehr und mancher Luxusmarken-Chauffeur räumte nur widerwillig und nach mehrmaliger Aufforderung durch die Lichthupe die linke Spur. Helmuth und der junge Kommissar im Streifenwagen schenkten sich nichts. Charly hegte zu Beginn der Fahrt kurz die Befürchtung, Helmuth könnte versuchen, den Streifenwagen zu überholen. Aber dazu bot ihm der junge Kommissar – Johannes, wie Charly mittlerweile wusste – keine Gelegenheit. Er fuhr wie der Teufel, aber stets sicher und beherrscht. Trotzdem brauchten sie in der Blechlawine eine gute Dreiviertelstunde, bis sie auf den Flughafenzubringer einbogen. Dort trafen sie auf einen Stau, der durch den Unfall mit den vier Fahrzeugen verursacht wurde. Mühsam quälten sie sich durch die Freiräume zwischen den Fahrspuren und schließlich konnten sie die Unfallstelle und die staunenden Kollegen, die mit der Unfallaufnahme beschäftigt waren, passieren.

»Terminal?«, fragte Johannes.

Charly sah auf die Uhr. Die Stunde war beinahe um und der Abflug stand unmittelbar bevor. »Nein, zu spät!«, antwortete er. »Vorfeld!«

Johannes zog die Augenbrauen hoch. Zum Befahren des Vorfeldes am Flughafen, das Areal, wo die Maschinen abgestellt wurden, wo Passagiere zu- und ausstiegen, wo die Jets zur Startbahn fuhren oder von der Landebahn kamen, brauchte man eine spezielle Berechtigung. Es galten eigene Regeln, in die man eingewiesen sein musste. Man durfte nur innerhalb bestimmter bunter Linien fahren, die, wenn man ihre Bedeutung nicht kannte, aussahen wie ein verwirrender Schnittmusterbogen auf dem Asphalt. Aber was soll's. »Vorfeld«, bestätigte er.

Sie schossen die Nordallee entlang auf die Einfahrtskontrollstelle zu. Charly hatte keine Ahnung, was er sagen oder tun sollte, wenn der Kontrollposten die Schranke einfach nicht aufmachte.

Der Posten sah die Fahrzeuge von Weitem auf sich zukommen. Ein Streifenwagen mit Martinshorn, Blau- und Fernlicht voraus und ein ziviler, dunkler BMW, ebenfalls mit Blaulicht, hinterher, beide mit arrogant hoher Geschwindigkeit. Sah ganz nach diplomatischem Besuch aus und ihm hatte wieder niemand Bescheid gesagt. Seine Anweisung sagte, die Fahrzeuge mussten anhalten und die Insassen sich ausweisen, und nur mit Vorfeldgenehmigung durften er sie passieren lassen. Auf diese Anweisung hatte er sich vor einiger Zeit berufen, als er den Schlagbaum nicht sofort geöffnet hatte. Den Senegalesischen Marineattaché und den ihn lotsenden Polizeihauptkommissar hatte er anhalten und sich ausweisen lassen. Diplomatischer Schluckauf bis in hohe Regierungskreise war die Folge gewesen, und er hatte eine Abmahnung kassiert. Damals hatte ihm auch niemand Bescheid gesagt.

Charly hatte sich bereits alle möglichen Argumente und Ausreden bereitgelegt, wenn sie gleich an der Kontrollstelle ankommen würden, als sich plötzlich vor ihnen die Schranke öffnete. Fast ungebremst rauschten sie an einem salutierenden Posten vorbei aufs Vorfeld.

Johannes stoppte kurz ab, um sich zu orientieren. Einige große Maschinen standen an den schwenkbaren Fingern der Terminals. Mehrere kleine Jets parkten auf ihren zugewiesenen Positionen am Vorfeld. Eine LTU-Maschine rollte hinter einem gelb-schwarz-karierten VW-Bus an ein Terminal heran. Dazwischen wuselten Gepäckzüge, Tank- und Versorgungswagen umher. Im Stand laufende Triebwerke sowie startende und landende Jets produzierten einen ständigen Lärmpegel.

Hinter ihnen hupte Helmuth mehrmals und deutete aufgeregt nach links. Gemächlich rollte dort ein Airbus A-320 auf die Autobahnüberführung und in Richtung Startbahn. Der

Rumpf und die Tragflächen waren weiß lackiert, die Unterseite dunkelblau. Nur das Heck und das Leitwerk trugen ein auffallend buntes Flickenmuster. Über den vorderen Fenstern prangte der Schriftzug »British Airways«.

Charly zeigte auf die Maschine und Johannes reagierte. Mit Vollgas schoss der Streifenwagen Richtung Startbahn. Fast hätte der Fahrtwind Charly die Anhaltekelle aus der Hand gerissen, als er sie beim Überholen aus dem Fenster hielt. 50 Meter vor dem Airbus bremste Johannes ab und stellte den Streifenwagen quer. Hinter ihnen driftete der zivile BMW in dieselbe Position. Mit einem kurzen Quietschen und einem leichten Schaukeln stoppte der Jet unmittelbar vor ihnen. Gleich darauf wurde das seitliche Cockpitfenster nach hinten geschoben und es erschien ein weißer Arm mit vier Streifen, eine Schulter und ein Kopf mit kurzen rötlichen Haaren und einer schwarzen Sonnenbrille.

Charly verstand nicht, was der Mann sagte, aber er glaubte irgendetwas von »stupid« und »crazy« und »fool« zu hören.

»Will you fly to London?«, rief er dem Piloten zu.

Der Rothaarige stutzte und schob die Sonnenbrille nach oben, um sich diesen Komiker mit der Anhaltekelle genauer anzusehen. Zwischen den Fliegern waren die Bewegungen eingefroren. Die Fahrer von Tanklastern, Gepäckzügen und Zubringerbussen hatten ihre Vehikel angehalten. Alle starrten in die Richtung, wo ein bayerischer Streifenwagen einen Düsenjet der British Airways kurz vor dem Start mit einer Polizeikelle angehalten hatte. Sogar die Triebwerke schienen vorübergehend aufgehört zu haben, Lärm zu produzieren. »No, wür göhön to Manchester«, antwortete der. Pilot »Die Flight to London hat Verspööitung. It stands da hinten.« Der vierstreifige Arm deutete zurück aufs Vorfeld und Charlys Blick folgte ihm. Dort hinten, mitten im Rollfeld stand eine Maschine des gleichen Typs und mit der gleichen Lackierung. Als die Bewegung auf dem Vorfeld langsam wieder einsetzte, fuhr ein Zubringerbus von diesem Flieger weg. Zurück blieb eine Personengruppe mit Gepäckstücken. In deren Mitte stand ein schlanker junger Mann mit stylisch hochgegelten Haaren, dessen erschrockenen Blick man bis hierher erkennen konnte.

Charly gab Helmuth ein Zeichen und deutete in Richtung des jungen Mannes. Der BMW setzte zurück und raste unter Missachtung aller bunten Linien quer über das Vorfeld auf das Grüppchen Passagiere zu. Auf halber Strecke kam ihm jedoch ein Tankwagen in die Quere. «Zefix!« Helmuth musste bis zum Stillstand abbremsen, um eine Kollision zu vermeiden.

Inzwischen war Charly wieder eingestiegen und auch der Streifenwagen raste über die große Fläche. Als der Tankwagen endlich vorbei war, sahen die Beamten, dass der junge Mann versuchte, in die andere Richtung davonzulaufen. Er hatte den Jet umrundet und rannte in Richtung der hinteren Terminals. Damit war Helmuth aus dem Rennen, zwischen all den abgestellten Flugzeugen und dem Versorgungsverkehr nahe der Terminals hatte er keine Chance, Flos Weg zu kreuzen. Johannes konnte jedoch noch rechtzeitig reagieren und den Streifenwagen in einem weiten Bogen um den Jet herum lenken und von dort Richtung Terminal fahren, bis auch ihn ein Service-Lkw mit Bordverpflegung ausbremste. Charly stieß die Tür auf und nahm die Verfolgung zu Fuß auf. Florian Berthold hatte zwar einen Vorsprung von etwa 50 Metern, aber der junge Mann spurtete nun schon eine beachtliche Strecke. Langsam schienen ihn die Kräfte zu verlassen, während Charly noch frisch war. Schnell verringerte sich der Abstand und plötzlich blieb Florian Berthold stehen.

Gott sei Dank, dachte Charly. Lang hätt' ich dir nicht mehr nachlaufen können.

Als er den schwer atmenden Jungen erreichte, der offenbar die Ausmaße des Vorfeldes unterschätzt hatte, trafen auch die beiden Dienstwagen ein und die Kollegen sprangen aus den Fahrzeugen.

»Was wollen Sie von mir?«, keuchte Berthold, der seinen pumpenden Körper zu einer Abwehrhaltung zwang und selbstbewusst das Kreuz durchdrückte.

»Warum laufen Sie davon?«, konterte Charly, genauso keuchend.

»Ich hab mit dem Tod von diesem Bauern nichts zu tun. Ich war noch nie auf diesem Hof«, schrie der junge Mann, obwohl in dieser Ecke des Platzes der Triebwerkslärm gar nicht so laut zu hören war.

Charly griff in die Jackentasche und hob das Tee in die Höhe.

»Tja, war ein sauberer Abschlag, aber dann kurz vorm Loch in den Bunker geschlagen, oder?«, kommentierte Johannes. »Wissen Sie nicht, dass man heut fast überall DNA nachweisen kann? Da sollt man seine Ausrüstung nicht am Tatort rumschmeißen.«

Florian Berthold sah Johannes fragend an. Dann starrte er auf das Tee und man konnte sehen, wie sich seine Gedanken überschlugen. Schließlich ließ er Hände und Schultern sinken und sich widerstandslos die Handschellen anlegen.

Während der Rückfahrt nach Ingolstadt setzte wieder Schneeregen ein. Florian Berthold saß neben Charly im Fond des BMW und blickte apathisch durch die nasse Scheibe. Die Maschine der *British Airways* verschwand gerade in den schweren grauen Wolken.

»Sie sind festgenommen wegen des Mordes am Josef Bichler«, erklärte Charly noch einmal deutlich, um die rechtlichen Vorgaben zu erfüllen. »Sie müssen gar nix dazu sagen, wenn S' nicht wollen, und Sie können jederzeit einen Anwalt hinzuziehen.«

Flo zeigte keine Reaktion.

»Herr Berthold, Sie waren an dem Samstagnachmittag auf dem Bauernhof und haben den Bichler erschossen.«

Unbewegt stierte der Angesprochene durch die Scheibe, auf der sich sein Atem niederschlug.

Charly lehnte sich zurück und sah ebenfalls nach draußen. Auf der linken Spur blieb der nasse Schnee bereits liegen. »Ihre Mutter hat uns gestanden, dass sie ihn erschossen hat.«

Mit einem Ruck drehte Flo den Kopf und starrte den Kommissar aus zusammengekniffenen Augen an. »Sie war's nicht«, murmelte er schließlich.

»Sie würde für Sie ins Gefängnis gehen.«

»Sie weiß gar nicht, dass ... ob ich es war.«

»Der Skoda Ihrer Mutter wurde gesehen, als er zur Tatzeit aus dem Hof raste. Als wir ihr das vorgehalten haben, hat sie zugegeben, ihn erschossen zu haben.«

Flo richtete den leeren Blick nach vorn, wo die Scheibenwischer hektisch bemüht waren, die Windschutzscheibe frei zu halten. Nur das Rauschen der Klimaanlage war zu hören. »Dieser blöde Radfahrer, oder?«

Charly schwieg.

»Ich kann nicht mal sagen, dass es mir leid tut«, flüsterte Flo. »Ich wollt ihm genau zwischen die Augen schießen. Aber im letzten Moment hat er sich weggedreht. Wie er dann so da lag, mit dem Loch an der Seite«, die gefesselten Hände tippten rechts an seine Stirn, »da kam mir erst die Idee, es nach Selbstmord aussehen zu lassen.« Endlich sah er Charly wieder an. »Sonst hätt ich ihn einfach liegenlassen in seinem Kuhmist.«

»Und Ihre Mutter hat nichts davon gewusst?«, fragte Charly.

Berthold schüttelte langsam den Kopf. »Ma war am Vormittag bei ihm. Ich hab auch mitbekommen, dass sie die Pistole dabei hatte. Aber Ma kann doch niemanden erschießen.« Es klang fast liebevoll, so, als hätte er erzählt, dass seine Mutter keine Dampfnudeln zubereiten konnte. Doch gleich darauf verfiel er in einen schärferen Ton. »Sie hat nur wieder geflennt. Wie immer. Tausendmal hab ich diese Geschichte von der Rosa gehört und wie die Drecksau sie fertig gemacht hat. Und jedes Mal hat Ma geheult dabei.«

»Sie wollten also Ihre, äh, – Großcousine, oder? Also die Rosa halt – rächen, damit endlich Gerechtigkeit herrscht und ihre Mutter zufrieden sein kann?«, hakte Charly nach.

Fragend sah Flo ihn an. Es hatte sich fast angehört, als wolle der Kommissar ihm eine Brücke bauen mit einem Motiv für die Tat, das sich halbwegs ehrenhaft anhörte. Langsam nickte er.

»... und Ihre eigene Zukunft sichern«, setzte Charly hinzu.

»Pff ...« Der Blick des jungen Mannes wanderte wieder zur Frontscheibe, wo die vereisten Wischer bogenförmige Schlieren zogen. Er durchdrang das Schneegestöber und fixierte einen imaginären Punkt in der Ferne. »Ich lass mir doch nicht alles kaputt machen, nur weil dieser sture Bauer seine blödsinnige Wiese nicht verkaufen will«, zischte er. »Wegen dem Idioten geht alles den Bach runter, obwohl's ein blühendes Unternehmen sein könnt.« Nach einer kurzen Pause, während der man deutlich seinen stoßweisen Atem hörte, wandte er sich wieder Charly zu. Mit demselben höhnischen Grinsen wie zuvor und einem Blitzen in den strahlend blauen Augen verkündete er: »Ich studier doch nicht den ganzen Quatsch, damit ich mich später acht Stunden täglich in ein Büro setz und um jede fünf Euro Gehaltserhöhung und jeden Tag Urlaub betteln muss.«

Du sitzt die nächste Zeit ganz wo anders, dachte Charly.

Spät abends, nachdem die vordringlichsten Arbeiten erledigt waren und Florian Berthold fürs erste in der Arrestzelle saß, besuchte Charly die Schichtbeamten der Inspektion, um dem jungen Kommissar für seinen schnellen Einsatz zu danken.

»Du, Johannes, unter uns: Das mit der DNA war grenzwertig. Wir haben überhaupt keine offene DNA-Spur mehr am Tatort und so oft, wie ich dieses Golf-Teil jetzt schon in den Fingern gehabt hab, glaub ich nicht, dass wir da noch DNA vom Berthold runterbringen.«

»Das hab ich ja auch nie behauptet«, antwortete Johannes mit einem Grinsen. »Ich hab nur gefragt, ob er weiß, dass man fast überall DNA nachweisen kann. Den Rest hat sich der Berthold selber ausgedacht, so wie du.«

Mit einem Lächeln fuhr Charly nach Hause, wo ihn eine in Wolldecken gehüllte und vor dem Fernseher schlafende Petra erwartete, die nicht mehr in der Lage war, die Neuigkeiten entsprechend zu würdigen. Darum schenkte er sich ein Weißbier ein, strich sich ein Butterbrot, setzte sich an den wuchtigen Tisch im Esszimmer und genoss seine Gedanken für sich allein.

Montag, 10. November

Die kurzfristig angesetzte Pressekonferenz war gerade vorüber und der Techniker des lokalen Fernsehsenders verpackte die Kameraausrüstung. Direktionsleiter Rubin, Dienststellenleiter Garn, Kommissariatsleiter Barsch, der Leiter der Pressestelle und der Leiter der Staatsanwaltschaft Dr. Brenneisen hatten der Hand voll Journalisten dargestellt, wie dieser sehr aufwendige und verzwickte Fall schließlich doch noch zu lösen war.

Charly hatte die Aktion als Zuschauer im Hintergrund verfolgt und sich sehr amüsiert. Denn genauso wie Frau Berthold bei ihrem Geständnis hatten auch Garn, Barsch und Brenneisen auf Fragen nach Details nur schwammige, ausweichende Antworten geben können. Garn verwies beharrlich auf »Kommissar Zufall«, der sehr bei der Aufklärung geholfen habe.

Charly vermied es tunlichst, seine Freude offen zu zeigen. Die Pressestelle war ohnehin schon sauer. Denn wieder einmal hatte Hubert Riederer aus irgendeiner Quelle Informationen vor den anderen Medien erhalten. Die offizielle Presseerklärung war erst am Montagmorgen an die Redaktionen versandt worden. Und so hatte der *DonauKurier* als einzige Zeitung in der Wochenendausgabe über die Festnahme und die endgültige Fallaufklärung berichten können.

Charly, Helmuth und Sandra hatten den ganzen Samstag auf der Dienststelle verbracht und den Haftbefehl gegen Florian Berthold vorbereitet, die Freilassung seiner Mutter betrieben und die dringendsten Arbeiten zur Aufbereitung des Falles erledigt. Am Samstag beim Frühstück hatte Petra die Neuigkeit doch noch entsprechend gewürdigt, ihrem Schatz einen dicken Kuss aufgedrückt und ihm gratuliert. Als Charly am Samstagabend nach Hause gekommen war, roch es bereits im Hof nach scharf angebratenem Fleisch, Bratkartoffeln mit Kümmel und der säuerlichen Note von klassisch angemachtem Salat. Er hätte die Flasche mit dem kräftigen Rotwein gerne ganz dazu geleert, aber Petra hatte ihm verheißungsvoll zugezwinkert und ihm geraten, an sich zu halten, da sie zur Feier des Tages noch mehr vorhabe.

»Gratuliere, Herr Valentin, ein schöner Erfolg.« Polizeidirektor Rubin klopfte Charly auf die Schulter und reichte ihm die Hand. Charly erschrak kurz, denn er dachte, der PD-Leiter hätte sein genießerisches Lächeln bemerkt, mit dem er sich an Petras Überraschung von Samstagnacht erinnerte.

»Wir haben übrigens eine Beschwerde vom Flughafen erhalten«, fuhr der Vorgesetzte fort. »Zwei Leichtverletzte bei British Airways und leichte Verzögerungen im internationalen Luftverkehr, aber der Pilot, den Sie angehalten haben, muss sich köstlich amüsiert haben.«

Charly fixierte verschämt den Teppichboden vor seinen Füßen. »Danke, äh … das war … es hat …«

»Na, das kriegen wir schon hin«, erlöste ihn Rubin. »Da schreiben wir eine sülzige, diplomatische Antwort und dann ist das erledigt. Übrigens hat sich mein Kollege von der Flughafeninspektion entschuldigt, dass seine Mannschaft nicht anders reagiert hat. Aber eine Frage hätt ich noch: Hat denn jetzt die Mutter wirklich nichts damit zu tun gehabt?«

»Nein«, antwortete Charly. »Sie hat zwar irgendwann mal die Pistole mit nach Hause genommen, vermutlich mit dem Hintergedanken, so etwas zu tun, aber sie hat's nie fertig gebracht. Dass es dann ihr Sohn getan hat, war sein eigener Entschluss. Sie hat nichts davon gewusst und auch nicht nachgefragt, weil sie es wahrscheinlich gar nicht wissen wollte.«

»Gute Arbeit, Kollege«, lobte Rubin noch einmal. »Wenn ich irgendetwas für Sie tun kann, dann lassen Sie es mich wissen.«

Charly bat ihn um zwei Belobigungsschreiben. Eines für Johannes, den jungen Kommissar von der Schicht, und das zweite für den Wachposten am Flughafen, der durch Charlys eigenmächtiges Handeln mit Sicherheit Schwierigkeiten bekommen hatte.

»Kein Problem, setzen Sie die Briefe auf, ich unterschreib sie Ihnen. Sonst noch irgendwas?«

»Da wär schon noch eine Sache.« Und Charly beugte sich näher zu Rubin und eröffnete seinem Vorgesetzten sein Anliegen.

»Na, ich denke, das bekomme ich hin«, nickte Rubin.

Charly ging nach unten in sein Büro und überbrachte Helmuth die Zusage des Direktionsleiters, dass er zur Kripo versetzt wurde und nicht zurück musste. Dann lud er seine beiden Mitarbeiter ins Steakhaus ein, denn für heute war Feierabend.

»Na, bravo«, sagte Helmuth, »und morgen ist Faschingsanfang. Da geh ich dieses Jahr als Sherlock Holmes. Das wird lustig, stupid.«

Ich habe zu danken

Und zwar zuerst meiner Familie, die den vor sich hin murmelnden Kerl am Laptop einfach in Ruhe gelassen hat, mit ihm an Sonntagen imaginäre Tatorte besichtigte und das Ganze dann familienrechtlich genehmigte.

Ferner gilt mein Dank meinen Kollegen und fachlichen Vorlektoren Ferdl, Ernst und Edi, die wo aufgepasst haben, dass ich keinen direkten Schmarrn nicht schreibe.

Auch Frau Dr. Tessa Korber muss ich danken, die mir als erfahrene Lektorin mit ihrem ganzen Charme mein Plusquamperfekt um die Ohren gehauen hat … oder hatte?